U0109526

古典詩歌研究彙刊

第二六輯

龔鵬程 主編

第 3 冊

晚唐詩登臨書寫研究

陳 建 錫 著

國家圖書館出版品預行編目資料

晚唐詩登臨書寫研究／陳建錫 著 — 初版 — 新北市：花木蘭
文化事業有限公司，2019〔民 108〕
目 2+230 面；17×24 公分
（古典詩歌研究彙刊 第二六輯：第 3 冊）
ISBN 978-986-485-838-5（精裝）
1. 唐詩 2. 詩評
820.91   108011607

ISBN-978-986-485-838-5

9 789864 858385

古典詩歌研究彙刊
第二六輯　第 三 冊　　　　　ISBN：978-986-485-838-5

晚唐詩登臨書寫研究

作　　者　陳建錫
主　　編　龔鵬程
總 編 輯　杜潔祥
副總編輯　楊嘉樂
編　　輯　許郁翎、王筑、張雅淋　美術編輯　陳逸婷
出　　版　花木蘭文化事業有限公司
發 行 人　高小娟
聯絡地址　235 新北市中和區中安街七二號十三樓
　　　　　電話：02-2923-1455／傳眞：02-2923-1452
網　　址　http://www.huamulan.tw 信箱 hml 810518@gmail.com
印　　刷　普羅文化出版廣告事業
初　　版　2019 年 9 月
全書字數　155434 字
定　　價　第二六輯共 8 冊（精裝）新台幣 13,500 元

晚唐詩登臨書寫研究

陳建錫　著

作者簡介

陳建錫，廣東潮州人，民國 79 年生。作者自幼隨父到香港讀書及定居，中學畢業後考入珠海學院中文系，因喜愛詩歌及台灣風土人情，102 年有幸拜李師建崑門下赴東海大學深造，後回港工作。現定居香港，從事媒體行業。

提　　要

　　作爲詩歌研究中的小領域，登臨詩直至近年才受學界注意，它有許多留白處值得探討，筆者設爲研究的時代範圍的晚唐更是如此。

　　本文對晚唐登臨詩的觀察範圍，包含了它的發展流變、文化意義、主題內涵、語言藝術等，籍此對登臨詩作較宏觀與較深入的探討，望引起更廣泛注意。

　　本文先從《全唐詩》中找出相關的作品，再分作七章討論：第一章爲「緒論」，分別說明研究動機、回顧前人論著、設定文本範圍及確立登臨之定義。第二章爲「晚唐前登臨詩文之流變論略」，分別從先秦及以前、漢魏六朝與初盛中三唐，選取較重要的作品，並輔以文化稍作釋論。第三章爲「晚唐登臨盛行的文化背景」，先說明晚唐漫遊興盛之原由，並以遊歷爲中心，解釋如何在外在條件與內在影響等因素下產生登臨。第四章爲「晚唐登臨詩之發展論略」，此分爲中晚唐之交、晚唐前期、晚唐後期三段，並選出各段時期中，創作量較多的詩人，說其登臨詩之內容，及風格大概。第五章爲「晚唐登臨詩之題材、情感與內涵」，就其主題作分類，並闡述箇中的情感，與生命意識的表達。第六章爲「晚唐登臨詩語言藝術與手法之舉要」，分別就詩句安排、時空設計、意象運用、風格呈現等四方面，解釋晚唐登臨詩中常見的藝術手法。第七章爲「結論」，總合前文各章的討論，並述研究所得。

目次

第一章　緒　論

一、研究動機

　　登臨，很早就進入文學，自《詩經》、《楚辭》開啓登臨寫景抒情的傳統，後世騷人墨客都嘗通過這動作感發意興，創作詩文。古人對登臨的認知是深刻的，傳統上登臨者有「登臨自古騷人事」的自覺，文學上有「登臨自有江山助」的理解，思想上則有「登高使人心曠，臨流使人意遠」的感受。詩論方面，方回《瀛奎律髓》中就別置「登覽」一類，評論前人登臨之詩，謂：「登高能賦，於傳識之。名山大川，絕景極目，能言者眾矣。拔其尤者，以充隽永，且以爲諸詩之冠。」〔註1〕由此可見一斑。

　　惟登臨的主題龐雜、意興不同，大抵難歸作一類，故古人論述不少，卻多是隻言片語。及至近代，尤是上世紀九十年代起，諸多學者前輩開始注意到登臨文學的價值，其研究開始興盛，單篇及學位論文陸續面世，但總體來說成果未算豐碩，專論唐代的登臨詩，按筆者所能見，亦只有兩三篇之數。

　　正如古人喜愛登臨一般，筆者對登臨詩亦感興趣，在高處臨望

〔註1〕方回著，李慶甲集評，《瀛奎律髓彙評》，（上海：上海古籍出版社，2004），頁1。

的風光中，往往能給予讀者遐想。詩莫盛於唐，登臨詩則莫盛於晚唐。晚唐多苦多難，生存一個混亂、頹廢的時代，詩中自有「語到滄桑」的魅力，訴說「國家不幸詩家幸」，大抵無過於此時。

筆者曾認為不再大量遠遊邊塞、遊山玩水的晚唐，登臨之作理應不多，惟在收集的過程中，卻發現晚唐人很常登臨，或者更甚於前代，大抵登臨者也莫盛於晚唐。為何晚唐人會經常登臨？登臨對晚唐詩與詩人帶來甚麼影響？晚唐如何將它的時風時情表現在登臨這種活動之上呢？筆者深感興趣。

再翻看前輩學者的研究，都主要是以宏觀角度，綜論整個唐代。其中，對晚唐登臨文化的論述並不足夠，在引述例證時，晚唐的登臨詩也沒受到重視，這是比較可惜的，正如嚴羽謂：「晚唐，分明別是一副言語。」〔註2〕它既是整個唐代的一段時期，而將它獨立來看又有不同，因此在宏觀整體下，再作局部考察也是重要的工作，也必然能從中尋找到更多的細節。這都是前人無暇顧及，而筆者所希望探討的，也望借此為登臨文學的研究增添筆劃。

二、研究成果探討

（一）學位論文

王隆升《唐代登臨詩研究》

此為作者在民國 81 年，於國立臺灣師範大學攻讀碩士學位的畢業論文，經修改後於民國 87 年出版。

書中的重點，一是梳理唐代以前登臨文學的發展，作者從《詩經》，至《楚辭》，至魏晉詩賦，舉出較重要的作家及作品，建立起承接的脈絡。二是對登臨詩主題的分析，書中將之分作感懷時局、寫景記遊、人情交往、追憶史事四方面，又從中細分作不同的內容，博引例子，並為其寫作特色做歸納。三是對登臨的大環境分析，如

〔註2〕嚴羽著，郭紹虞校釋，《滄浪詩話校釋》，（臺北：東昇出版事業有限公司，1980），詩評，頁129。

唐人的登臨地點分佈、登臨的時節對詩人的影響。四是對唐代登臨詩的文學技考的分析，作者從語言風格、佈局結構、情感抒發，作全面的觀察。

王隆升先生此書，實爲對研究登臨詩，甚至是登臨文學的重要依據。其爲第一本對登臨詩進行全方面研究的著作，且分析仔細深入，研究的對象亦囊括了整個唐代的重要作品，對後來的研究影響不少，筆者亦從中借鑒良多。

王隆升〈論宋詞中的登高望遠〉

此爲作者在民國 85 年，於輔仁大學攻讀博士學位的畢業論文，經修改後，於民國 87 年出版，名作《宋詞的登望意識與境界》。

書中內容當然以宋詞爲主，亦有涉及唐詞的討論，與詩的關係略爲疏離。然書中的第四、第五章，對登臨者心態論析，雖然以宋詞爲例子，其實文人登臨的心理，時代不同，其相通之處亦有很多，如懷才不遇、精神超脫，亦可套用到唐人的登臨中，頗具啓發性。

邱曉〈唐代登高詩研究〉

此爲作者在 2011 年，於西北大學攻讀博士學位的畢業論文。

論文題作登高詩研究，實在選材與定義上亦是登臨詩，其重點在於對登高在遠古宗教裡的意義探究，以登高本是原始巫術的一個動作爲中心論點，輻射向其他各方面，包括登高與帝王的尊嚴、對佛道兩教的影響、對士人登高心態模式的影響，同時亦討論到登高的時空結構。

作者討論的大多是登臨詩，但文中的要旨，亦不是討論因臨望時催生的文學審美與情感，而是環繞著伊利亞德的「神聖空間」，說明高處的空間文化，借用唐人的登臨詩解釋登高在精神層面（主要圍繞五個方面：儒、佛、道、帝王的尊嚴、士人的責任）的意義。

邱曉先生此文更多是對歷史與文化的研究，但是相對其他研究登臨詩詞的論文，將登臨文學的發源，上推到比《詩經》、《楚辭》

更早的遠古宗教，其觀點是正確的。

黃如惠〈大曆十才子登臨詩研究〉

此為作者在民國 96 年，於國立屏東教育大學攻讀碩士學位的畢業論文。

文中就大曆十才子的登臨詩作總體的觀察，在時代背景、登臨的發展、十才子的生平和交往、登臨詩的內容及其體裁，包括用韻、詩體、修辭、對偶等方面作討論。

黃如惠女士文中有提及登臨的情感與文化，但更側重於十才子登臨詩的技巧上。

楊孟蓉〈超越與禁錮──魏晉詩賦登臨書寫之研究〉

此為作者在民國 96 年，於東海大學攻讀碩士學位的畢業論文。

文中就魏晉以前的登臨文學、歷史與文化的角度、思想意義及情感主題作分類與析論。

楊孟蓉學姐此文，筆者較不同意的是就登臨一詞的定義，其將登（身體遊移）和臨（視域延伸）分開討論，認為只要有其中一者，仍可作登臨詩看。事實上，登臨一詞並不能分拆開而論，因為有攀登並不代表必有臨望。然文中引用了很多相關的史料，對魏晉的登臨文化、文學的討論都很是深刻。

李青〈唐代樓閣題詠詩研究〉

此為作者在 2010 年，於西北大學攻讀碩士學位的畢業論文。

文中討論的樓閣題詩多是登樓之作，故亦有類近登臨的情狀，其中重點是論說樓臺類型、本身所代表的文化與時代意義、樓閣與詩歌的關係，及美學特色、情感主題等問題。

李青先生此文集中在樓這建築上，列舉了不同的樓閣建築，及其功能特色，但更偏近文化，在討論文學的篇幅，而且是就本整個唐代而言無疑是太過簡略，作者極言樓閣詩的興盛，在討論風格、情感中卻都只以一、兩個例子說明，恐稍失粗淺。

（二）單篇論文

孔德明先生的〈「登高能賦」初義探跡〉，以《漢書》記載「登高能賦可以為大夫」一語，探究春秋時期「登高能賦」的意義，作者從《左傳》、《國語》等先秦史書出大量創例子，證明登高賦詩在先秦並不具文學的意義，而是士大夫的一種政事能力，糾正前人的觀點。

瞿明剛先生的〈試論中國文學的登高主題〉，在登高的發生、心理結構、悲情特徵三方面作討論，雖然篇幅較短，但引用大量，且不同朝代與詩人的作品為例子，是頗有概括性的文章。另外，其於登高的起源上，討論到生殖器崇拜是其中之一，是很特別的論點。

馬元龍先生的〈登高望遠　心瘁神傷——兼論中國文人的生命意識〉，扣緊登臨中的傷感主題，認為在文學與個體精神覺醒的魏晉以後，文人登臨是別具意義的，因為他們能體會「高」和「遠」的感受，從而展開文學與哲學的思考。

陳文忠先生的〈一個母題的誕生與旅行——古代登高詩境的生命進程〉，此文將登高與三個心境串連起來，說明人生不同階段的心態變化，文中分作三部分，一是「泰山心境」，即孔子登臨泰山的事，這類作品展現出雄圖壯志；二是「高唐心境」，即宋玉〈高唐賦〉、〈神女賦〉，主要突顯傷心的情調；三是「鸛雀樓心境」，是見盡人生百態，所成就的心態與智慧。

王德明先生的〈登臨行為的古典文學意義〉，較專向闡述登臨的文學意義，其認為登臨對作品的氣質起關鍵作用，即使是詩風較婉約含蓄的詩人，登臨時亦會因壯麗的景色影響而改變風格。

劉城先生的〈論登樓意象的發展與成型〉，亦類似李青先生的論文，文中指出登樓自魏晉時期起流行，於唐代成熟的一種文學行為。

以上皆是筆者研讀前輩學者的著作中，以為較有見解的論文，學位論文篇幅宏大而各有所偏重，至於單篇論文題目都較概括性，卻也無法處理整個時代。這些前輩學者的文章令筆者獲益良多，得到不少啟發，但從其所討論的時代，及其引用的例子來看，都鮮有涉足晚唐

這一領域，而集中在最著名的幾個大詩人和幾首登臨詩上，無疑那是最佳的例子，但只注目於其中，對透視整個晚唐，或是研究登臨都遠遠不夠，還有進一步討論的必要。

三、登臨的定義

要研究登臨詩，則須對登臨一詞的定義先作釐清。然而「登」與「臨」此兩字，於古人字書中已有明確解釋。

「登」字：

《爾雅‧釋詁》：「登，陞也。」〔註3〕

《說文解字》：「上，高也。」〔註4〕

《說文解字注》：「上車也。引伸之凡上陞曰登。」〔註5〕

「臨」字：

《說文解字注》：「臨，監也。各本作監臨也。」〔註6〕

又：「監，臨下也。小雅、毛傳：監，視也。」〔註7〕

《爾雅‧釋詁》：「臨……視也。」〔註8〕

故登者，能解作前進，亦可作往高處上升移動之義，臨者，解作居高而望，除了臨下，亦有臨遠的用法。至於登臨一詞，於古人文中，意義並未太統一，「憭慄兮若在遠行，登山臨水兮送將歸。」在《楚辭》中的原意，是描寫送別遠行之人，攀山涉水之狀，登可作前進，臨可作達至，即穿越和到達。登臨二字連用，亦將兩者的意義結合，如《晉書‧阮籍傳》：「或登臨山水，終日忘歸。」〔註9〕而又《水

〔註3〕郝懿行著，《爾雅義疏》，（臺北：漢京文化事業有限公司，1985），頁271。

〔註4〕許慎著，段玉裁注，《說文解字注》，（臺北：宏業書局，1971），第一篇上，頁3。

〔註5〕《說文解字注》，第二篇上，頁50。

〔註6〕《說文解字注》，第八篇上，頁276。

〔註7〕《說文解字注》，第八篇上，頁276。

〔註8〕《爾雅義疏》，頁210。

〔註9〕房玄齡等著，楊家駱主編，《新校本晉書》，（臺北：鼎文書局，1990），

經注·湘水》：「縣北有吳芮塚，廣踰六十八丈，登臨寫目，爲廬郭之佳憩處。」〔註10〕又江總〈謝敕給鼓吹表〉：「高臺迢遞，未朱夏而登臨。」〔註11〕這類唐以前對登臨的詮釋，已具登高而望的意味，及至唐人詩中的「登臨」、「登望」、「登覽」、「登眺」等詞，皆遵循著這詮釋，例子不勝枚舉，幾乎都不乏登高然俯望與遠眺。故知登臨爲從下而上，往高處攀升，憑借地形樓勢，臨深與望遠的一個動作。而文人墨客，透過這動作，俯覽風景，感發情思，援筆而成就詩章者，即可命爲登臨詩。

　　對於如何判定爲登臨詩，王隆升先生所提出的準則無疑最精要，且廣爲學者所沿用的，可借之爲鑒：

1. 詩題中直接明言登臨或所處之地的，如杜牧〈登樂遊原〉、許渾〈咸陽城東樓晚眺〉、溫庭筠〈過五丈原〉等。

2. 詩題未明言登臨，然內容與登臨有關，如羅隱〈舊遊〉、趙嘏〈寄梁佽兄弟〉、李群玉〈聞笛〉等。

3. 詩題與內容俱無明言，然情景書寫確有登臨之情狀，如杜牧〈江南春絕句〉、貫休〈南海晚望〉、李商隱〈月夕〉等。

4. 原無登臨之實，但透過想像自已，或擬作他人登臨之狀，亦作登臨詩論。

　　筆者以爲登臨只是一個動作、一種活動，其中的情感主題紛紜繁雜，既要與其他類型之詩歌作區別，在登臨詩的研究中，則必然要更緊扣登臨二字，尤其是「臨」，楊孟蓉學姐嘗將登臨一詞分拆，提出描寫登臨過程的亦是登臨詩，「登」固然重要，但猶與山水、行旅之作無二，例如杜牧的〈山行〉，寫山徑的紅葉，只能算作「登高」，視

第二冊，列傳第十，頁 1359。
〔註10〕酈道元著，《水經注》，（上海：上海古籍出版社，1990），卷三十八，頁 719。
〔註11〕嚴可均編，楊家駱主編，《全上古三代秦漢六朝文》，（臺北：世界書局，2012），第九冊，全隋文卷十，頁 7。

覺止於山中，並無居高而望的「臨」，是無法爲登臨文學別樹一幟的。劉城先生謂：「每個登樓者，都不會僅爲登樓而登樓，他更重要的動作是望，然後是思。」〔註12〕登樓亦登臨，模式是相同的。因此看唐人登臨詩中，「登」的過程時被省略的，要麼是直接寫於詩題上，要麼在詩中一句帶過，因爲「登」往往不是重點。故知登臨者，必須有臨望、周覽，方能從登上高處後的憑著地理位置與景觀來感懷意興，才構成登臨。

本文以「登臨書寫」爲探討對象，選材的亦登臨詩，不過詩本乎情，如果登臨所見非詩中感興的主體，那它的書寫研究也就失去意義，爲更準確判斷，筆者以爲登臨詩又同時須符合以下條件：

1. 登臨此動作，在詩中起著某種意義。
2. 全詩的寫景與抒情，須與登臨及其見聞有較緊密的關係。

對登臨見聞的描寫未必很多，但能帶給詩人情感上的刺激，便足彰顯登臨的意義。在這些條件上，筆者在挑選時仍取較寬鬆的態度。但是如杜甫〈秋日夔府詠懷奉寄鄭監李賓客一百韻〉、白居易〈敘德書情四十韻，上宣歙翟中丞〉等，尤是此類長詩，其中雖寫到登臨之況，卻描述不多、非全詩重點，故並不能看作登臨詩，當然其中提及的登山登樓中的活動、經驗、心態，還是要全面掌握登臨詩時不可缺少的助證。

書寫還有一義，登臨是一個動作，大抵都是詩人親身攀上高處，方發生登臨。王隆升先生提到的第四點，它屬於幻想，並非發生在現實之中，而此能否看作登臨詩呢？仍值得商榷，故此以書寫爲題，把某些想像登臨之作也涵概其中。

因此本文所定的晚唐詩中之登臨書寫，包括了登臨詩，也有少數想像與模擬的作品。

〔註12〕劉城撰，〈論登樓意象的發展與定型〉，《中國韻文學刊》，2010 年 10 月，第 26 卷，第 4 期，頁 73。

四、研究方法及範圍

　　登臨詩的定義爭議不大，但於判斷上，尤其在題目與內容皆無說明登高的情況下，就文本分析來斷定，還有一定困難，如好些登臨地點，若臺、驛、橋，大都無法查考其所在與故貌，算否登高亦無從證實；又如詩中未明言登臨者，或可就其風景描寫而論，但也難免主觀。所謂登上高處，高山、高城、高臺，都是相對而言的，似乎亦無法爲登臨的高度定立標準，這都是目前在登臨文學探究上的難題。畢竟登臨有時是難介定的，對於不確定的詩作，亦只能賴著反覆推敲，但求言之有理。

　　本文意就晚唐登臨詩的文學傳統與繼承、晚唐登臨的時代背景與詩人心態、詩的主題與思想內容、不同風格的展現等多方面進行探討。時代斷限，則以今時普遍採用的「四唐說」之區分，所謂晚唐時期，即從文宗開成元年（836），至哀帝天祐四年（909）爲止。自是唐文宗大和九年，甘露之變發生以後，皇權被北司所制，忠良之士罹難，牛李黨爭的成形，教朝野風氣一變；元和中興失敗，中唐諸公的紛紛老去，淡出文場與政壇，溫庭筠、李商隱、杜牧、許渾等人顯露頭角，一改實用的主張，文風又是一變。故晚唐的登臨詩，大主題上不出唐人之範圍，但必有獨特的思想與格調，這是值得探討的，而本文所探討的詩歌，亦選材於這段時期之內。

　　本文的重點主要在晚唐登臨詩的發展流變、文化意義、主題內涵、語言藝術四方面，試呈現出它的整體風貌。

　　文本方面則以清彭定求等人編定的《全唐詩》爲主，於個別較重要、詩歌保存較完整的詩人，則以其別集與注本輔以參考。至於登臨詩的收集範圍，先見詩人的生平，就其活躍的年份與時代匹配，再按《全唐詩》中卷數排序，從第四百九十四卷「施肩吾」開始，逐首查看，嘗試找出其中的登臨詩，再剔除部分非晚唐人的詩卷，據經筆者的統計，晚唐登臨詩的數量與分佈大約如下，按詩人之卷次順序排列爲：

施肩吾 2 首	登峴亭懷孟生　宿干越亭
姚合 10 首	惜別　春日江次　陝下厲玄侍禦宅五題・吟詩島　杭州觀潮　遊天臺上方　秋夜月中登天壇　夏日登樓晚望　霽後登樓　早夏郡樓宴集
周賀 3 首	宿開元寺樓　宿隱靜寺上人　杪秋登江樓
郭良驥 1 首	自蘇州至望亭驛有作
章孝標 3 首	上浙東元相　春原早望　西山廣福院
蔣防 1 首	冬至日祥風應候
顧非熊 4 首	天津橋晚望　月夜登王屋仙壇　題永福寺臨淮亭　登樓
張祜 19 首	江城晚眺　題樟亭　登廣武原　題潤州甘露寺　題杭州孤山寺　題虎丘東寺　禪智寺　登金山寺　和杜牧之齊山登高　秋夜登潤州慈和寺上方　和杜使君九華樓見寄　題金陵渡　登樂游原　散花樓　題南陵隱靜寺　石頭城寺　題惠山寺　題潤州金山寺　題濠州鍾離寺
盧求 1 首	和于中丞登越王樓見寄
朱慶餘 5 首	題青龍寺　自蕭關望臨洮　登望雲亭招友　登玄都閣　觀濤
楊漢公 1 首	登郡中銷暑樓寄東川汝士
雍陶 3 首	河陰新城　天津橋望春　途中西望
杜牧 36 首	獨酌　題安州浮雲寺樓寄湖州張郎中　題宣州開元寺　自宣州赴官入京，路逢裴坦判官歸宣州，因題贈　長安雜題長句六首其三　其五　念昔遊三首其三　登樂游原　早春寄岳州李使君，李善棋愛酒，情地開雅　長安秋望　將赴吳興登樂游原一絕　題宣州開元寺水閣閣下宛溪夾溪居人　登池州九峰樓寄張祜　齊安郡晚秋　九日齊安登高　題茶山　八月十二日得替後移居霅溪館，因題長句四韻　懷鐘陵舊遊四首其二　寄題甘露寺北軒　題吳興消暑樓十二韻　代人作　宣州開元寺南樓　登九峰樓　聞角　登灃州驛樓寄京兆韋尹　長安晴望　並州道中　江樓　山寺　秋霽寄遠　陵陽送客　題白雲樓　將赴京題陵陽王氏水居　寄遠　江樓晚望江南春絕句
許渾 47 首	行次潼關題驛後軒　思歸　九日登樟亭驛樓　江樓夜別　南樓春望　秋日赴闕題潼關驛樓　將赴京師蒜山津送客還荊渚潼關蘭若　陪越中使院諸公，鏡波館餞明臺裴鄭二使君　恩德寺　秋晚登城　南亭偶題　與裴三十秀才自越西歸望亭阻凍登虎丘山寺精舍　酬報先上人登樓見寄　郁林寺　秋霽潼關驛亭　秋霽寄遠　送崔珦入朝　陪鄭史君泛舟晚歸　咸陽城東樓　冬日登越王臺懷歸　淩歊臺送韋秀才　夜歸驛樓

	灞上逢元九處士東歸　漢水傷稼　送王總下第歸丹陽　登尉佗樓　韶州驛樓宴罷　晨起白雲樓寄龍興江准上人兼呈竇秀才　將歸姑蘇南樓餞送李明府　長慶寺遇常州阮秀才　東游留別李叢秀才　送薛秀才南游　將赴京題陵陽王氏水居　寄遠　登蒜山觀發軍　金陵阻風登延祚閣　謝亭送別　覽故人題僧院詩　晨起西樓　汴河亭　故洛陽　金陵懷古　姑蘇懷古　客有卜居不遂薄遊汧隴因題
李商隱 32 首	霜月　潭州　樂游原　岳陽樓（欲爲平生一散愁）　岳陽樓（漢水方城帶百蠻）　落花　北樓　望喜驛別嘉陵江水二絕　清河　代贈二首　夕陽樓　即日　晚晴　安定城樓　即目　訪秋　思歸　樂游原　閒遊　寓目　登霍山驛樓　晉昌晚歸馬上贈　寄和水部馬郎中題興德驛，時昭義已平　丞新創河亭四韻之作　城上　碧城三首其一　天津西望　靈仙閣晚眺寄鄆州韋評事　無題四首其一　無題二首其一　如有
張元宗 2 首	登景雲寺閣　望終南山
牛叢 1 首	題朝陽岩
潘咸 2 首	登明戍堡　送僧
薛瑩 1 首	江山閑望
喻鳧 2 首	題翠微寺　送石貢歸吳興
劉得仁 6 首	贈江夏盧使君　夏日遊慈恩寺　樂游原春望　宿普濟寺　秋晚與友人游青龍寺　別山居
邢群 1 首	郡中有懷寄上睦州員外杜十三兄
朱景玄 3 首	題呂食新水閣兼寄南商州郎中　四望亭　望蓮臺
薛逢 4 首	宮詞　九日曲池遊眺　八月初一駕幸延喜樓看冠帶降戎　越王樓送高梓州入朝
趙嘏 13 首	虎丘寺贈漁處士　宿靈岩寺　山陽即席獻裴中丞　月中寺居　登安陸西樓　九日陪越州元相燕歸山寺　西峰即事獻沈大夫　長安秋望　寄潯陽趙校書　題段氏中臺　宛陵望月寄沈學士　江樓舊感　寄梁佾兄弟
盧肇 2 首	題甘露寺　登祝融寺蘭若
姚鵠 2 首	嘉川驛樓晚望　奉和秘監從翁夏日陝州河亭晚望
項斯 4 首	游頭陀寺上方　杭州江亭留題登眺　聞友人會裴明府縣樓　李處士道院南樓
馬戴 7 首	鸛雀樓晴望　邯鄲驛樓作　邊城獨望　白鹿原晚望　寄襄陽王公子　晚眺有懷　田氏南樓對月

鄭畋 1 首	金鑾坡上南望
薛能 23 首	詠島　和楊中丞早春即事　寒食有懷　綿樓　春色滿皇州　漢南春望　題彭祖樓.　天際識歸舟　題大雲寺西閣　淩雲寺　荔枝樓　平蓋觀　邊城寓題　雨霽北歸留題三學山　嘉陵驛　分山嶺望靈寶峰　題河中亭子　望蜀亭　過象耳山二首其二　監郡犍為將歸使府登樓寓題　柳枝詞五首其三　登城　吳姬十首其八
令狐綯 1 首	登望京樓賦
李善夷 1 首	大堤曲
于興宗 1 首	夏杪登越王樓臨涪江望雪山寄朝中知友
李朋 1 首	奉酬綿州中丞以江山小圖遠垂賜及兼寄詩
李續 1 首	和綿州于中丞登越王樓見寄
李汶儒 1 首	和綿州于中丞登越王樓作
田章 1 首	和于中丞夏杪登越王樓望雪山見寄
薛蒙 1 首	和綿州于中丞登越王樓作
李鄴 1 首	和綿州于中丞登越王樓作
于瑰 1 首	和綿州于中丞登越王樓作二首
王嚴 1 首	和于中丞登越王樓
劉暌 1 首	題越王樓寄獻中丞使君
李渥 1 首	秋日登越王樓獻于中丞
劉璐 1 首	洋州于中丞頃牧左綿題詩越王樓上朝賢繼和輒課四韻
盧栯 1 首	和于中丞登越王樓作
韓琮 2 首	潁亭　京西即事
崔櫓 2 首	春晚嶽陽言懷二首
李群玉 29 首	秋怨　將遊羅浮登廣陵楞伽臺別羽客　江樓獨酌懷從叔　登章華樓　長沙九日登東樓觀舞　岳陽春晚　石頭城　長沙陪裴大夫登北樓　登蒲澗寺後二岩三首　九日越臺　中秋越臺看月　湖閣曉晴寄呈從翁二首　中秋夜南樓寄友人　長沙春望寄涔陽故人　九日巴丘楊公臺上宴集　江樓閑望懷關中親故　廣州陪涼公從叔越臺宴集　湖寺清明夜遣懷　漢陽太白樓　峽山寺上方　秋登涔陽城二首　聞笛　中秋寄南海梁侍禦　醒起獨酌懷友　九日陪崔大夫宴清河亭
賈島 15 首	送鄭山人遊江湖　登江亭晚望　送譚遠上人　盧秀才南臺雪晴晚望　寄韓湘　京北原作　登樓　寄韓潮州愈　送別登田中丞高亭　早秋寄題天竺靈隱寺　夏夜登南樓　送友人遊蜀　易州登龍興寺樓

溫庭筠 17 首	夜宴謠　湘東宴曲　西州詞（吳聲）　回中作　老君廟　贈少年　過五丈原　題河中紫極宮　登李羽士東樓　秋雨　旅泊新津卻寄一二知己　休浣日西披謁所知　和趙嘏題嶽寺清涼寺　與友人別　登盧氏臺　渚宮晚春寄秦地友人
段成式 3 首	觀山燈獻徐尚書三首
劉駕 6 首	讀史　釣臺懷古　豪家　送盧使君赴夔州　曉登迎春閣　望月
劉滄 20 首	長洲懷古　題龍門僧房　秋日山齋書懷　秋夕山齋即事　登龍門敬善寺閣　題天宮寺閣秋日山寺懷友人　游上方石窟寺秋日登醴泉縣樓　春日旅遊　長安逢友人　題秦女樓　秋日過昭陵　夏日登慈恩寺　夏日登西林白上人樓　江樓月夜聞笛　長洲懷古　宿題金山寺　晚秋野望　題敬亭山廟　江城晚望
李頻 10 首	鄂州頭陀寺上方　太和公主還宮　樂游原春望　秦原早望漢上送人西歸　回山后寄範鄭先輩　秋日登山閣　秋宿慈恩寺遂上人院　黔中罷職過峽州題田使君北樓　宛陵東峰亭與友人話別
李郢 3 首	夏日登信州北樓　酬劉谷立春日吏隱亭見寄　清明日題一公禪室
崔玨 1 首	岳陽樓晚望
曹鄴 5 首	四望樓　登岳陽樓有懷寄座主相公　送厲圖南下第歸灃州江西送人　洛原西望
儲嗣宗 1 首	登蕪城
于武陵 4 首	江樓春望　洛中晴望　感情　王將軍宅夜聽歌
司馬紥 2 首	登河中鸛雀樓　漾陂晚望
霍總 1 首	郡樓望九華歌
鄭綮 1 首	別郡後寄席中三蘭（三妓並以蘭為名）
溫庭皓 3 首	觀山燈獻徐尚書三首
高駢 3 首	渭川秋望寄右軍王特進　對雪　錦城寫望
于濆 2 首	青樓曲　秦原覽古
牛嶠 1 首	登越王樓即事
歐陽玭 4 首	巴陵　新嶺臨眺寄連總進士　幽軒　清曉捲簾
翁綬 2 首	婕好怨　關山月
公乘億 1 首	賦得臨江遲來客

王季文 1 首	九華山謠
李昌符 1 首	登臨洮望蕭關
許棠 15 首	登渭南縣樓　汝州郡樓望嵩山　雁門關野望　經八合阪　登凌歊臺　題秦州城　題金山寺　登山　隗囂宮晚望　邊城晚望　陪郢州張員外宴白雪樓　宿靈山蘭若　青山晚望　過分水嶺　題甘露寺
邵謁 2 首	望行人　紫閣峰
林寬 2 首	省試臘後望春宮　長安遣懷
皮日休 7 首	太湖詩・縹緲峰　太湖詩・練瀆（吳王所開）　酒中十詠・酒樓　習池晨起　奉和魯望徐方平後聞赦次韻　登初陽樓寄懷北平郎中
陸龜蒙 6 首	奉和襲美太湖詩二十首・縹緲峰　奉和襲美酒中十詠・酒樓　潤州送人往長洲　奉和襲美宿報恩寺水閣　送棋客　寒日古人名
司空圖 15 首	即事九首其一　丁巳重陽　牛頭寺　雜題九首其五　寺閣九月八日　敷溪橋院有感　華陰縣樓　蓮峰前軒　攜仙籙九首其一　浙上二首其一　重陽山居（詩人自古恨難窮）　重陽山居（此身逃難入鄉關）　華上二首其二　旅中重陽　浙上重陽
周繇 4 首	登甘露寺　甘露寺東軒　甘露寺北軒　望海
張喬 19 首	郢州即事　滕王閣　題終南山白鶴觀　秦原春望　遊華山雲際寺　岳陽即事　登慈恩寺塔　游歙州興唐寺　題廣信寺　題河中鸛雀樓　甘露寺僧房　江樓作　回鸞閣寫望　七松亭　題宣州開元寺　九華樓晴望　越中贈別　題賈島吟詩臺　題靈山寺
來鵠 1 首	鄂渚清明日與鄉友登頭陀山
李山甫 2 首	蒲關西道中作　題慈雲寺僧院
李咸用 5 首	寄楚瓊上人　遣興　登樓值雨二首　秋望
方干 22 首	夏日登靈隱寺後峰　登雪竇僧家　漳州陽亭言事寄于使君　登新城縣樓贈蔡明府　和于中丞登扶風亭　題報恩寺上方　睦州呂郎中郡中環溪亭　同蕭山陳長官縣樓登望　再題龍泉寺上方　登龍瑞觀北巖　題龍泉寺絕頂　題澄聖塔院上方　題法華寺絕頂禪家壁　曉角　題睦州郡中千峰樹　郭中山居　題寶林山禪院　敘錢塘異勝　書法華寺上方禪壁　寧國寺　和剡縣陳明府登縣樓　題應天寺上方兼呈謙上人

羅鄴 5 首	登淩歊臺　江帆　夏日題遠公北閣　鳳州北樓　春望梁石頭城
羅隱 19 首	孫員外赴闕後重到三衢　廣陵開元寺閣上作　登瓦棺寺閣　廣陵春日憶池陽有寄　登夏州城樓　商於驛樓東望有感　渚宮秋思　舊遊　題鑿石山僧院　冬暮城西晚眺　靈山寺　春日登上元石頭故城　登宛陵條風樓寄寶常侍　晚眺　北固亭東望寄默師　早登新安縣樓　千越亭　關亭春望　西塞山
張祜 2 首	題擊甌樓　巴州寒食晚眺
顧在鎔 1 首	題光福上方塔
章碣 3 首	城南偶題　城東即事　陪浙西王侍郎夜宴
唐彥謙 11 首	寄同上人　望夫石　登廬山　金陵九日　金陵懷古　樊登見寄四首其四　登興元城觀烽火　春早落英　樓上偶題　中秋夜玩月　秋晚高樓
周樸 4 首	題甘露寺　登福州南澗寺　望中懷古　福州神光寺塔
鄭谷 6 首	望湘亭　登杭州城　少華甘露寺　慈恩寺偶題　渭陽樓閑望峽中
許彬 3 首	游頭陀寺上方　同友人會裴明府縣樓　府試萊城晴日望三山
崔塗 5 首	春日登吳門　題絕島山寺　金陵晚眺　送友人　赤壁懷古
韓偓 11 首	登南神光寺塔院　南浦　驛步　雨中　闌杆　驛樓　兩處江樓二首　有憶　中秋禁直
吳融 11 首	登鸛雀樓　秋夕樓居　南遷途中作七首·登七盤嶺二首　登途懷友人　湖州晚望　分水嶺　太保中書令軍前新樓　望嵩山　登漢州城樓　關西驛亭即事
陸翱 1 首	趙氏北樓
杜荀鶴 12 首	登天臺寺　霽後登唐興寺水閣　望遠　登山寺　重陽日有作　春對雪登樓見寄之什　春日登樓遇雨　題開元寺門閣　登城有作　登石壁禪師水閣有作　題岳麓寺　秋宿臨江驛
鄭准 1 首	題宛陵北樓
韋莊 12 首	雨霽晚眺　清河縣樓作　東陽酒家贈別二絕句其一　綏州作　南昌晚眺　咸陽懷古　奉和左司郎中春物暗度感而成章　下邽感舊　秋霽晚景　江邊吟　題盤豆驛水館後軒　雜感
王貞白 3 首	庾樓曉望　雨後從陶郎中登庾樓　九日長安作
張蠙 1 首	登單于臺

翁承贊2首	題壺山　曉望
黃滔2首	烏石村　廣州試越臺懷古
徐夤2首	題福州天王閣　題泗洲塔
錢珝3首	江行無題一百首其五十八　六十三　九十五
喻坦之1首	題樟亭驛樓
崔道融2首	月夕　溪夜
曹松3首	滕王閣春日晚眺　慈恩寺東樓　滕王閣春日晚望
裴說6首	漢南郵亭　道林寺　兜率寺　鹿門寺　廬山瀑布　華山上方
李洞8首	登樓　送東宮賈正字之蜀　亂後龍州送鄭郎中兼寄鄭侍禦題劉相公光德里新構茅亭　錦城秋寄懷弘播上人　題咸陽樓送從叔書記山陰隱居　寄東蜀幕中友
于鄴2首	王將軍宅夜聽歌　高樓
張為1首	漁陽將軍
任翻1首	經墮淚碑
李九齡2首	登樓寄遠　登昭福寺樓
王嵒1首	回舊山
陳陶6首	塗山懷古　海昌望月　蒲門戍觀海作　送沈次魯南遊　和西江李助副使早登開元寺閣　登寶曆寺閣
無可7首	送呂郎中赴滄州　寄華州馬戴　過杏溪寺寄姚員外　題青龍寺縱公房　金州別姚合　中秋臺看月　中秋夜南樓寄友人
子蘭7首	登樓憶友　華嚴寺望樊川　城上吟　登樓　晚景　河梁晚望二首
貫休13首	臨高臺　遊雲頂山晚望　秋晚野步　登鄱陽寺閣　夏日晚望晚望　南海晚望　蜀王登福感寺塔三首　陪馮使君遊六首‧迎仙閣　溪寺水閣閑眺因寄宋使君　月夕
齊己29首	遠思　登大林寺觀白太傅題版　訪自牧上人不遇　嚴陵釣臺原上晚望　金山寺　早秋雨後晚望　過西塞山　登金山寺落日　登祝融峰　新秋霽後晚眺懷先公　懷天臺華頂僧　迴雁峰　秋興　懷巴陵舊遊　題南嶽般若寺　游谷山寺　寄歐陽侍郎　寄江夏仁公　暮游嶽麓寺　懷體休上人　寄南嶽泰禪師　寄清溪道者　懷道林寺道友　送人歸華下　渚宮莫問詩十五首其十三　看水　中秋十五夜寄人

呂岩 1 首	絕句其十四
陷藩人詩 7 首	登山奉懷知己　冬日野望　晚秋登城之作二首　困中登山　九日同諸公殊俗之作　夜渡赤嶺懷諸知己

以上爲筆者從《全唐詩》晚唐人的詩卷中所作之統計，亦本文的主要根據。除了晚唐人外，生平跨越兩代，如中唐、五代某些詩人的作品，亦在討論範圍。

第二章　晚唐前登臨詩文之流變論略

　　登高與登臨有著本質上的分別，前者包含面較寬廣，往往泛指登上高處過程，或一切在高處進行的活動。後者則範圍較狹窄，專指登高臨望。兩者固然不可混爲一談，卻有層遞式的關係，先有登高，後有登臨。而登臨最初是在甚麼情況下發生，登臨者是抱著哪種心態與情感去進行這活動，大抵是無從說起的。但作爲登高眾多活動中的一種，其發生與被認識，必然是從一個無意的狀態開始，從登高的過程中，臨望是偶然而爲又是多元並起的，在不同時代，不同目的的登高中，通過目見的風景，某種感受萌生在人的腦海中，在這個動作的不斷重覆進行與累積下，感受便漸爲深刻，登臨最後變成一項有意爲之的活動，被人主動體驗、定義與描寫。因此在最初的登臨不是以臨望爲目的之前題下，欲要闡述登臨的傳統與演變，又要同時從極錯亂複雜的登高文化入手，方能建立從登高走進登臨的脈絡。

一、先秦及以前

　　人類的生活決定了登陟高地自古而有，上古社會生產技術落後，依賴採集、狩獵等方式獲取食物，在物競天擇的自然裡尋找生存空間，攀山涉水相當於生存的手段。即使後來擇地而居，由農耕取代追逐水草，但對大自然物產的依賴，仍佔生活所需的很大部份。

　　至社會形態初具，人對各方面的認知都有所提高，審美意識開始萌芽，臧克和先生謂：「古代人的原始的美意識和原始的醜意識，兩者有一個共同的起源，就是都發軔於體態、姿態、形體的感受性。」〔註1〕高、大、闊是山岳的形體特性，渺小的人類，對高度的最初的感受，就產生在人與自然的對比中，他們開始思考自身與自然的關係，但畢竟難弄懂事物的原理，於是靈魂、圖騰、自然崇拜等各種觀念相繼出現，原始宗教在人類對自然的迷惑和恐懼中產生。高山最接近天空，是人視線的盡頭，造成欽釜山脈都帶有一種可望而不可攀的感覺，促發了人類的敬畏及幻想。高山既為人類提供食物與資源，又能帶來災害，因此它又是神性的，一方面如《山海經》記載，五方之山，均有神靈居住；一方面它扮演著「天梯」〔註2〕的媒介，是天地相連之處，正如「帝之下都」崑崙。

　　接通天地的高山，成為了「群巫上下」之地，故祭祀一般與登高有關，考古學家在對新石器時代的遺址發掘中，就發現了不少土高臺建築，俱當時巫覡祭祀神靈之處，如凌源市牛河梁山丘的女神廟、永靖大河莊的大灰臺等。

　　在登高傳統祭祀中，一者為登臺，《周禮・大司樂》謂：「冬日至，於地上之圜丘奏之，若樂六變，則天神皆降，可得而禮矣……夏日至，於澤中之方丘奏之，若樂八變，則地祇皆出，可得而禮矣。」〔註3〕至於唐代，猶有祭昊天上帝於圜丘，地祇於方丘之常祀。此外還有臺、壇等建築，均功能相似。二者是登山，《白虎通・封禪》謂：「天以高為尊，地以厚為德，故增太山之高以報天，附梁父之厚

〔註1〕臧克和著，《漢語文字與審美心理》，（上海：學林出版社，1990），頁47。

〔註2〕「在顓頊派遣重、黎隔斷天路以前，天和地相去不遠，本來是有道路從地面直達天庭的……中國神話中的天梯，都是自然生成物，一種是山，另一種是特定的大樹。」見於袁珂著，《中國神話通論》，（成都：巴蜀書社，1993），頁87～88。

〔註3〕鄭玄注，賈公彥疏，阮元校勘，《周禮注疏》，見於《十三經注疏》，（臺北：新文豐出版公司，1977），第三冊，頁342。

以報地也……燎祭天報之義也。望祭山川祀群神也。」〔註4〕君王
受命於天，治國成果須回報予天地，其中所謂「望祭」即遠望山川
之祭拜，是宗教、政治性的登臨，它已從祭山川祖先，統一到祭祀
上帝的系統中。

　　因此邱曉先生指出，先民的祭祀活動，是最早的文化性、系統性
的登高，高處空間在宗教裡的神聖性，早已存在於他們的記憶中，並
傳諸後世。〔註5〕這對登寺、登觀者的感受有一定影響。同時國家的
統治者，同時又是宗教的領導者〔註6〕，故不論溝通神鬼，還祭拜天
地，都是借神靈之力，以獲取治理國家與人民的力量，是神權、君權
與政治、宗教合一的登高活動，同時它有著壟斷性，祭拜山川，是統
治階層的專利。但生活中的登臨山水，仍是百姓不可缺少的活動。

　　由氏族社會進入夏商周，是中國文化成形的時代，它承繼了古
時人類的宗教習俗，亦在文學、文化上有很大的建樹，這些成就，
爲登臨文學的興起奠下根基，提供了萬事俱備的環境。

　　脫離營窟橪巢的生活後，建築往高發展，除祭祀用的壇外，最
初樓臺出現。許慎《說文解字》曰：「臺，觀，四方而高者。從至從
之，从高省。與室屋同意。」〔註7〕其原始的功能是宗教性的，亦
祭臺，大抵又能看作室屋樓閣的前身。商朝末年，帝辛廣作宮室，
其「厚賦稅以實鹿臺之錢，而盈巨橋之粟。益收狗馬奇物，充仞宮
室。益廣沙丘苑臺。」〔註8〕其中又「爲鹿臺，七年而成，其大三

〔註4〕班固著，陳立疏證，《白虎通疏證》，《新編諸子集成》，（北京：中華
　　　　書局，1994），上冊，頁282。
〔註5〕邱曉撰，《唐代登高詩研究》，（中國西北大學博士論文，2011），頁
　　　　17。
〔註6〕君王從「天」得到統治的權力，作爲政教合一的象徵，他同時又兼任
　　　　最權威的「巫」，如李澤厚先生謂：「政治領袖在根本上掌握著溝通天
　　　　人的最高神權。王、玉、巫、舞，無論在考古發現或文獻記載上，都
　　　　強勁地敘說著它們之間同一性這一重要事實。」見於李澤厚著，《說
　　　　巫史傳統》，（上海：上海譯文出版社，2012），頁9。
〔註7〕《說文解字注》，第十二篇上，頁417。
〔註8〕司馬遷著，裴駰集解，司馬貞索隱，張守節正義，《史記》，（臺北：

里，高千尺，臨望雲雨。」〔註9〕自周代而後，又如《孟子·梁惠王》記載：「文王以民力爲臺爲沼，而民歡樂之，謂其臺曰靈臺，謂其沼曰靈沼。」〔註10〕又《拾遺記·周靈王》：「二十三年，起昆昭之臺……臺高百丈，升之以望雲色。」〔註11〕又《新語·懷慮》：「楚靈王居千里之地，享百邑之國……作乾谿之臺，立百仞之高，欲登浮雲，窺天文。」〔註12〕又《吳越春秋·勾踐歸國外傳》：「范蠡乃觀天文，擬法於紫宮，築作小城……西北立龍飛翼之樓，以象天門。」〔註13〕反映樓臺建築在王室或諸侯大夫中已較流行，用途變得廣泛，既保留其宗教、政治的用途，又是「高臺廣池，湛樂飲酒」〔註14〕的園林建築，也證明登高已經從最初時的登山，漸演變成登樓、登臺，亦爲秦統一天下，阿房宮那「表南山之巔以爲闕」〔註15〕，以及漢代以後各種巨制定下宮室以高爲崇的基礎。

《爾雅·釋宮》云：「四方而高曰臺，狹而修曲曰樓。」〔註16〕不論是登望者目的爲何，樓臺的活動範圍與空間的狹小，決定了登高者隨便移動，都必然目及四面的風物，故即使臨望非主要目的，也必然是登高的主要活動。

《詩經》出現補足了民間登高和登臨的記載，當中描寫的不少是農人與征夫們的歌謠，李文初先生討論到其中的草木風光，謂：「它們作爲文學的形象，畢竟是單純的、質樸的，但無疑富有大自然的生

宏業書局，1974），殷本紀第三，頁105。
〔註9〕劉向著，《新序》，（長沙：商務印書館，1939），卷六，頁93。
〔註10〕孟子著，趙岐注，孫奭疏，阮元校勘，《孟子注疏》，見於《十三經注疏》，（臺北：新文豐出版公司，1977），第八冊，頁11。
〔註11〕王嘉著，石磊注譯，《新譯拾遺記》，（臺北：三民書局，2012），頁91～92。
〔註12〕陸賈著，《新語》，（臺北：世界書局，1975），頁15。
〔註13〕趙曄著，徐天祐音注，楊家駱主編，《吳越春秋》，（臺北：世界書局，1959），下冊，頁221～222。
〔註14〕黎翔鳳校注，《管子校注》，《新編諸子集成》，（北京：中華書局，2004），上冊，頁396。
〔註15〕《史記》，秦始王本紀第六，頁257。
〔註16〕《爾雅義疏》，頁668。

機和美感，是後世山水詩人登臨山水，吟賞風景的濫觴。」〔註17〕肯
定了它對後世文人的登臨創作，有著直接的啓發。

　　而《詩經》登臨其中一個主題，是情人間的思念：

　　　　陟彼南山，言采其薇。未見君子，憂心惙惙。

　　　　亦既見止，亦既覯止，我心則說。(〈召南・草蟲〉)〔註18〕

　　　　采采卷耳，不盈頃筐，嗟我懷人，寘彼周行。(〈周南・卷耳〉)

　　　　　〔註19〕

女子採摘花草野蔬，通過登山的過程與所見，想起遠方之人。歷代詩
家對這些作品的解釋不同，又往往涉及到政治之上，如文王思賢、后
妃思文王等。

　　又有因遠役而離鄉背井者，於登高的過程中，念故里與親人：

　　　　陟彼岵兮，瞻望父兮。父曰嗟予子行役，夙夜無已。

　　　　上慎旃哉，猶來無止。(〈魏風・陟岵〉)〔註20〕

　　　　陟彼北山，言采其杞。王事靡盬，憂我父母。

　　　　檀車幝幝，四牡痯痯，征夫不遠。(〈小雅・杕杜〉)〔註21〕

　　　　陟彼北山，言采其杞。偕偕士子，朝夕從事。

　　　　王事靡盬，憂我父母。(〈小雅・北山〉)〔註22〕

役夫行旅陟足高山，憶及家中父母兄長，卻因役差不斷而無法團圓，
《鹽鐵論・執務》謂：「古者，行役不逾時，春行秋返，秋行春返。」
〔註23〕此中抒發的遊子無奈，實爲登臨者遠行未歸、傷春悲秋的母
題。

〔註17〕李文初著，《中國山水詩史》，(廣州：廣東高等教育出版社，1991)，
　　　　頁2。
〔註18〕朱熹著，《詩經集註》，(臺北：萬卷樓圖書有限公司，1996)，卷一，
　　　　頁7。
〔註19〕《詩經集註》，卷一，頁3。
〔註20〕《詩經集註》，卷三，頁51。
〔註21〕《詩經集註》，卷四，頁85。
〔註22〕《詩經集註》，卷五，頁118。
〔註23〕桓寬著，王利器校注，《鹽鐵論校注》，《新編諸子集成》，(北京：中
　　　　華書局，1992)，下冊，頁455。

又有登上高山而望國土，表達對國事的關心：

> 陟彼景山，松柏丸丸，是斷是遷，方斲是虔。
>
> 松桷有梴，旅楹有閑，寢成孔安。（〈商頌‧殷武〉）〔註24〕
>
> 於皇時周，陟其高山。墮山喬嶽，允猶翕河。
>
> 敷天之下，裒時之對，時周之命。（〈周頌‧般〉）〔註25〕

以高廣的視野，俯瞰國土，或追憶往事，哀今日之寥落，或以一覽國土的遼闊，以展現周的強大鼎盛。

還如〈鄘風‧定之方中〉頌國君賢能、〈小雅‧車舝〉表達對新娘美貌與德行的讚揚、〈鄘風‧載馳〉寫國家的危難存亡等，這些篇章中，皆有登高的情狀。

《詩經》中登高的主題已漸多樣，將百姓活動與情感亦被記錄下來，但此中登高與登臨，還是處於相對模糊的狀態，雖然在〈商頌‧殷武〉、〈周頌‧般〉、〈鄘風‧定之方中〉諸篇之中，確有較明顯的，一種站立高處俯視的描述與觀察，至於其他大部分的篇章，在對山水細緻描寫的缺乏，不通過其目見的風景，「登陟」一詞是難以肯定那究竟是登高，是進一步的登臨，還只是攀山涉水這過程的籠統稱呼，在語境上易混淆。但不可否認，它是後世登臨文學的開端，特別在母題的創造上，思婦憶夫、遊子懷鄉、遺民傷國等，而由登高而興情思這模式，在《詩經》中確實已具雛形。

《詩經》而後的春秋，作為諸侯爭霸的時代，實用性遠比抒情受到重視，九流十家的思想就產生於這以遊士文化為主的大環境中此時的登高是一種衡量士大夫才能的準則。

登高者，《禮記‧禮器》曰：「有以高為貴者：天子之堂九尺，諸侯七尺，大夫五尺，士三尺；天子諸侯臺門。此以高為貴也。」〔註26〕國君之臺，以高為崇，是區分身份階級的象徵，如齊景公狩

〔註24〕《詩經集註》，卷八，頁194。

〔註25〕《詩經集註》，卷八，頁185。

〔註26〕鄭玄注，孔穎達疏，《禮記正義》，（上海：上海古籍出版社，1990），上冊，頁454。

獵而歸，晏子侍之於端臺，論爲政之道，故登高能是登臺，有登廟堂之義。

能賦者，班固《漢書・藝文志》云：「登高能賦可以爲大夫。」〔註27〕又《論語・陽貨》曰：「子曰：小子何莫學夫《詩》。《詩》可以興，可以觀，可以群，可以怨。邇之事父，遠之事君，多識于鳥獸草木之名。」〔註28〕又勞孝輿《春秋詩話・序》謂：「古《詩》學何爲哉，學以用《詩》，學以說《詩》。用詩者，如孔子責誦《詩》以達政專對，訓學《詩》以能言是也……故曰登高作賦，大夫之才，言其材智深美，可以與圖政事也。」〔註29〕詩爲訓練政治人才而學的，因其包含豐富的知識，通曉後可以修身、事君，是它的實際用途，「登高能賦」者，便是士大夫與黎民於政事能力上的劃分。《漢書・藝文志》又謂：「古者諸侯卿大夫交接鄰國，以微言相感，當揖讓之時，必稱《詩》以諭其志，蓋以別賢不肖而觀盛衰焉。」〔註30〕引《詩》、賦《詩》，《左傳》中記載不少，故孔德明先生謂：「登高能賦慢慢成爲士大夫所必備的一項政事能力，並非是據登高所見又抒發胸懷，描繪景色。」〔註31〕說明這時期的登高賦詩，大抵都爲了政治與社會。

但即使在這樣的時代，登高而生的情感仍無被完全埋沒掉，如《韓詩外傳》謂：「登高而臨深，遠見之樂，臺榭不若丘山，所見高也。平原廣望，博觀之樂，沼池不知川澤，所見博也。」〔註32〕肯

〔註27〕班固著，楊家駱主編，《新校本漢書》，（臺北：鼎文書局，1997），第二冊，頁 1755～1756。

〔註28〕何晏注，邢昺疏，阮元校勘，《論語注疏》，見於《十三經注疏》，（臺北：新文豐出版公司，1977），第八冊，頁 156。

〔註29〕勞孝輿著，《春秋詩話》，頁 1～2，見於《古今詩話叢編》，（臺北：廣文書局，1971），第十三冊。

〔註30〕《詩經集註》，卷三，頁 51。

〔註31〕孔德明撰，〈「登高能賦」初義探跡〉，《中國華中師範大學研究生學報》，2008 年 6 月，第 15 卷，第 2 期，頁 57。

〔註32〕韓嬰著，屈守元箋疏，《韓詩外傳箋疏》，（成都：巴蜀書社，2011），卷五，頁 246。

定了登高與臨望具有興情的作用。

孔子的登東山、泰山，就是登臨言志興懷的原形，其登農山有「登高望下，使人心悲」〔註33〕之語，道出了登臨以悲為主調的普遍模式。其據河岸而俯望流水，又有「逝者如斯夫，不捨晝夜」〔註34〕之語，是感嘆「日月逝矣，歲不我與」〔註35〕，是憂心「四十、五十而無聞」〔註36〕，一種光陰短暫，大丈夫須有所作為的迫切盼望，亦是登臨者對時間、空間最初的體察。

《楚辭》承接《詩經》後的文學發展，加以環境、文化、氣候、語言習慣的相殊異，使楚地歌謠有別樹一幟的魅力。於文學上，《楚辭》也比《詩經》更進一步，《文心雕龍・辨騷》謂其能兼得風雅的長處，詞藻文采又往往過之，故謂：「氣往轢古，辭來切今，驚采絕豔，難與並能矣。」〔註37〕

對登臨文學的影響上《楚辭》更深遠，屈原、宋玉等人既是有學問的士大夫，又是遭受厄困的文人，他們與百姓的登高有明顯不同。一者《楚辭》的景物描寫，多強烈的個人色彩，帶有文人的審美自覺，與《詩經》不著重觀察山水，無疑有所推進；二者貶謫文人的心態，與農人役者的情思自有不同，在情感主題上又有開拓；三者信巫好鬼的習俗、較少束縛的生活、奇麗明媚的山水，都豐富了楚人的幻想，在登臨中又以登山、登仙的姿態呈現。

從內容看，有借之述志，言己身忠貞，獨不為國君所信之憂憤：

登石巒以遠望兮，路眇眇之默默。

入景響之無應兮，聞省想而不可得。(〈九章・悲回風〉) 〔註38〕

〔註33〕劉向著，《說苑》，(長沙：商務印書館，1937)，卷十五，頁148。

〔註34〕《論語注疏》，頁80。

〔註35〕《論語注疏》，頁154。

〔註36〕鄭玄注，孔穎達疏，《禮記正義》，(上海：上海古籍出版社，1990)，上冊，頁454。

〔註37〕劉勰著，王更生註譯，《文心雕龍讀本》，(臺北：文史哲出版社，1984)，上冊，頁66。

〔註38〕朱熹著，《楚辭集注》，(臺北：藝文印書館，1956)，卷四，頁28～29。

> 登高吾不說兮，入下吾不能。（〈九章・思美人〉）〔註39〕
>
> 山峻高以蔽日兮，下幽晦以多雨。
>
> 霰雪紛其無垠兮，雲霏霏而承宇。
>
> 哀吾生之無樂兮，幽獨處乎山中。（〈九章・涉江〉）〔註40〕

〈九章〉是屈原流放以後，行走野外，見山窮水惡的憂傷之作，既言已志堅清，又借登高臨下，見下方景物的晦暗迷糊，興起茫茫然不知去處的感覺，亦喻高潔之行，不容於俗。

　　楚地的巫風，祭祀神靈時須以歌舞迎送，屈原因之借地方歌謠改寫成〈九歌〉，然此中也有登臨的情狀：

> 登崑崙兮四望，心飛揚兮浩蕩。
>
> 日將暮兮悵忘歸，惟極浦兮寤懷。（〈九歌・河伯〉）〔註41〕
>
> 表獨立兮山之上，雲容容兮而在下。
>
> 杳冥冥兮羌晝晦，東風飄兮神靈雨。（〈九歌・山鬼〉）〔註42〕

〈九歌〉的祭神，是巫覡以人神戀的方式來表現對神靈降臨的等待，這些登臨書寫亦充滿神話色彩，自然俱為想像登臨。

　　又有登高臨下，而思念家鄉：

> 陟升皇之赫戲兮，忽臨睨夫舊鄉。
>
> 僕夫悲余馬懷兮，蜷局顧而不行。（〈離騷〉）〔註43〕

想像駕馭神物登陟青雲，欲翛然而去，卻不經意地反顧人間，遂生不忍辭別之心；亦以之自言志清，欲獨善於亂世，又發現不能捨棄家國，故徘徊而難去。

　　《楚辭》作為最早的文人登臨之作，以文人的筆觸，決定了對風光與神話的感受與主動刻畫。在此同時，又清楚地用「臨睨」、「登望」、「上下」地詞來展示出空間的結構與詩人的所處，再不如《詩

〔註39〕《楚辭集注》，卷四，頁21。
〔註40〕《楚辭集注》，卷四，頁7。
〔註41〕《楚辭集注》，卷二，頁13。
〔註42〕《楚辭集注》，卷二，頁14。
〔註43〕《楚辭集注》，卷一，頁25。

經》「陟彼南山」、「陟彼北山」般的難以判斷有否望遠臨深。於是登高與登臨，已得到很好的辨識，如「登九天兮撫彗星。」並不算是登臨。同時《楚辭》是貶謫文人的詩歌，又將遭受誣害、放逐的心情融於景中，故其登臨所見，除神話的詭奇現象外，往往又是險峻、陰晦，有著不辨前路的淒涼，就主題而言亦足爲後世歷朝的遷臣逐客，自述懷才不遇、遭受讒害，乃至憂國、遊仙等題材的濫觴。

二、漢魏六朝

經過先秦的開拓，登臨的各種模式與母題已初步定形。至漢代，於建築上，皇宮與貴族的居處，自是承襲前代「以高爲美」的傳統，李好問《長安志圖》謂：「予至長安，親見漢宮故趾，皆因高爲基，突兀峻峙，崒然山出，如未央、神明、井幹之基皆然，望之使人神志不覺森竦。」〔註44〕像武帝求仙，多作臺觀，亦頗見於史書與仙話之中，都作爲巫術、祭祀文化的一種變革與延續。

然而《詩經》雖記載了農家的採摘生活，傳世的也就數篇，今見最早以民間習俗，而被記載的登臨活動始見於《呂氏春秋》，而《禮記・月令》亦有同樣記載：「仲夏之月……是月也，毋用火南方。可以居高明，可以遠眺望，可以升山陵，可以處臺榭。」〔註45〕證明它作爲民間習俗的出現，最遲於戰國晚期，而漢代亦保留下來，除了避暑，夏天亦清朗爽淨，是進行憑高望遠的好時節。

漢代文學以辭賦爲主，賦者，鋪也，鋪采摛文。漢代的盛世氛圍，促成了漢朝人宏博、雄大的氣度與審美觀，卻又相對地忽視個人。另一方面文人地位低微，對朝庭強烈依賴，以雄篇大賦歌頌國家繁盛，成爲一代的主流。這些大賦，如司馬相如的〈上林賦〉、〈長門賦〉、揚雄的〈甘泉賦〉，都略有些登臨的描寫。

〔註44〕李好問著，《長安志圖》，見於《長安志》，（臺北：成文出版有限公司，1970），頁580。
〔註45〕《禮記正義》，頁314～317。

在以琳瑯滿目的物象作舖張排序成為主流的同時，猶有登臨寫景言情之作，司馬相如的〈哀秦二世賦〉就是一篇完整的登臨賦：

> 登陂陀之長阪兮，坌入曾宮之嵯峨。臨曲江之隑州兮，望南山之參差。巖巖深山之谾谾兮，通谷豁兮谽谺。汩淢噏習以永逝兮，注平皋之廣衍。觀眾樹之𤉫蘙兮，覽竹林之榛榛。東馳土山兮，北揭石瀨。弭節容與兮，歷弔二世。持身不謹兮，亡國失埶。信讒不寤兮，宗廟滅絕。嗚呼哀哉。操行之不得兮，墳墓蕪穢而不修兮，魂無歸而不食。敻邈絕而不齊兮，彌久遠而愈佅。精罔閬而飛揚兮，拾九天而永逝。嗚呼哀哉！〔註46〕

此因登高遠眺而生興，物象描寫豐富，有悲嘆物是人非，興替無常的懷古意味，又有著對其持身不正，以至淪喪祖業的詠史意識。其不但有完整的登臨情狀與模式，在臨視中對情、景、理都有兼狀。

東漢班彪的〈北征賦〉則是另一典型例子：

> 登赤須之長阪，入義渠之舊城……登鄣隧而遙望兮，聊須臾以婆娑……隮高平而周覽，望山谷之嵯峨。野蕭條以莽蕩，迥千里而無家。風猋發以漂遙兮，谷水灌以揚波。飛雲霧之杳杳，涉積雪之皚皚。雁邕邕以群翔兮，鵾雞鳴以嚌嚌。遊子悲其故鄉，心愴悢以傷懷。撫長劍而慨息，泣漣落而沾衣。攬余涕以於邑兮，哀生民之多故。夫何陰曀之不陽兮，嗟久失其平度。諒時運之所為兮，永伊鬱其誰愬？〔註47〕

行役於野外見城市經歷兵禍、蕭條破爛，忽懷想昔日賢君的在位、悲痛生民的流離失所、思念家鄉之情，都由登山遠望所見中興起。

漢代部份登臨賦，直接繼承了先秦的母題，但就登臨文學是有進步的，抒情小賦脫離了大賦重堆砌而寡情的特點，由景入情的過程中，登臨這動作都起著關鍵的作用，它們就結構而言，已是成熟的登臨文學。

〔註46〕《全上古三代秦漢六朝文》，第一冊，全漢文卷二十一，頁6〜7。
〔註47〕《全上古三代秦漢六朝文》，第二冊，全後漢文卷二十三，頁4〜5。

　　至於詩歌，〈李陵贈蘇武詩‧晨風鳴北林〉：「明月照高樓，想見余光輝。」有登樓望月之句，然成詩時間不能確定，故主要還是在東漢五言、雜言詩流行以後的作爲觀察，如：

　　　　穆穆清風至，吹我羅衣裾。青袍似春草，長條隨風舒。

　　　　朝登津梁上，褰裳望所思。安得抱柱信，皎日以爲期。

　　　　（〈古詩四首‧穆穆清風至〉）〔註48〕

　　　　青青河畔草，鬱鬱園中柳。盈盈樓上女，皎皎當窗牖。

　　　　娥娥紅粉妝，纖纖出素手。昔爲倡家女，今爲蕩子婦，

　　　　蕩子行不歸，空床難獨守。（〈古詩十九首‧青青河畔草〉）〔註49〕

如楊孟蓉學姐所說，這些詩的登臨描寫未必很多，但不再是陪襯〔註50〕，上述登津、登樓遠望，已明顯地透過登臨來表達思念。登臨於詩文中漸漸變成主軸，這是漢代登臨文學進入成熟階段的標誌。

　　漢魏之交割據鼎立、征伐不斷，此時文人帶著宏大志向，欲要平定天下，在亂世中建立功業，又憂心年光不待、怕老大無成，且夾雜悲天憫人的複雜情懷，感慨在國破家亡下人生的淒惻遭遇，於是每抒憂憤，慷慨悲歌。由於這悲壯的時代心理，以情入景，帶著使人心悲的主調，從高處顧眄經戰火洗禮的大地、歲暮的蕭瑟原野等景象，既宏闊清晰亦催人情淚，這些風景往往是他們登臨的著目之處：

　　　　登高遠眺望，魂神忽飛逝。奄若壽命盡，旁人相寬大。

　　　　爲復強視息，雖生何聊賴。託命於新人，竭心自勖屬。

　　　　流離成鄙賤，常恐復損廢。人生幾何時，懷憂終年歲。

　　　　（蔡琰〈悲憤詩二首其一〉）〔註51〕

　　　　步登北芒阪，遙望洛陽山。洛陽何寂寞，宮室盡燒焚。

〔註48〕丁福保編，《全漢三國晉南北朝詩》，（京都：中文出版社，1979），上冊，頁58。

〔註49〕《全漢三國晉南北朝詩》，上冊，頁24～25。

〔註50〕楊孟蓉撰，〈超越與禁錮——魏晉詩賦登臨書寫之研究〉，（東海大學碩士論文，2007），頁52

〔註51〕《全漢三國晉南北朝詩》，上冊，頁51～52。

垣牆皆頓擗，荊棘上參天。不見舊耆老，但睹新少年。
側足無行徑，荒疇不復田。遊子久不歸，不識陌與阡。
中野何蕭條，千里無人煙。念我平常居，氣結不能言。
（曹植〈送應氏二首其一〉）〔註52〕

西京亂無象，豺虎方遘患。復棄中國去，委身適荊蠻。
親戚對我悲，朋友相追攀。出門無所見，白骨蔽平原。
路有饑婦人，抱子棄草間。顧聞號泣聲，揮涕獨不還。
未知身死處，何能兩相完。驅馬棄之去，不忍聽此言。
南登霸陵岸，回首望長安，悟彼下泉人，喟然傷心肝。
（王粲〈七哀詩三首其一〉）〔註53〕

節運時氣舒。秋風涼且清。閑居心不娛。駕言從友生。
翱翔戲長流。逍遙登高城。東望看疇野。回顧覽園庭。
嘉木凋綠葉。芳草纖紅榮。騁哉日月逝。年命將西傾。
建功不及時。鐘鼎何所銘。收念還寢房。慷慨詠墳經。
庶幾及君在。立德垂功名。（陳琳〈遊覽二首其二〉）〔註54〕

他們登臨所見中最不乏的是對亂象的細緻描寫，然再從時代與風光，
轉移至個人的生命歷程上，是這些悲歌的普遍形式。

　　並行於時的是抒情小賦，主題亦與他們的詩有相似之處，而登臨
賦中最出色者，則莫過於王粲的〈登樓賦〉：

登茲樓以四望兮，聊暇日以銷憂。覽斯宇之所處兮，實顯
敞而寡仇……雖信美而非吾土兮，曾何足以少留……憑軒
檻以遙望兮，向北風而開襟。平原遠而極目兮，蔽荊山之
高岑……人情同於懷土兮，豈窮達而異心……惟日月之逾
邁兮，俟河清其未極。冀王道之一平兮，假高衢而騁力……
循階除而下降兮，氣交憤於胸臆。夜參半而不寐兮，悵盤
桓以反側。〔註55〕

〔註52〕《全漢三國晉南北朝詩》，上冊，頁162。
〔註53〕《全漢三國晉南北朝詩》，上冊，頁180。
〔註54〕《全漢三國晉南北朝詩》，上冊，頁182～183。
〔註55〕《全上古三代秦漢六朝文》，第二冊，全後漢文卷九十，頁3～4。

詩人棲遲荊州，以登樓銷憂，樓上所見頃刻觸動情思，是期盼平定天下的大志、不被賞識和重用的苦悶、思念家鄉而不得歸去的惆悵，而又借古人之事，將遊子思鄉肯定為千古之常情，朱熹盛讚道：「蓋魏之賦極此矣。」〔註56〕而〈登樓賦〉對後世登臨詩的影響是巨大的，它像《楚辭》般包涵了文人登高臨望的幾個大主題與心態，若說《楚辭》的登臨是漫漫長路中的驀然回顧，那〈登樓賦〉則是提出文人登臨的完整模式。值得一提的是，〈登樓賦〉還是文人登樓的開始，在樓臺建築成熟且普遍，登樓之作又更是繁多的後世，生平相仿的文人，亦有意無意中地仿傚，與代入這模式中，自覺地以登樓抒懷。

　　降至晉代，在文化發展上又是一番風貌。晉代利於登臨詩發展的因素有三。一者隨著佛教於東漢傳入，魏晉後更是興盛，兼受上流階層所好，寺和塔隨之為大量修成，北魏楊衒之《洛陽伽藍記‧序》就記載：「京城表裏，凡有一千餘寺。」〔註57〕佛寺有塔築於大殿之後，或七層，或九層，或十三層，意味遊覽參拜者亦能攀登俯眺。

　　二者世道艱難，由古代神話所遞嬗，通過修行以達至長生的神仙道教盛極一時，葛洪《抱朴子》與《神仙傳》記載，山是採藥煉丹、修行，以至登仙之地，而志怪及仙話中，都有不少神仙樓臺的記載。

　　三者重視園林造景，士族追求幽雅的生活，如西晉石崇、東晉謝安、謝靈運等均嘗修建別業，招集文人遊園賞詠，亦有利於登臨詩的興盛。

　　西晉詩人如陸機、張協、石崇等不乏登臨佳作，成就最大者則當數阮籍，其〈詠懷詩八十二首〉中，登臨詩就佔十多首。詩人生於魏晉之間，經歷著政權的爭奪、輪替與殺戮，面對生命的朝不保

〔註56〕朱熹著，《楚辭後語》，見於《楚辭集注》，卷四，頁1。
〔註57〕楊衒之著，楊勇校箋：《洛陽伽藍記校箋》，（北京：中華書局，2010），
　　　　頁2。

夕，無可奈何又無所依靠，遂「閉戶視書，累月不出：或登臨山水，
經日忘歸。」〔註58〕作消極的逃避。在登臨的過程中，由觀照外物，
轉入內在生命的注視，因對現實的難以釋懷，其詩充斥住無奈與苦
悶，如：

> 登高臨四野，北望青山阿。松柏翳岡岑，飛鳥鳴相過。
> 感慨懷辛酸，怨毒常苦多。（〈詠懷詩其十三〉）〔註59〕
> 開軒臨四野，登高望所思。丘墓蔽山岡，萬代同一時。
> 千秋萬歲後，榮名安所之。（〈詠懷詩其十五〉）〔註60〕
> 登高望九州，悠悠分曠野。孤鳥西北飛，離獸東南下。
> 日暮思親友，晤言用自寫。（〈詠懷詩其十七〉）〔註61〕
> 誇談快憤懣，情慵發煩心。西北登不周，東南望鄧林。
> 曠野彌九州，崇山抗高岑。一餐度萬世，千歲再浮沈。
> 誰云玉石同，淚下不可禁。（〈詠懷詩其五十四〉）〔註62〕

詩中以風光慘淡、物色蕭散表現出亂世中的爭扎與躊躇，亦是他登廣
武臨古戰場而嘆的「時無英雄，使豎子成名」〔註63〕般，世無賢君良
臣，空有抱負之嘆。

　　南朝亦是較重要的時期。從《禮記・月令》的載錄後，此時又有
更豐富的民俗記錄。宗懍《荊楚歲時記》中記載，分別有七月七日人
日的登高賦詩、正月十五日的登高之會、九日九日登高的飲酒避災。
〔註64〕干寶《搜神記》中亦記有一則〈丁姑渡江〉，寫登高避洪水的
故事。〔註65〕可見登臨的習俗少在魏晉六朝時期，早已成為民間的慣

〔註58〕《說文解字注》，第八篇上，頁276。
〔註59〕《全漢三國晉南北朝詩》，上冊，頁216。
〔註60〕《全漢三國晉南北朝詩》，上冊，頁216。
〔註61〕《全漢三國晉南北朝詩》，上冊，頁216。
〔註62〕《全漢三國晉南北朝詩》，上冊，頁221。
〔註63〕《說文解字注》，第八篇上，頁276。
〔註64〕宗懍著，《荊楚歲時記》，見於，《歲時習俗研究資料彙編》，（臺北：
　　　　藝文印書館，1970），第三十冊，頁11～12、18～20、50～51。
〔註65〕干寶著，黃鈞注譯，《新譯搜神記》，（臺北：三民書局，1996），卷
　　　　五，頁164。

常活動。

在文學上，魏代以後曹氏重視文學，確立了文章乃經國大業的價值及文人的個體精神，文學脫離了經學的附庸，由被動變成有意而爲，此爲文人的自覺。至於登臨的文學意義，被文人所肯定，可能是從「莊老告退，而山水方滋」〔註66〕的南朝而起，詩人們尋找玄理在生活中的實踐，透過山水這視覺感受以體悟自然與人生，像謝靈運的〈山居賦〉、鮑照的〈蕪城賦〉都如此。至於遊玩山水，亦是士族與文人所雅好的活動，謝靈運〈遊名山志序〉云：「夫衣食，人生之所資。山水，性分之所適。」〔註67〕後梁宣帝〈游七山寺賦〉道：「承興序而陟涉，聊盤桓兩騰騁。盡登臨之雅致，悅喧囂之暫屏。」〔註68〕文學、哲理與自然風光融合，登臨感物就成爲覓取思緒的絕佳途徑，山水與登臨又是兩相益彰，此爲登臨的自覺。六朝的山水詩中，二謝成就最大，其他如鮑照、沈約等人亦不乏佳作：

> 亂流趨孤嶼，孤嶼媚中川。
>
> 雲日相暉映，空水共澄鮮。（謝靈運〈登江中孤嶼〉）〔註69〕
>
> 初景革緒風，新陽改故陰。
>
> 池塘生春草，園柳變鳴禽。（謝靈運〈登池上樓〉）〔註70〕
>
> 白日麗飛甍，參差皆可見。
>
> 餘霞散成綺，澄江靜如練。
>
> （謝朓〈晚登三山還望京邑〉）〔註71〕
>
> 千裏常思歸，登臺臨綺翼。縹見孤鳥還，未辨連山極。
>
> 四面動清風，朝夜起寒色。誰知倦遊者，嗟此故鄉憶。
>
> （謝朓〈臨高臺〉）〔註72〕

〔註66〕《文心雕龍讀本》，上冊，頁85。
〔註67〕《全上古三代秦漢六朝文》，第六冊，全宋文卷三十三，頁1。
〔註68〕《全上古三代秦漢六朝文》，第七冊，全梁文卷六十八，頁2。
〔註69〕《全漢三國晉南北朝詩》，上冊，頁639。
〔註70〕《全漢三國晉南北朝詩》，上冊，頁638。
〔註71〕《全漢三國晉南北朝詩》，上冊，頁811。
〔註72〕《全漢三國晉南北朝詩》，上冊，頁801。

宿心不復歸，流年抱衰疾。既成雲雨人，悲緒終不一。

徒憶江南聲，空錄齊后瑟。方絕縈弦思，豈見繞梁日。

（鮑照〈登雲陽九里埭〉）〔註73〕

危峰帶北阜，高頂山南嶺。

中有淩風榭，回望川之陰。（沈約〈登暢玄樓〉）〔註74〕

在民歌中，樂府詩〈西洲曲〉描寫女子登樓思人的情景，在重情的風氣，南國水鄉的浪漫風景下，文字幽怨而感人：

鴻飛滿西洲，望郎上青樓。樓高望不見，盡日欄杆頭。

欄杆十二曲，垂手明如玉。卷簾天自高，海水搖空綠。

海水夢悠悠，君愁我亦愁。南風知我意，吹夢到西洲。

〔註76〕

陸時雍《古詩鏡》道：「詩自宋一大變，氣變而韶，色變而麗，體變而整，句變而琢，於古漸遠，於律漸開矣。」〔註77〕「氣變」、「色變」，是語言的講究，謝靈運「芙蓉出水」，顏延之「錯彩鏤金」，都是文學與登臨自覺後的產物。「體變」、「句變」，是由元嘉體走向永明體時，已出現幾合於「近體」的詩作，而「近體」又在內容上更聚焦，好些長篇古詩中包含登臨，卻未必是箇中要軸，而近體詩中談及登臨，則大多能看作登臨詩，於是其對登臨詩的成熟，再有推動的作用。

三、初盛中唐

胡應麟《詩藪》云：「甚矣，詩之盛於唐也！其體，則三、四、五言，六、七、雜言、樂府、歌行、近體、絕句，靡弗備矣。其格則高卑、遠近、濃淡、淺深、巨細、精粗、巧拙、強弱，靡弗具矣。其調，則飄逸、渾雄、沉深、博大、綺麗、幽閒、新奇、猥瑣，靡弗詣

〔註73〕《全漢三國晉南北朝詩》，上冊，頁685。

〔註74〕《全漢三國晉南北朝詩》，下冊，頁1003。

〔註76〕《全漢三國晉南北朝詩》，上冊，頁551。

〔註77〕陸時雍著，《古詩鏡》，見於吳文治主編，《明詩話全編》，（南京：江蘇古籍出版，1997），第十冊，頁10686。

矣。」〔註77〕有唐一代，承接了自先秦到六朝的文學與文化傳統、融合了中原與外來的文明，在強盛繁榮的社會條件下，使詩歌的主題、體例與風格，皆無不俱備。至於登臨之場所，則有亭、臺、樓、閣、寺、塔、城、榭、驛、橋、山、原、嶺、嶼，其中著名者又如黃鶴樓、鸛雀樓、岳陽樓、太白樓、滕王閣、大雁塔、樂遊原、終南山、峴山、隴山等，然不狀地名，獨謂登山、登樓者，更不計其數。而詩之極盛於唐，登臨創作也蔚爲大觀。

　　初唐的登臨詩能粗略分作兩階段，太宗朝的宮庭詩人群，其中多是臺閣學士與重臣，以賦詩應制爲主的文學活動。他們上承六朝遺風，卻與前代的臺閣詩人不同，貞觀名臣多遭逢過戰亂，或出身軍旅，在百廢初興的時代中，他們的登臨詩除了伴遊應作外，也常追憶舊事及詠懷志向，唱出悲壯、豪邁與蒼涼的渾厚之音：

> 憑軒俯蘭閣，眺矚散靈襟。綺峰含翠霧，照日蒸紅林。
> 鏤丹霞錦岫，殘素雪斑岑。拂浪堤垂柳，嬌花鳥續吟。
> 連甍豈一拱，眾杆如軒尋。明非獨材力，終藉棟樑深。
> 彌懷矜樂志，更懼戒盈心。愧制勞居逸，方規十產金。
>
> （李世民〈初春登樓即目觀作述懷〉）〔註78〕
>
> 玄兔月初明，澄輝照遼碣。映雲光暫隱，隔樹花如綴。
> 魄滿桂枝圓，輪虧鏡彩缺。臨城卻影散，帶暈重圍結。
> 駐蹕俯九都，停觀妖氛滅。（李世民〈遼城望月〉）〔註79〕
>
> 郁紆陟高岫，出沒望平原。古木鳴寒鳥，空山啼夜猿。
> 既傷千里目，還驚九折魂。豈不憚艱險，深懷國士恩。
> 季布無二諾，侯嬴重一言。人生感意氣，功名誰復論。
>
> （魏徵〈述懷〉）〔註80〕
>
> 總轡臨秋原，登城望寒日。煙暇共掩映，林野俱蕭瑟。

〔註77〕胡應麟著，《詩藪》，（上海：上海古籍出版社，1979），外編三，頁163。
〔註78〕彭定求等編，《全唐詩》，（北京：中華書局，1960），卷一，頁8。
〔註79〕《全唐詩》，卷一，頁7。
〔註80〕《全唐詩》，卷三十一，頁441。

楚塞郁不窮，吳山高漸出。客行殊未已，沐澡期終吉。

椒桂奠芳樽，風雲下虛室。館宇肅而靜，神心康且逸。

伊我非眞龍，勿驚疲朽質。（李百藥〈登葉縣故城謁沈諸梁廟〉）

〔註81〕

　　高宗與武后朝，取而替之的是上官儀、許敬宗等宮庭詩人，他們鮮有貞觀詩人般經歷戰爭與離亂，雕文琢句遂成主流，楊炯《王子安集・序》中形容道：「嘗以龍朔初載，文場變體，爭構纖微，競爲雕刻。糅之金玉龍鳳，亂之朱紫青黃，影帶以徇其功，假稱以對其美，骨氣都盡，剛健不聞。」〔註82〕此時的宮庭詩歌爭作綺麗，相比起太宗朝帶有四海肅清的雄厚氣象的登臨詩，或能說是潮流的倒退。但與此同時，武后即位，爲抗衝關隴大族，對下層的庶族文士提供了大量的機會，是爲唐詩發展的一個轉折。在政治失意、宮庭鬥爭之下，先後有四傑、陳子昂、沈宋等人的出現，詩也從應制歌頌，眞正進入到個人的生命。在他們離開宮廷的遊歷中，大量的登臨山水進入詩歌：

滕王高閣臨江渚，珮玉鳴鸞罷歌舞。

畫棟朝飛南浦雲，珠簾暮卷西風雨，

閑雲潭影日悠悠，物換星移幾度秋。

閣中帝子今何在，檻外長江空自流。

（王勃〈滕王閣〉）〔註83〕

城上風威冷，江中水氣寒。

戎衣何日定，歌舞入長安。

（駱賓王〈在軍登城樓〉）〔註84〕

逍遙樓上望鄉關，綠水泓澄雲霧間。

〔註81〕《全唐詩》，卷四十三，頁535。

〔註82〕董誥等編，《全唐文》，（上海：上海古籍出版社，1995），卷一百九十一，頁851。

〔註83〕《全唐詩》，卷五十五，頁672。

〔註84〕《全唐詩》，卷七十九，頁863。

北去衡陽二千里，無因雁足繫書還。

（宋之問〈登逍遙樓〉）〔註85〕

層城起麗譙，憑覽出重霄。茲地多形勝，中天宛寂寥……

傲睨非吾土，躊躇適遠囂。離居欲有贈，春草寄長謠。

（沈佺期〈登瀛州南城樓寄遠〉）〔註86〕

在宦遊至塞北與江南的四傑，以及流放嶺南，「興來無處不登臨」的沈宋等人筆下，展示出兩種行役者的登臨心態，前者對時間流逝感到迫切，後者更留戀宮庭與故鄉的繁華生活。

若數初唐登臨之作的高峰，則必然是陳子昂的〈登幽州臺歌〉：

前不見古人，後不見來者。

念天地之悠悠，獨愴然而涕下。〔註87〕

詩人將不遇之苦，通過四野茫茫的風景表現出來。不見往來之人，不單將獨登臺的寂寞心態流露無遺，盛事的煙消雲散，自身也不過是悠悠天地的一分塵土，也寫出未能建功立業者對年光的惶恐。但同時它又是振奮的，上承漢魏風骨，下開唐人立業建功的先聲。

楊慎《升菴詩話》謂：「唐自貞觀至景龍，詩人之作，盡是應制。命題既同，體制復一，其綺繪有餘，而微乏韻度。」〔註88〕宮庭詩是初唐的主流，而在登臨詩中好些已脫離主流，從貞觀詩人至武四傑、沈宋的好些作品，都是從「宮宴」走向「私遊」的結果，誠如聞一多先生說的，他們將詩從宮殿臺閣帶到市井與江山塞漠〔註89〕，同時擴大了唐代登臨詩的眼界。

承初唐的經營，進入開元年間的唐朝，國力、財富的累積都到達了頂峰，如杜甫的〈憶昔二首其二〉謂：「憶昔開元全盛日，小邑猶藏萬家室。稻米流脂粟米白，公私倉廩俱豐實。九州道路無豺

〔註85〕《全唐詩》，卷五十三，頁 656。

〔註86〕《全唐詩》，卷九十七，頁 1048。

〔註87〕《全唐詩》，卷八十三，頁 902。

〔註88〕楊慎著，《升菴詩話》，見於丁福保編，《歷代詩話續編》，（北京：中華書局，1983），頁 787。

〔註89〕聞一多著，《唐詩雜論》，（上海：上海古籍出版社，2013），頁 23。

虎，遠行不勞吉日出。齊紈魯縞車班班，男耕女桑不相失。宮中聖人奏雲門，天下朋友皆膠漆。百餘年間未災變，叔孫禮樂蕭何律。」〔註90〕在安穩的基礎上，社會綻放出一種積極向上的龐大生命力，林庚先生定義道：「蓬勃的朝氣，青春的旋律，這就是盛唐氣象與盛唐之音的本質。」〔註91〕此言甚是有理。

在盛唐氣象的氛圍下，詩的發展達到了極致，體現在「惟在興趣」的性情流露上，盛唐人將這濃烈的生命情懷表現於登臨詩中，登臨也成為他們展現豪情壯志的動作，如：

> 登高壯觀天地間，大江茫茫去不還。
> 黃雲萬里動風色，白波九道流雪山。
>
> （李白〈廬山謠寄盧侍御虛舟〉）〔註92〕
>
> 盪胸生層雲，決眥入歸鳥。
> 會登凌絕頂，一覽眾山小。
>
> （杜甫〈望岳〉）〔註93〕
>
> 人事有代謝，往來成古今。
> 江山留勝蹟，我輩復登臨。
>
> （孟浩然〈與諸子登峴山〉）〔註94〕

盛唐諸公的詩中，無論遭遇失意或別離，俱不會因而喪失希望，比起前人時不我與的悲懷，盛唐人卻始終有著「舉頭望君門，屈指取公卿」、「致君堯舜上，再使風俗淳」、「天生我材必有用，千金散盡裏復來」的張狂信念，使他們的登臨詩能極博大、寬廣之美，顯示這種生命意識的高度膨漲。

盛唐氣象的具體表現，是士與隱精神的並行，將出世與入世的思想發揮到高峰，又嘗試連接起來。高岑是覓取功勳的一往無前；李白是遊俠式的謀求功成而身退；張九齡是進退間的隨緣而適；王維是亦

〔註90〕《全唐詩》，卷二百二十，頁 2324。
〔註91〕林庚著，《唐詩綜論》，（北京：人民文學出版社，1987），頁 35。
〔註92〕《全唐詩》，卷一百七十三，頁 1785。
〔註93〕《全唐詩》，卷二百二十三，頁 2378。
〔註94〕《全唐詩》，卷一百六十，頁 1644。

進亦退的兼行無礙，縱沒有消除進退間的矛盾，卻有著並存轉換的餘地，他們的出世也是爲了入世而作準備，由此衍生出盛唐詩的兩大題材——邊塞戰爭與山水田園。

邊塞詩中多登臨之作，如：

> 燕臺一望客心驚，笳鼓喧喧漢將營。
> 萬里寒光生積雪，三邊曙色動危旌。
> 沙場烽火連胡月，海畔雲山擁薊城。
> 少小雖非投筆吏，論功還欲請長纓。
>
> （祖詠〈望薊門〉）〔註95〕

> 鐵關天西涯，極目少行客。關門一小吏，終日對石壁。
> 橋跨千仞危，路盤兩崖窄。試登西樓望，一望頭欲白。
>
> （岑參〈題鐵門關樓〉）〔註96〕

> 策馬自沙漠，長驅登塞垣。邊城何蕭條，白日黃雲昏。
> 一到征戰處，每愁胡虜翻。豈無安邊書，諸將已承恩。
> 惆悵孫吳事，歸來獨閉門。（高適〈薊中作〉）〔註97〕

邊塞詩是盛唐氣象的最佳詮釋，大多表現出自太宗「天可汗」以來的強盛國威。在唐人的尚武與熱衷於建立功業的精神下，立功更重於立言，甚至主張要投筆從戎，入相出將。此時登高的臨望集中於塞外，那天山與翰海，黃沙與白雪的壯麗風光之中。同時這又是盛唐所獨有的，表現出「今見功名勝古人」、「爲君談笑靜胡沙」的飛揚意氣。

在邊功與漫遊之風熾熱下，文人大量往赴塞外，除了登山、登城言志外，亦從中衍生出不少登臨以思鄉和懷人之作：

> 胡人吹笛戍樓間，樓上蕭條海月閒。
> 借問落梅凡幾曲，從風一夜滿關山。
>
> （高適〈塞上聞笛〉）〔註98〕

〔註95〕《全唐詩》，卷一百三十一，頁1336。
〔註96〕《全唐詩》，卷一百九十八，頁2046。
〔註97〕《全唐詩》，卷二百一十二，頁2211。

閨中少婦不知愁，春日凝妝上翠樓。
忽見陌頭楊柳色，悔教夫婿覓封侯。

（王昌齡〈閨怨〉）〔註99〕

寄情山水田園，悠然自得，則是盛唐登臨詩的另一面相：

百裏聞雷震，鳴弦暫輟彈。府中連騎出，江上待潮觀。
照日秋雲迴，浮天渤澥寬。驚濤來似雪，一坐凜生寒。

（孟浩然〈與顏錢塘登障樓望潮作〉）〔註100〕

北山白雲里，隱者自怡悅。相望始登高，心隨雁飛滅。
愁因薄暮起，興是清秋發。時見歸村人，平沙渡頭歇。
天邊樹若薺，江畔洲如月。何當載酒來，共醉重陽節。

（孟浩然〈秋登蘭山寄張五〉）〔註101〕

太乙近天都，連山接海隅。白雲回望合，青靄入看無。
分野中峰變，陰晴眾壑殊。欲投人處宿，隔水問樵夫。

（王維〈終南山〉）〔註102〕

盛唐山水展現出的是閑靜空靈，是盛唐人的渾融與自然，作爲另一端的思想寄託，如道之於儒，爲文人心靈的彼岸，其中無處不見的是拋棄俗世，回歸田園的思想，即便高岑亦然。

在雄壯的邊塞與清幽的山水描寫中，李白的登臨詩最別開生面，他有大量的行旅經歷，尤好跋足名山大川，且其性情豪邁，廣交好友，在他的山水、飲宴與送別詩中，都有大量的登臨書寫：

君不見黃河之水天上來，奔流到海不復回？

（李白〈將進酒〉）〔註103〕

西嶽崢嶸何壯哉，黃河如絲天際來。

（李白〈西岳雲臺歌送丹丘子〉）〔註104〕

〔註98〕《全唐詩》，卷二百一十四，頁2243。
〔註99〕《全唐詩》，卷一百四十三，頁1446。
〔註100〕《全唐詩》，卷一百六十，頁1645。
〔註101〕《全唐詩》，卷一百五十九，頁1618。
〔註102〕《全唐詩》，卷一百二十六，頁1277。
〔註103〕《全唐詩》，卷一百六十二，頁1682。
〔註104〕《全唐詩》，卷一百六十六，頁1717。

西登香爐峰，南見瀑布水。掛流三百丈，噴壑數十里……
仰觀勢轉雄，壯哉造化功。海風吹不斷，江月照還空。

（李白〈望廬山瀑布水二首其二〉）〔註105〕

詩中穿插了大量想像，時而與古人交聚、仙家共遊，就如〈贈裴十四〉謂：「黃河落天走東海，萬里寫入胸懷間。」吞吐山河，此眞詩人自況，古人謂太白之不可攀學，知此雄奇浪漫的詩歌，不止是盛唐的一座頂峰，還是一種不見來者的李白式登臨。

三教並重令士、隱間的界限縮小，加上國家安定催使士人建立功業，導致漫遊之風熾熱，於是山水與邊塞就成爲文人進退中的兩大焦點，亦促成了登臨詩的繁榮，這皆關係到盛唐人好遊之風氣上。當然，應制、送別、宴樂等主題亦頗多佳作。

中唐以降國家多難，在繁華落盡後，詩人積極向上，張狂、豪情的其同心境漸漸冷卻，同時卻打破了風格的統一，回到獨自的性情中，他們也更著重變革的精神，李肇《唐國史補》謂：「大抵天寶之風尚黨，大曆之風尚浮，貞元之風尚蕩，元和之風尚怪也。」〔註106〕中唐就是尚浮、尚蕩、尚怪，而還有各種風格同時並存的一個時代。又似李澤厚先生謂：「直至中唐而後，個性才眞正成熟地表露出來。不再是千人一面，而是風格繁多，各有個性。」〔註107〕這亦表現在生活中，中唐人於各種情況下的理想破幻，但卻豐富了生活，尤其是貶謫、閑遊、宴會、送別及酒色行樂，都令登臨詩的創作大盛。

九十載的中唐前後湧現了數批無論遭遇、性情、風格都截然不同的大詩人，由離亂到安定、成功到失意、歡笑到傷感，人生的多面性，完全又隨意地反映於詩中，故即使單就登臨詩而言，仍是一個很複雜的論題。

登臨中大量反映時世離亂的，主要是經歷過安史之亂，或稍後的

〔註105〕《全唐詩》，卷一百八十，頁1837。

〔註106〕李肇著，楊家駱主編，《新校唐國史補》，（臺北：世界書局，1962），卷下，頁57。

〔註107〕李澤厚著，《美的歷程》，（臺北：三民書局，1996），頁165。

詩人。其中以杜甫為要，尤是安史之亂後的半生，詩人過著顛沛流離的生活，在逃難、投靠友人的旅途中，不免登山登樓：

　　花近高樓傷客心，萬方多難此登臨。

　　錦江春色來天地，玉壘浮雲變古今。

　　北極朝廷終不改，西山寇盜莫相侵。

　　可憐後主還祠廟，日暮聊為梁父吟。（杜甫〈登樓〉）〔註108〕

　　風急天高猿嘯哀，渚清沙白鳥飛回。

　　無邊落木蕭蕭下，不盡長江滾滾來。

　　萬里悲秋常作客，百年多病獨登臺。

　　艱難苦恨繁霜鬢，潦倒新停濁酒杯。（杜甫〈登高〉）〔註109〕

兩詩時間不同卻情感相似，前者傷國家破落，後者言壯志未酬。經歷過開天盛世的詩人，登上高處覽望破碎山河，思及朝庭與百姓，再回首自身，壯闊而又帶有濃厚的悲涼色彩，體現出詩人「沉鬱頓挫」的風格。

　　《四庫全書總目‧錢仲文集提要》謂：「大曆以還，詩格初變。開、寶渾厚之氣，漸遠漸漓。」〔註110〕大曆十才子繼杜甫而聞名，思想與氣格上卻均遜遠於盛唐人，是離亂後的豪情不再。他們的登臨詩頗多，集中在宴遊、行旅、送別：

　　憶家望雲路，東去獨依依。水宿隨漁火，山行到竹扉。

　　寒花催酒熟，山犬喜人歸。遙羨書窗下，千峰出翠微。

　　（錢起〈送元評事歸山居〉）〔註111〕

　　山寺臨池水，春愁望遠生。蹋橋逢鶴起，尋竹值泉橫。

　　新柳絲猶短，輕蘋葉未成。還如虎溪上，日暮伴僧行。

　　（司空曙〈早春游慈恩南池〉）〔註112〕

〔註108〕《全唐詩》，卷二百二十八，頁2479。

〔註109〕《全唐詩》，卷二百二十七，頁2467。

〔註110〕紀昀、永瑢等著，《四庫全書總目提要》，（長沙：商務印書館），萬有文庫本，第八冊，卷一百五十，別集類三，頁49。

〔註111〕《全唐詩》，卷二百三十七，頁2635。

〔註112〕《全唐詩》，卷二百九十二，頁3331。

　　濟江篇已出，書府俸猶貧。積雪商山道，全家楚塞人。

　　大堤逢落日，廣漢望通津。卻別漁潭下，驚鷗那可親。

　　（耿湋〈送郭正字歸邛上〉）〔註113〕

主題頗多，然思想與表現都較單調，登臨詩中亦反映其借山水宴遊來
逃避現實的苦悶，故多精緻、平淡，卻稍欠性情。

　　貞元以後，社會與藩鎮問題未得根本解決，但不像肅、代二宗朝
的混亂與無力，朝庭嘗試掌握主動，打擊藩鎮，讓文人重燃希望，但
就登臨詩不言教化及時事，反在看感到中興渺茫、理想無法實踐及遭
遇不平之事，從熱情的高峰墜下時，才更是對登臨傳統的推波助瀾：

　　海畔尖山似劍鋩，秋來處處割愁腸。

　　若為化得身千億，散上峰頭望故鄉。

　　（柳宗元〈與浩初上人同看山寄京華親故〉）〔註114〕

　　高處望瀟湘，花時萬井香。雨餘憐日嫩，歲閏覺春長。

　　霞刹分危榜，煙波透遠光。情知樓上好，不是仲宣鄉。

　　（元稹〈湘南登臨湘樓〉）〔註115〕

這類異地登臨的懷鄉題材，是中唐詩人被流貶在外的共同主題，他們
也常以這種方式表示對政治中心的想念，及無法回鄉的失落。

　　從這政治熱情的減退，就風格而言詩也走向兩個極端，如許總先
生說，一是文人在目見醜惡污穢的不平則鳴，及心理承受著巨大壓抑
感所推助的險怪詩風，二是寄情山水、酒色、文詞，來回避社會現實
的閑適詩風。

　　前者如盧仝、李賀，其詩風詭異怪奇，如李賀〈夢天〉一詩：

　　老兔寒蟾泣天色，雲樓半開壁斜白。

　　玉輪軋露濕團光，鸞珮相逢桂香陌。

　　黃塵清水三山下，更變千年如走馬。

　　遙望齊州九點煙，一泓海水杯中瀉。〔註116〕

〔註113〕《全唐詩》，卷二百六十八，頁2987。
〔註114〕《全唐詩》，卷三百五十一，頁3931。
〔註115〕《全唐詩》，卷四百零九，頁4549。
〔註116〕《全唐詩》，卷三百九十，頁4396。

詩人想像自己登上月宮，再憑之而望人間風景，見大地的燈火如幾點
寒煙，江川大海如杯水之微。這些登臨詩依賴著想像，以「筆補造化」
的方式，突破一般登臨者的視覺與模式，透過意象重組展現出詭奇之
美。

　　後者如白居易晚年大量的閑適之作，如其〈憶江南詞三首其二〉：

　　江南憶，最憶是杭州；山寺月中尋桂子，郡亭枕上看潮頭。
　　何日更重遊。〔註117〕

詩人時已返回京洛，唐人不重視地方官職，詩人卻獨懷念舊日於
蘇、杭二州間的江南生活，特別是在亭上看春水綠如藍的浪潮，他
〈冷泉亭記〉謂：「坐而玩之者，可濯足於床下；臥而狎之者可垂
釣於枕上」〔註118〕，為其對昔日杭州春遊之追憶，可見壯心衰微，
而閑情益趨，某程度上亦中唐詩人的共同心理特徵。

　　唐以詩賦取士，賦亦當佔重要地位，登臨賦也有不少，然論及
唐人登臨最不可忽略的是劉禹錫的〈望賦〉，前人鮮少提及，筆者卻
以為此賦甚至比許多登臨名作更重要，按其敘述分作兩部份，起首
云：

　　邈不語兮臨風，境自外兮感從中。晦明轉續兮，八極鴻蒙。
　　上下交氣兮，群生異容。發孤照於寸眸，騖遐情乎太空。
　　物乘化兮多象，人遇時兮不同。嗟乎！有目者必騁望以盡
　　意，當望者必緣情而感時。有待者瞿瞿，忘懷者熙熙。慮
　　深者瞠然若喪，樂極者衝然無違。外徒倚其如一，中糾紛
　　兮若斯。〔註119〕

明言登臨者的孤獨，在茫茫天地之間能「仰觀宇宙之大，俯察品類之
盛」，感受外在物象，而再發乎情思，不同的遭遇，不同的景象，帶
來的感受亦不同。

　　賦中將登臨者的情思與境界歸作六類，曰「望最樂」、「望且

〔註117〕　《全唐詩》，卷四百五十七，頁5196。
〔註118〕　《全唐文》，卷六百七十六，頁3062。
〔註119〕　《全唐文》，卷五百九十九，頁2681。

歡」、「望攸好」、「望有形」、「望且慕」、「望最傷」,各用典故闡明要旨。

「望最樂」者是盛世之時,祥瑞初降,交歡宴遊,登高見君臣車馬過如遊龍的景象;「望且歡」者是強作歡愉,如登高臨視四野,見紅塵漠漠,卻終與己無關;「望攸好」者屬於宗教與精神性的,登高故神馳萬里,如渡蓬瀛,如見神光,悅然入妙;「望有形」者如戰雲密佈,沙雪連天,是在有形與無形之間,彷兮彿兮的視覺與心理感受;「望且慕」者則似妃嬪思君、少婦憶夫,空閨冷落,徘徊樓上,卻不可見得;「望最傷」者則是詩人所強調,如佳人別國,遊子思鄉,忠臣在胡,宮人望月等,故見春而傷春,逢秋而悲秋,直能別作一篇〈恨賦〉論之。

劉禹錫這篇賦作言語簡短,卻是就「登臨」本體論起,扼要地從文人的角度與心理,分析登臨者的感受,並說出觀物與情景間相互觸發的特點,又取大量事例,將登臨所見與所感分作幾類析述,條理分明,既能借之理解唐人對登臨的看法,亦能說明唐人登臨意識的完全成熟,至關重要。

總而言之,有唐一代詩歌諸體皆備,無事不可以為詩,一切促成登臨的社會與文化條件均非常成熟,故其變化不復前代時快時慢的累積發展,而是更集中於詩歌內容的本身,由此氣格升降、風景變遷、際遇窮通,便成為唐人詩篇所以面貌不同的原因,其創作的登臨詩幾乎都沿這規律而進行,主要是反映在內容與詩風上的異同,初唐人多行旅感懷、盛唐人多作邊塞與山水、中唐人的變態百出,大抵時風與際遇使然。

第三章　晚唐登臨盛行的文化背景

　　登臨無法與戰亂、朝政的背景直接扯上關係，它屬於個人行為，要解釋登臨便要從文人的生活著眼。登臨，以登為發端，無登則無臨。登者當然也不可能待於家中，閑來登樓一望，這既難感發意興，也失去討論的必要。故薛芳芸女士就提到：「唐代社會漫遊風氣盛行，是登臨詩繁榮的最直接的原因。」〔註1〕她雖然無進一步作出分析，但這無疑是有見地的，就如同僖宗朝人鄭棨謂：「詩思在灞橋風雪中，驢子上。」〔註2〕遊而有感，感而有詩，為文學的樞要，且看唐以前的登臨文學，無論在哪種處境、心態，大多都是在遊歷的過程中所書寫的。因此遊歷與登臨有因果關係，遊歷機會愈多，則登臨機會也愈多，晚唐自當如是。那麼文人遊歷之風氣、出遊的原因及心境，就自然成為他們登臨詩作的注釋。

　　從筆者看來，登臨的發生大抵有兩種模式，一者是因生活而進入某場所，再於有意或無意中進入臨望。它是較間接性的，文人的初衷並非登望；二者是在不同的原故下為了臨望而登高。它是直接性的，本意就為了登臨。本章分作三節，就其緣起、外在條件及內在影響的推動，論說晚唐登臨盛行之因由。

〔註1〕薛芳芸撰，〈唐代登臨詩的繁榮及緣由〉，《太原師範學院學報》，2006年6月，第5卷，第3期，頁99。

〔註2〕孫光憲著，《北夢瑣言》，（上海：上海古籍出版社，2012），卷七，頁51。

一、登臨的發端：求取登第與詩名的漫遊

晚唐的社會條件利於漫遊。德宗朝為重整稅收改行兩稅，某程度上打破了土地對個人的束縛。然寺廟林立、驛站發達、幕府羅列等，都為文人出遊創造了方便性，或不如從前的方便安全，但就社會條件來說亦不遜色。

唐人漫遊目的可概括作兩類，一是精神與審美上的活動，如閑遊、山水遊；二是功利性的活動，即宦遊。縱觀晚唐人的漫遊，單純為審美性質的，大抵較為缺乏，如丁成泉先生論及晚唐的山水詩道：「除少數潔身自好者外，人們對隱居林泉，遊賞山水的活動已失去興趣……從政不易，這又使得一部分已步入仕途的文人心力交瘁，無暇去領略大自然的美。」〔註3〕非指晚唐文人無登山臨水，而是他們的審美性、文學性的活動，都在宦遊的生命之中發生。

宦遊是晚唐人從「俗」與紛亂多難的大環境下，以名利為主軸，以憂傷為主調，且貫穿整個生命與信仰，又不得不為之的活動。這遊風的熱熾，因社會對進士與詩名的重視，以及文人生命的自我期許。

重進士之風始於初盛唐，而尤甚於中晚。此中有幾個原因，一者是歷代皇帝的喜好文學，單以晚唐為例，文宗好詩，曾欲置「詩學士」，宣宗好文學，常自稱「鄉貢進士」；二者是百姓的普遍接受，詩歌高度流行，皆因普遍賞析能力的提升，如李白作〈大鵬賦〉，兩京的百姓皆「家藏一本」，白居易的〈琵琶〉、〈長恨〉等詩，更是童子、婦人、胡兒皆能肯熟頌；三者是進士的稀少，唐科舉以進士與明經為主，前者百取一二，後者則十取一二，時謂「三十老明經，五十少進士」〔註4〕，以罕為貴，進士因而貴於他科；四者是進士出身，前途往往更加光明、易登上臺省、位列清要。

龔鵬程先生之說很有啟發，他以「文學崇拜」來總括這現象。創作能力，既受於先天，亦有生活的磨練，故有感為詩，是個人性

〔註3〕丁成泉著，《中國山水詩史》，（臺北：文津出版社，1995），頁132。
〔註4〕王定保著，蔣光煦校，《唐摭言》，（臺北：世界書局，1959），卷一，頁4。

的，獨一無二的創造能力，不止百姓，連皇帝亦不可奪其所有，故
「整個社會看重文學的價值，認定了能寫文章的人就是要比光會讀
書的人高明。」詩人也「藉著與文的聯繫，人也獲得神聖性……世
俗對文人（聖者），當然只能仰望、企羨、頌嘆、並不斷傳頌聖者所
創造的詩文。」〔註5〕此話很是精僻，詩發自心靈，亦受於心靈，
好的詩歌有撼動人心的力量，故能動天地，感鬼神，給予讀者精神
上的昇華，某程度上它與宗教是相似的。白居易〈故京兆元少尹文
集序〉謂：「天地間有粹靈氣焉，萬類皆得之，而人居多，就人中，
文人得之又居多。」〔註6〕於是，有這種力量的人自然受到尊崇，
文人亦有身為另一個階級的自覺。

　　這種風氣正反映在中晚唐人對待及第者，甚至舉子的態度上。
進士所以倍受重視，因為它是文學的象徵。計有功《唐詩紀事・劉
魯風》記載道：「自貞元後，唐文甚振，以文學科第，為一時之榮。」
〔註7〕又李肇《唐國史補》謂：「進士為時所尚久矣，是故俊乂實在
其中。由此而出者，終身為聞人。」〔註8〕進士登第，自是文人中
之達者，便成社會追捧的對象，故稱為「聞人」。

　　社會給予文人許多的優待，皇帝會直接召見或任用他賞識的文
人，德宗因〈寒食〉一詩提拔韓翃、宣宗微服考察溫庭筠。節度使
或朝官好與文人交遊，或聘作幕僚，對有才能的文人，也能放下身
段，擁篲相待。王公大臣常在曲江大會上選婿。連平民百姓，也有
不少招待或接濟文人的記載。武宗的〈會昌五年正月三日南郊赦文〉
內有謂：

　　　　從今已後，江淮百姓非前進士及登科有名聞者，縱因官
　　　　罷職居別州寄住，亦不稱為衣冠，其差科色役，並同當

〔註5〕　龔鵬程撰，〈論唐代的文學崇拜與文學社會〉，見於《晚唐的社會與文
　　　　化》，（臺北：臺灣學生書局，1990），頁19。
〔註6〕　《全唐文》，卷六百七十五，頁3055。
〔註7〕　計有功著，《唐詩紀事》，（臺北：木鐸出版社，1982），卷五十八，頁
　　　　892。
〔註8〕　《新校唐國史補》，卷下，頁55。

　　　處百姓。〔註9〕

中進士者，名利兼收，姚合〈送喻鳧校書歸毗陵〉謂：「闕下科名出，鄉關賦籍除。」即爲此意。

　　不止民間聲望，進士在官場上也容易升遷，及第通過吏部考核後，剛進入官場，由校書郎、縣尉等職位開始，但以後就能晉身顯要。封演《封氏聞見記·制科》云：「宦途之士，自進士而歷清貴，有八僑者：一曰進士出身，制策不入。二曰校書、正字不入……言此八者尤加僑捷，直登宰相，不要歷餘官也。」〔註10〕又《唐會要》記載：「朝廷設文學之科。以求髦俊。臺閣清選。莫不由茲。」〔註11〕因此，進士及第並不保證能官運亨通，但較之他科無疑更有前途。反之者，如《唐語林》中有記載道：

　　　宣宗舅鄭僕射光，鎮河中。封其妾爲夫人，不受，表曰：
　　　白屋同愁，已失鳳鳴之侶；朱門自樂，難容烏合之人。上
　　　大喜……上曰：「表語尤佳，便好與翰林一官。」論者以爲
　　　不由進士，又寒士，無引援，遂止。〔註12〕

鄭光以文筆受皇帝讚賞，欲爲翰林學士，卻因「不由進士」而終未成事。陳寅恪先生提到唐代社會對人品評量，謂：「仕而不由清望官，俱爲社會所不齒。」〔註13〕清官，是指官場中「高尚」、爲人尊崇的職位。可見，這高尚不止是社會地位，連在官場也是如此。無怪乎唐人以「登仙籍」、「躍龍門」來稱呼中進士者，得第與否有如泥雲之別，劉崇遠《金華子雜編》記許棠登第之事，謂：「則知一名能療身心之疾，眞人世孤進之還丹也。」〔註14〕彷彿如獲新生。也便解

〔註9〕　《全唐文》，卷七十八，頁357。

〔註10〕封演著，《封氏聞見錄》，見於《封氏聞見錄外二種》，（臺北：新文豐出版公司，1984），頁24。

〔註11〕《唐會要》，卷七十六，頁1382。

〔註12〕王讜著，《唐語林》，（臺北：廣文書局，1968），卷三，頁114。

〔註13〕陳寅恪著，《元白詩箋證稿》，（北京：生活·讀書·新知三聯書店，2001），頁116。

〔註14〕劉崇遠著，《金華子》，見於《唐五代筆記小說大觀》，（上海：上海古籍出版社，2000），下冊，頁1768。

釋「縉紳雖位極人臣，不由進士者，終不爲美。」〔註15〕這官場價值。

是故，在時代風尚下，文人不論有求無求，都以考取進士爲人生目標。有所求者，王定保《唐摭言》謂：「科第之設，草澤望之起家，簪紱望之繼世；孤寒失之，其族餒矣；世祿失之，其族絕矣。」〔註16〕士族以之維持家族的聲譽和地位，普通人家則借此獲得進入官場的資格，改變生活。而無所求者，則是未必爲進士及第後的好處，晚唐人常經歷十數年考取一第的苦況，如「得仁……出入舉場二十年，竟無所成」、「山甫，咸通中累舉進士不第」、「章碣……累上著不第」〔註17〕等，按唐制三年或四考一遷，即使登第進士，年老方進入官場的文人，大抵也是無甚前途。如果拋開名利不談，支持著他們，驅使他們不斷投考，且花盡精神財帛的，或正是「以進士爲美」這巨大的時代思潮建立起的價值觀。老年才登第孟郊不失爲例，他及第後春風得意，卻旋因疏懶公務，辭官歸去，可知投考進士，非爲了當官，很可能是實踐人生價值之法。故唐末韋莊奏請蜀主，還有才無命的文士一第，此求賜先人一第，已脫離了實用範疇，代表著某種強烈的人生信仰。

當然，進士及第給予文人施展抱負的機會，但進士科本一第難求，在科場的不公平下更是如此。若說進士踏足官場的臺階，那詩歌方是文學崇拜的基石，故有才華而未及第者亦受社會重視。其中名聲很重要，當文學成爲了社會身份的象徵後，直接向大眾反映其「地位」高低的，就是文人自身的詩名。因有才名，獲主司肯定，而進士及第者，固然是「聞人」，至於不第者，其詩文在通過傳播，受到大眾與文壇的認同，亦能建立起社會地位，且看兩條記載：

〔註15〕《唐摭言》，卷一，頁4。
〔註16〕《唐摭言》，卷九，頁97。
〔註17〕辛文房著，《唐才子傳》，（哈爾濱：黑龍江人民出版社，1986），頁124、163、174。

任濤，筠川人也。章句之名早擅。乾符中，應數舉，每敗垂成。李常侍騭廉察江西，素聞濤名，取其詩覽之，見云：露搏沙鶴起，人臥釣船流。大加賞歎……特與放鄉里雜役……騭判曰：江西境內，凡爲詩得及濤者，即與放役，豈止一任濤而已哉。〔註18〕

李博士涉……至浣口之西，忽逢大風，鼓其征帆，數十人皆馳兵仗，而問是何人。從者曰：李博士船也。其間豪首曰：若是李涉博士，吾輩不須剝他金帛。自聞詩名日久，但希一篇，金帛非貴也。李乃贈一絕句。豪首餽略且厚，李亦不敢卻。〔註19〕

免除賦役本限進士，任濤因有詩才竟同得此優待；李涉詩名遠播，連盜匪也以禮相待，願用財帛換詩。這都足見詩名所賦予的地位，甚至連倡妓只要懂得詩歌，身價亦高於他妓。故無論登第與否，名聲都是實在的，文人除進入官場外，大多只有以筆硯營生，王讜《唐語林》記載：「（中唐）長安中爭爲碑誌，若市賈然。大官薨，其門如市，至有喧競構致，不由喪家者。」〔註20〕得爲大官顯要作誄，必是有名望的文人，也因而會得到豐厚的潤筆。詩文有價有市，並不限於作碑文，但因名而貴是前題。如前文所說，社會各階層對文人的優待，或應會考慮此人是否值得投資、援引，甚至無償的幫助，這先關係到其名聲高低的問題。能登第自然好，不第的文人仍可依賴名聲和筆硯維生。

晚唐人在他們的詩中赤裸裸地表現出對詩名的渴求，「養生非酒病，難隱是詩」、「但取詩名遠，寧論下第頻」、「官路雖非遠，詩名要且聞」、「凡事有興廢，詩名無古今」，不單是實際利益，若在「不朽」與文學本身的追求上看，作藝術人生中另一重要價值，詩名的意義，甚至等同或超越了高官厚祿對他們的誘惑。

〔註18〕 《唐才子傳》，頁188。
〔註19〕 范攄著，楊家駱主編，《新校雲溪友議》，（臺北：世界書局，1962），卷下，頁61。
〔註20〕 《唐語林》，卷一，頁10。

　　故思無論是赴考、干謁、請求援引，還是追求名聲，為了生活，為了詩歌，文人都必須離鄉背井，到京師、州縣、邊地、幕府尋求實現理想，出遊是勢所難免的。賴瑞和先生描述：「考之兩《唐書》列傳中的中晚唐士人，幾乎沒有人沒有過一段宦遊經驗。」〔註21〕正是當時社會與價值推動下的熱熾風尚。

　　一般來說，晚唐文人的漫遊，正大多是干謁、行卷、獻書的活動，因一旦得到主司，或者文壇巨匠的賞識，無論在科場應考，還是建立社會名聲上，都是一大助力。而行卷和干謁更是推動漫遊的主要因素，胡震亨《唐音癸籤》謂：「唐士子應舉，多遍謁藩鎮、州、郡，丐脂潤。」〔註22〕如白居易被貶謫在外，士子劉軻常以詩文謁見，於是為其修書一封，薦與京中故人，並直言謂：「苟于今不我欺，則子之道庶幾光明矣。」〔註23〕連沒有文學修養的官員，舉子為了得到資助或援引，仍不可失之。〔註24〕同時藩鎮也是舉子的目標，王世貞《全唐詩說》謂：「唐自貞元以後，藩鎮富強，兼所闢召，能致通顯，一時游客詞人，往往挾其所能，或行卷贄通，或上章陳頌。」〔註25〕舉子不斷外出找尋機會，不辭勞苦地走到京師、藩鎮，甚至地方州郡，希望得到肯定。

　　但晚唐科場環境是惡劣的，從早期的朋黨鬥爭，至後期的公卿壟斷，主司受制，唐末時更有舉場之語謂：「及第不必讀書，作官何

〔註21〕賴瑞和著，《唐代基層文官》，（臺北：聯經出版事業股份有限公司，2004），頁 417。

〔註22〕胡震亨著，《唐音癸籤》，（臺北：木鐸出版社，1982），卷二十六，頁 277。

〔註23〕《全唐文》，卷六百七十七，頁 3066。

〔註24〕李商隱〈與陶進士書〉：「而比有相親者曰：『子之書，宜貢於某氏某氏，可以為子之依歸矣。』即走往貢之，出其書。乃復有置之而不暇讀者；又有默而視之，不暇朗讀者；又有始朗讀，而終有失字壞句不見本義者。進不敢問，退不能解，默默已已，不復語歎。」見於《全唐文》，卷七百七十六，頁 3587。

〔註25〕王世貞著，《全唐詩說》，頁 32，見於《古今詩話叢編》，（臺北：廣文書局，1971），第五冊。

須事業。」〔註26〕寒士登第變成不可能之事。或有提拔寒士之例，如「李衛公頗升寒素」、「昭宗皇帝，頗爲寒俊開路」，這樣的記載，卻剛好能反映出這是世代風潮中的一些異數。王讜《唐語林》中記載：「大中、咸通之後，每歲試禮部者千余人。其間有名聲……雖然，皆不中科。」〔註27〕其中列舉了數十人，皆以詩文著名，卻無一登第，這與公卿子弟的遭遇很大對比，故如「細看月輪還有意，信知青桂近嫦娥」、「芙蓉生在秋江上，不向春風怨未開」的諷刺之句；像「回看骨肉須堪恥，一著麻衣便白頭」、「行行血淚灑塵襟，事逐東流渭水深」的苦痛之言，大都能在晚唐寒士的集中找到。

　　正因科場不公，一第難求，而社會與自身價值的催逼，又讓文人不得屢敗屢戰地行卷、干謁與尋找新的援引對象，輾轉行走在京師州郡之間，便如劉琴麗女士謂：「科舉考生的地域流動性是一明顯特徵。」〔註28〕這流動性，又在一段長時間中往來反覆的進行，見晚唐人詩，如「十載長安跡未安，杏花還是看人看」、「十年五年歧路中，千里萬里西復東」、「如病如癡二十秋，求名求得又難休」、「逐隊隨行二十春，曲江門外避車塵」，動即是十年、二十年。如此，使得漫遊活動有著半輩子的持續性。自然環境的難以預測，交通的限制，能一天行走的距離相當有限，劉滄〈下第東歸途中書事〉謂：「峽路誰知倦此情，往來多是半年程。」一去一回，須以年月作爲衡量。且晚唐南方文人漸多，龐大的版圖中，從南到北參加省試，又是長距離的往來。如此也增加了漫遊的耗時性。於是這在種長時間、距離的漫遊活動中，登山、登嶺、登驛、登寺等，更成爲吃飯睡覺般普遍的活動；在他們停留的州縣中，爲生活上不同的實際需要與文學活動，又定然有許多登樓、登臺、登城的經歷。於是，無論是有意識的，還是無意識的登臨，在這過程中都不可能避免。亦因此，

〔註26〕《全唐詩》，卷八百七十六，頁9930。
〔註27〕《唐語林》，卷二，頁65。
〔註28〕劉琴麗著，《唐代舉子科考生活研究》，（北京：社會科學文獻出版社，2010），頁19。

登臨縱然在宦遊的大風氣下產生，它的詩卻不是獨言仕宦，多數還是關於文人旅途中的各種活動，包括懷古、行旅、唱和、宴遊等，題材與思想涵蓋極廣。

科名與登臨，或漫遊與登臨，或無相直接等同的關係，然為科名之故，產生了遠距離、長時間和來回多地的漫遊，從中產生大量登臨，卻是不容置疑的。因此漫遊還是最重要的一環，人在旅途中定多感興、生活需要，繼而產生登臨。所以筆者認為，登臨詩於晚唐是從「科名〉漫遊〉登臨」這樣一個模式下必然發生的產物，三者有著因果次第的關係。

不止於宦遊，如閑遊、邊塞遊、隱居，甚至貶謫等，各種形式的遊歷活動，亦會與登臨產生關係，但畢竟它們不似宦遊一般能形成龐大的社會風氣，或許是在宦遊底下進行的，故不加論述。

二、外在條件：簡述漫遊生活與登臨場所的關係

漫遊與登臨的關係，在生活上互相連結，正如前文引丁成泉先生說，為理想的奔波的文人們，原意不可能全然都為了遊玩而登高的，而是在某個場所中的一項額外的活動，因此他們進入某個場所大抵是為了生活需要，而在活動的進行中或完成後，連繫到精神與文學上，有意或無意地發生了登臨，再觸動情思。登臨場所與文人漫遊生活間的密切關係，就是間接促成他們登高臨望的重要條件。

（一）歌樓酒館

「樓」在晚唐，甚至整個唐代的登臨詩中，出現次數都是最多的，且遠勝其他場所，皆因它的包涵面非常廣，寺、觀、驛、館、宮等場所中，都有樓閣可供攀登，而亦時會稱臺、城，其指向常會有幾個可能。撇除這些重覆性，與晚唐生活最關係密切，便是酒館與歌樓。

酒館，王賽時先生形容道：「唐代酒肆數目之多，位於飲食各行

業之首，大城市之中櫛次鄰比，鄉間江濱也是觸目可見。」〔註29〕唐人的生活與詩歌中幾乎都有酒的影子，酒樓也隨處可見。酒是生活中極重要的一環，於文人來說酒更與情相關。白居易〈仇家酒〉云：「時到仇家非愛酒，醉時心勝醒時心。」說明了文人刻意求醉，是追求某種精神境界，阮陶的好酒不亦如此嗎？「酒爲忘憂君」，是文人對它的確切認識，晚唐正好是要忘憂的時代。

歌樓，則如鄭敏志先生形容道：「唐朝國力盛極而衰，政治雖漸下坡，但城市經濟卻尤盛於前……使得狎妓幾乎成爲中唐名流士人的共同風尚。」〔註30〕出入青樓狎妓、聽歌，幾乎爲中晚唐文人生活的共同情趣，如《太平廣記‧婦人四》謂：「牧（杜牧）供職之外，惟以宴遊爲事。揚州勝地也，每重城向夕，倡樓之上，常有絳紗燈萬數，輝羅耀烈空中。九里三十步街中，珠翠塡咽，邈若仙境。牧常出沒馳逐其間，無虛夕。」〔註31〕晚唐的重要文人如李商隱、杜牧、溫庭筠等人多與妓女交往，妓女亦解唱詩、作詩，能與文人和應，於是賦詩、聽歌、行雅令等在酒樓的行樂，成爲文人雅化生活的一部分。像韋莊〈過揚州〉云：「當年人未識兵戈，處處青樓夜夜歌。」吳融〈風雨吟〉云：「姑蘇碧瓦十萬戶，中有樓臺與歌舞。」適是時人的寫照。

無論是歌樓還是酒館，都有相重合之處，美酒聲色在晚唐人對樓閣的描寫中往往是分不開的，酒中有歌，歌中有酒。

除了享樂消閑外，晚唐的這些風月聲色之地，更重要的是提供交際場所，一者是出於「多務朋遊，馳逐聲名」的需要，官員或幕主大都愛在假日舉辦宴會，文人則欲透過參加上層宴會，來獲得名望或被提拔的機會。時人的登臨詩中，就有不少陪官員宴遊玩樂的

〔註29〕王賽時著，《唐代飲食》，（濟南：齊魯書社，2003），頁271。
〔註30〕鄭敏志著，《細說唐妓》，（臺北：文津出版社，1997），頁135。
〔註31〕李昉等編，《太平廣記》，（臺北：西南書局，1983），卷二百七十三，頁2151。

描寫，正是文人遊走干謁與入幕的常態活動，如范攄《雲溪友議》記載:「李公連夕餞崔君於越州鏡湖光候亭，屢命小歌餞，在座各爲，一絕句贈送之。」〔註32〕宴集必有賦詩，於唐人宴集的序文中屢見，而從登臨詩看，唐人也有許多宴遊的描寫，於《全唐詩》卷五百六十四中，便有十四首，由十二位文人共同登臨越王樓，與綿州刺史于興宗唱和的詩作，可知宴會的規模;二者是私遊，即朋輩間的相會與送別，又使後者尤多，「同是宦遊人」的身份，令晚唐文人間相知相惜，亦有假「治友」〔註33〕以彰顯名聲，互抬聲價，故別離之時多在酒樓設宴相送。

（二）寺　廟

佛寺，在晚唐文人的漫遊生活中佔極重要的地位。從登臨詩中的數量看，若比廣義性的樓閣或遠遠不如，但和就確實指涉的場所相比卻猶有過之，它可能是登臨詩中出現最多的場所。佛教致力於擺脫「苦」，晚唐恰是「苦」的時代，儒家的價值觀已不足撫慰人心，加以道教衰微，佛教遂成主流信仰。晚唐時上至皇帝，下至平民皆多好佛，除了會昌的滅佛外，皇帝幾乎都尊崇佛教，宣宗即位便復建佛寺。懿宗迎佛骨，一時之間，「宰相以下，施財不可勝計。百姓競爲浮圖，以至失業。」〔註34〕

晚唐文人信佛的不在少數，在「用」的角度看，佛寺更舉足輕重，它爲行人提供了住宿的場所。寺廟停客，從最初方便僧侶往來，至佛教的世俗化，多開放予大眾投宿租住，中晚唐更是如此，張弓先生描述道:「大曆以後至唐末，文壇盛行流寓佛寺、詩文酬唱的風氣……表明文人士子『寄興江湖』的雲遊，行跡侘傺，步履交疊，

〔註32〕《新校雲溪友議》，卷上，頁17。
〔註33〕杜牧〈送盧秀才赴舉序〉:「治心、治身、治友，三者治矣，有求名而名不隨者，未之聞也。」見於《全唐文》，卷七百五十三，頁3461。
〔註34〕《唐語林》，卷三，頁88。

大抵以佛寺作逆旅。」〔註35〕可知不論宦遊，還是平日的閑遊，宿寺都爲慣常事，而寺院登臨詩多夜中之作，如「因居話心地，川冥宿僧房」、「孤枕客眠久，兩廊僧話深」、「長欲然香來此宿，北林猿鶴舊同群」、「峰抱池光曲岸平，月臨虛檻夜何清」，知此風普遍。

　　住宿有短期、長期，前者爲行旅投宿提供了便利，《唐會要》記載：「天下寺五千三百五十八。僧七萬五千五百二十四。尼五萬五百七十六。」〔註36〕又：「會昌五年，敕祠部檢括天下寺及僧尼人數。凡寺四千六百，蘭若四萬。」〔註37〕山野間往往置有佛寺或傳舍，兩者「不防僧俗」，難找到或進住民家與館驛的時候，寺廟定是較安全和便宜的選擇；後者爲文人提供了讀書環境，比前者更重要，唐人有習業山林寺院的風尚，嚴耕望先生的文章中有精密而詳盡的考證，提出幾個要點，一爲寺院的藏書繁多，有利寒門士子的學習；二爲詩僧群的成熟，《全唐詩》內的詩僧詩便有兩千餘首，晚唐尤多，故文士與之交往、談詩論文，亦是常態；三爲文人愛好隱逸，窮則獨善其身的消極心理；四爲家貧難繼生活，故寄食於寺院。這都使文人的生活，與寺廟建立起密切關係，實無遺漏。〔註38〕另外文中亦提及：「以上所舉者凡二百餘人⋯⋯此二百餘人中，宰相二十人。」〔註39〕因此，畢寶魁先生謂：「如果能培養出幾位社會名流，則會大大提高寺廟的知名度，知名度得到提高，香火當然僧旺盛許多。」〔註40〕可知寺院樂於接待，甚至接濟文人，實有著互利關係，也就雙向地推動了宿寺、

〔註35〕張弓著，《漢唐佛寺文化史》，（北京：中國社會科學出版社，1997），
　　　　下冊，頁1020。
〔註36〕《唐會要》，卷四十九，頁863。
〔註37〕《唐會要》，卷四十九，頁864。
〔註38〕嚴耕望撰，〈唐人習業山林寺院之風尚〉，見於嚴耕望著，《嚴耕望史學論文選集》，（臺北：聯經出版事業股份有限公司，1991），頁271～279。
〔註39〕嚴耕望撰，〈唐人習業山林寺院之風尚〉，見於嚴耕望著，《嚴耕望史學論文選集》，（臺北：聯經出版事業股份有限公司，1991），頁308。
〔註40〕畢寶魁著，《隋唐生活掠影》，（沈陽：沈陽出版社，2002），頁91。

登寺的風氣。

　　當然「山林」非今人認識的山野，錢易《南部新書》謂：「長安舉子，自六月以後，落第者不出京回家，多借靜坊廟院及閑宅居住，習業作文，直到當年七月再獻上新作的文章，謂之夏課。」〔註41〕京中寺院，亦文人住宿的常處，況長安寺廟林立，見《酉陽雜俎》、《長安志》、《游城南記》等文獻就記載有大量的京中寺院。同時即使是繁華的京城，寺廟仍必是較安靜和嚴肅的場所，且規模較大者，又多有園林景觀、有文人題詩，又能與名僧、其他宿寺文人的往來，不時還有文人聚會、節慶活動等。故寺廟能提供文人所追求的一種雅化的生活情調，又為習業作文的佳處，吸引文人遊賞與租住。

（三）館　驛

　　館驛於詩中出現的次數亦不少，其大多都是城市以外，旅人往來聚散的落腳之地。於文人來說，主要可提供住宿、交通的服務。唐代重視經營驛站，《唐六典》記載：「凡三十里一驛，天下凡一千六百三十有九所。」〔註42〕全國各道中都置有驛，史書又多「館」、「驛」合稱，按李德輝先生考察，檔次較高，規模較大的稱作驛，次之則為館〔註43〕，館驛中的設施多應有盡有，尤其大的驛站，甚至有園林建築供宿驛者遊賞設宴。驛有樓，供望遠之用，李先生亦提到：「除偏遠地區以外，唐代驛站一般都築有驛樓……制度雄偉，利於憑眺。」〔註44〕館驛也常置於可博望的高處，方便傳訊和必要時的軍事用途，如「潮回孤島晚，雲斂眾山晴」、「廟列前峰迴，樓開四望窮」等描述，皆得見驛樓景觀顯敞。驛的使用唐初本有嚴格規限，至中晚唐這些規限漸被破壞，如《唐會要》記載：「（長慶元

〔註41〕錢易著，《南部新書》，見於《粵雅堂叢書》，（臺北：臺灣華文書局，1965），第一冊，頁12。
〔註42〕李隆基編，《大唐六典》，（臺北：文海出版社，1964），卷五，頁124。
〔註43〕李德輝著，《唐宋時期館驛制度及其與文學之關係研究》，（北京：人民文學出版社，2008），頁，201。
〔註44〕《唐宋時期館驛制度及其與文學之關係研究》，頁232～233。

年）其年九月……自幽鎮兵興。使命繁並。館驛貧虛。鞍馬多關。又敕使行傳。都無限約。驛吏不得視券牒。隨口即供。驛馬既盡。」〔註45〕其時貴戚、藩鎮的違規使用相當普遍，令從屬的下層官吏與文人得到券牒後，也有使用館驛的機會。

規格較低的館，食宿服務也一應俱全，都是眾多文人士子的選擇。館驛因是聚散之地，館驛之詩亦多宴會、送別之作，如許渾〈韶州驛樓宴罷〉、〈秋日赴闕題潼關驛樓〉等詩，可知為文人往來與文學活動之地。

（四）亭　臺

亭的指涉亦廣泛，高適〈陳留郡上源新驛記〉謂：「亭惟三十里，駒有上中下。」〔註46〕知亭有驛之意，驛也時稱作驛亭、郵亭。而亭者，人所停集之處，除三十里一驛之外，「十里一長亭，五里一短亭。」亭亦道上規模較小的停歇之地，亦常見於詩文中，多為宴別之處，許渾〈秋日赴闕題潼關驛樓〉謂：「紅葉晚蕭蕭，長亭酒一瓢。」正說明亭中送別的風氣。另一方面，亭因置於野外，不少建於高處，能俯瞰風光，故也作遊賞宴集之地，如白居易〈郡亭〉：「況有虛白亭，坐見海門山。潮來一憑檻，賓至一開筵。」又吳武陵〈陽朔縣廳壁題名〉：「渠之下有洞，洞有水，水深百尺。上有亭，可以宴樂遊處。」〔註47〕都與歐陽修那「翼然臨於泉上者」的醉翁亭有同樣功能。另外亭雖是園林中一景，卻又時作園林別業的代稱，如園亭、池亭、林亭等，唐園林發展更勝前代，以長安為例，不論城內城外，大官顯要者多置園林，其中又有臺榭、樓閣，供登臨之用。晚唐文人較少能經營園林，待假日閑暇，官員每設宴其中，便隨之遊玩，借以結交朋友與獲取援引。與歌樓酒館的風光不同，但亭臺作為行樂、交際的場所，功能卻很相似。

〔註45〕《唐會要》，卷六十一，頁1064。
〔註46〕《全唐文》，卷三百五十七，頁1605。
〔註47〕《全唐文》，卷七百一十八，頁3274。

（五）其　他

除上述幾者與文人生活的關係密切外，還有好些場所亦時見於詩中。如山、原、陵、岸、島、嶺等自然的高峭地型，其於詩中出現的數量，僅次於樓閣與寺廟。登臨高地，既是「登山臨水送將歸」的文學傳統，唐末人牛希濟〈薦士論〉謂：「郡國所送群眾千萬，孟冬之月，集於京師，麻衣如雪，紛然滿說九衢。」〔註48〕文士集以京師為中心，又因遊玩、干謁、役事等原故反覆往來，故這些場所，常以行旅、行役所踏足之地出現詩中，看晚唐登臨山原之作，如「日午路中客，槐花風處蟬」、「當時行路人，已合傷心目」、「客路何曾定，樓遲欲斷魂」等，都帶有明顯的行旅情狀。另外晚唐人為消解鬱結，亦有遊山玩水的活動，如「驅車登古原」、「與客攜壺上翠微」等，便都如此。

又如關隘、戍樓等邊塞地區，晚唐人鮮立志於戎旅，少數詩人因仕途失意而到邊地尋找機會，其他則大多是行旅與想像之作，遊邊已遠不如前代流行，於登臨詩中如「戍樓春帶雪，邊角暮吹雲」、「高關閑獨望，望久轉愁人」、「日暮獨吟秋色裡，平原一望戍樓高」、「寒城獵獵戍旗風，獨倚危樓悵望中」等，偶見於詩人集中，知其與生活的關係較疏離。

還有像郡齋、居宅、道觀、壇、橋等場所，惟所佔的比例不多，且不外乎是交酬、住宿、行旅等，與前幾者相似，亦不作另述。

三、內在影響：登臨對文人的意義

詩在唐代是一個社會標準，亦是文人獲取社會認同的工具，於「月鍛季煉」、「二句三年得」、「難教一日不吟詩」的中晚唐人眼中，它更是藝術人生的自我追求。在文人已充份明白登臨的作為遊移和觀物的作用後，它不可能僅是生活之中的一次偶遇，而是有意的行為，即便是不抱目的走到高處的文人，亦很可能將無意變成有意，

<hr>

〔註48〕《全唐文》，卷八百四十六，頁 3941。

對着山岳大海得到感會，繼而化成詩句。

（一）登高：心靈空間的構築

日本學者荻原朔太朗說：「詩是站在山頂的哲學家。」〔註49〕
這是一個有趣的比喻，但為何是「山頂」呢？因山總受眾人仰望，
又難被完全接近與理解，它俯瞰世界，彷彿高高在上，又帶孤獨的
把世間一切飽覽無遺。詩如此，亦正因文人的心路本就如此，五代
人李中〈春日作〉謂：「高臺曠望處，歌詠屬詩人。」故筆者以為，
文人對登高本就有一種特別的心靈的空間追求，若放在晚唐的登臨
風氣上，則可從兩方面著眼。

一是文人心態與地位的彰顯，文人是一個特別的階層，既為
「士、農、工、商」四民之首，又傳承了士大夫的精神內涵，唐代
社會重文，文人被稱為「白衣卿相」，相對地他們也有此自覺，縱是
「文士多數奇，詩人尤命薄」的中晚唐，他們仍有不願泯同於眾人
的心態，因此便借著高處空間的特性，來滿足自己遠離、超脫社會
大眾的欲望。

高處的空間特性，古人早有認識，從「狹而修曲曰樓。」〔註50〕
至王粲〈登樓賦〉的「覽斯宇之所處兮，實顯敞而寡仇。」唐人鄭
遙有〈明月照高樓賦〉：「千裏著明者唯月，百尺崇高者曰樓，月照
耀而莫大，樓宏敞而寡儔。」〔註51〕「高」、「宏敞」、「寡儔」是空
間特性，亦牽動登臨者情思的媒介。馬元龍先生進而指出：「社會的
人總是居住在相對較低的河谷和平原地帶，相對較高的山峰一般而
言是人跡罕至的，因而也就顯得冷清靜寂。而樓的所在雖然往往就
是煙柳繁華之地，但樓的高處也是冷僻的。」〔註52〕此話很有道理，
如趙嘏〈宿靈巖寺〉謂：「無人見惆悵，獨上最高樓。」「無人」和

〔註49〕荻原朔太朗著，《詩的原理》，（臺北：臺灣學生書局，1989），頁88。

〔註50〕《史記》，秦始王本紀第六，頁257。

〔註51〕《全唐文》，卷九百五十八，頁4412。

〔註52〕馬龍元撰，〈登高望遠　心痹神傷——兼論中國文人的生命意識〉，
　　　　《中國華中師範大學學報》，1998年7月，第37卷，第4期，頁54。

「獨上」就清晰地表達這意思。登樓者雖多，山、原、崖等又何不如此，走進一個場所，愈高的地方，愈享有這不勝寒的孤獨感，愈孤獨則愈能從群體中脫離開去，回到個體生命之中，復望遠臨深，以小觀大，俯首觀察群體的流動，這是文人和詩所需要的。大多數登臨詩寫在繁華之地，但表現的都是「獨登臨」的意趣，如：

> 六朝文物草連空，天淡雲閑今古同。
> 鳥去鳥來山色裏，人歌人哭水聲中。
> 深秋簾幕千家雨，落日樓臺一笛風。
> 惆悵無日見範蠡，參差煙樹五湖東。
>
> （杜牧〈題宣州開元寺水閣，閣下宛溪，夾溪居人〉）〔註53〕
>
> 紅塵白日長安路，馬足車輪不暫閑。
> 唯有茂陵多病客，每來高處望南山。
>
> （張元宗〈望終南山〉）〔註54〕

前者登上樓臺，從一個世界以外的角度來觀照古今，次聯的「鳥去鳥來」、「人歌人哭」，加速時光的流動，創造出不住飛逝的效果，另一方面，詩人所處卻又彷彿永恆不變；後者講述個人失意，以樓上作為個人的空間，以觀望樓下形形役役的人流，以南山之志與這繁華相比，空間不同，心境亦殊。兩詩的樓上與樓下，儼然是兩個存在強烈差異的空間。這都不難發現詩人將上方與下方，分割成兩片空間，代表著文人與社會大眾確有某種分離的關係，他們能看到「古往今來只如此」，能看到「山雨欲來風滿樓」，而大眾卻未必能夠俱會，故李洞〈登樓〉云：「誰知獨立意，濺淚落莓苔。」「誰知」，卻是不勞常人去理解，又不吐不快，這就是文人的登臨。

　　何錫章先生謂：「古代浪漫主義作家往往在思想意識上超越了他同時代的大多數人，因此高山流水，難覓知音就成了他們的心理隱患，從而造成孤獨感。」〔註55〕文人本就是個體生命的象徵，尤在

〔註53〕《全唐詩》，卷五百二十二，頁5964。
〔註54〕《全唐詩》，卷五百四十二，頁6259。
〔註55〕何錫章著，《中國文學漫論》，（臺北：秀威資訊科技股份有限公司，

文學自覺後，擁有創作力量也使他們自覺地「高人一等」，令他們要偏離大眾，借助登高來滿足這心靈的渴求。

二是「壺天」境界〔註56〕的一種延伸，晚唐文人的現實生活普遍是壓抑的，因爲「地位」、理想的高遠而不能實踐。以作爲文人的活動中心的長安爲例，如西美爾謂：「都會性格的心理基礎包括在強烈刺激的緊張之中，這種緊張產生於內部和外部刺激、快速而持續的變化。」〔註57〕它作爲當時世界最大、最繁華的城市，從外地到來的文人，或難以適應這節奏，於是便如謝遂聯先生所說，相比山水田園，在「十二街如種菜畦」的封閉式都市中，衣食、交遊、名利、前途、政治等各種問題，俱使久困文場的文人充滿焦慮和壓力〔註58〕，看晚唐人詩如「十載長安跡未安」、「一路行人我最窮」、「滿衣塵土避王侯」之語甚多，這些描寫不都正說著長安的居大不易，立足艱難嗎？

正如避水、避暑，在心靈上文人亦需要一個能避開現實的竭息之處，狹小而冷僻、可以「獨立蒼茫」的高處，就是個合適的空間。於是中晚唐人產生了「壺天」的心態，見葛洪《神仙傳・壺公》：「跳入壺中，人莫知所在……既入之後，不復見壺，但見樓觀五色。」〔註59〕又《雲笈七籤》：「常懸一壺如五升器大，變化爲天地，中有

2015），頁250。

〔註56〕尚永亮先生指出晚唐人的「壺天」境界，主要表現在園林之中，然同時又謂：「走向遠離離社會，無人知曉，天地不管，自由自在的處所，以獲得一份性情的放縱、心靈的寧靜、精神的自由。」見於尚永亮撰，〈「壺天」境界與中晚唐士風的嬗變〉，《中國東南大學學報》，2006年3月，第8卷，第2期，頁83～90。

〔註57〕格奧爾格・西美爾撰，〈大都市與精神生活〉，見於汪民安、陳永國、馬海良主編，《城市文化讀本》，（北京：北京大學出版社，2008），頁132。

〔註58〕謝遂聯著，《唐代都市文化與詩人心態》，（杭州：浙江大學出版社，2010），頁101～137。

〔註59〕葛洪著，周啓成注譯，《新譯神仙傳》，（臺北：三民書局，2004），卷九，頁306。

日月，如世間。夜宿其内，自號『壺天』。」〔註60〕壺中萬有，文人將「壺」比喻成個人的空間，這空間又能獨個把握與控制，將他人、他事排斥在外，而從中得到安全和快樂。又如法國詩人巴什拉形容到「家居」是心靈的避難所：「我很高興對自己說，這是個住在茅屋裡的小國王。」〔註61〕這般生動的描述，其實與中晚唐人的「壺天」心態頗爲近似，又如元稹〈幽棲〉謂：「壺中天地乾坤外，夢裏身名旦暮間。」壺中才是眞現世界，功名利祿反而只在夢中。這心態固然具有廣泛的指涉性，而愛登高臨望，亦很可能與此有關。如唐末詩人吳融〈湖州晚望〉謂：「他年若得壺中術，一簇汀洲盡貯將。」按其詩意，他站立的樓閣不就是正在壺中嗎？文人總愛「獨登臨」，既是遠離塵俗，大抵也暗含著能在獨自佔有的空間中，無所拘束的渴望。這境界延伸到晚唐的登臨詩中，同樣以一種欲要逃避社會人生的形態存在，如：

> 上徹煉丹峰，求玄意未窮。古壇青草合，往事白雲空。
> 仙境日月外，帝鄉煙霧中。人間足煩暑，欲去戀松風。
>
> （張喬〈題終南山白鶴觀〉）〔註62〕
>
> 何處消長日，慈恩精舍頻。僧高容野客，樹密絕囂塵。
> 閒上凌虛塔，相逢避暑人。卻愁歸去路，馬跡並車輪。
>
> （劉得仁〈夏日遊慈恩寺〉）〔註63〕

前者表現出詩人向道，欲要求仙於山中之心，以「仙境」與「帝鄉」對比，詩人登臨日月之外，自非人間；後者詩人爲消遣登塔，前三聯俱表現閑逸之味，而尾聯卻是從塔上臨視，見大街車馬攘往、喧囂繁雜，不想歸去，不難發現塔上下是兩種心境。而於結構上，又

〔註60〕張君房編，《雲笈七籤》，見於《四部叢刊初編》，（臺北：商務印書館，1967），子部，第三十二冊，頁208。

〔註61〕加斯東・巴什拉著，張逸婧譯，《空間的詩學》，（上海：上海譯文出版社，2009），頁107。

〔註62〕《全唐詩》，卷六百三十八，頁7306。

〔註63〕《全唐詩》，卷五百四十四，頁6286。

明顯表現分野出「上」與「下」的空間特性，上方是閑、雅、有宗
教性的，而下方是俗、亂，教人生厭的，這不都是詩人將其分割成
兩個世界的表現嗎？這種描寫尤多見於晚唐的登寺詩中，杜甫的
「登臨出世界」，實際上也是打造了與世界對立而並存的空間，晚
唐人方干之登靈隱寺，亦有「川傾世界東」之句，不同樣是嘗試脫
離世界，復以世外的目光看望人間嗎？

　　事實上借高度作空間的劃分由來已久，先民神話中高山之上都
是神靈的世界，恰好「壼」又多爲道教仙境之別稱，令人想到它或
許於神話走向宗教的過程，承繼了這種空間的意識。正如後世的仙
人、隱士多居山上，除了避俗以外，亦作爲方外之地而存在，故登
上高處，從「下界」至「上界」，就如同從世內往世外的遊移，自然
有不同的心境。於晚唐而言，佛教盛行，世途的艱難，與寺中安泰
的氣氛形成對比，詩人感覺禪與俗、靜與亂，甚至是時空變化的差
異，這種「上界」與「下界」的分隔，不正反映著這神話與宗教的
意識嗎？雖然尤見於登寺詩中，卻不能否定其他的場所，都具有此
特性，許多登高銷憂的文人，或許都在詮釋這心態。

　　另外如孫適民先生提到：「在中國古代，自然和塵世是相對立的
一個世界，自然的空幽靜潔，閑散親和，與塵世的喧囂污濁，沉重
冷酷形成鮮明的對比。」〔註64〕而《論語・雍也》曰：「仁者樂山，
智者樂水。」山水既有文學的意義，也作爲安樂心靈的去處，愛好
自然幾乎是文人共同的創作態度，儘管晚唐單純地遊歷山水的詩歌
不多，但通過登樓、登山的臨望，而獲山水之趣，也是肯定的。

　　好些登臨場所不過數層之高，距城市亦不過半日之程，離開世
俗是不現實的。可知這都是文人心靈所構築的自我世界，不受高度
與距離所限，對內封閉、對外開揚，提供了保護自我，然後回歸自
我，「結廬人境」的可能。文人樂於登臨，一者要回避現實，另一者

〔註64〕孫適民、陳代湘著，《中國隱逸文化》，（長沙：湖南出版社，1997），
　　　　頁193。

卻要觀察現實，不論何者都依賴著高處的空間特性，來展現其獨特的心路歷程。

（二）臨望：文思哲理的泉源

　　洪應明《菜根譚》謂：「登高使人心曠，臨流使人意遠。」〔註65〕登高所感本就與處身平地不同，這個空間為文人所用，它又轉化成一個思考、創作的空間。柯慶明先生便以「遊止」的概念，來解釋登臨：「它（亭）既因四周的景致，提供了前往以及在當地徜徉的『遊』的經歷，又因本身的足以『避風雨寒暑』而成為可以長期停留憩『止』的地點。使得它們的『遊』就往往不只是或者匆匆而過，或者僅為一趟經歷，而是從容玩味的較長的停留或經常的觀賞……這種『歷時長久』的特質，既可以是貫穿時間朝夕季節的，甚至可以貫穿古今。」〔註66〕作為一個長時間逗留，且安靜能進行思考的空間，故謂之「止」。既為遊的「止」，亦心的「止」，孤獨與靜謐，於思考、創作都極為重要，《莊子・大宗師》論體道過程：「玄冥聞之參寥，參寥聞之疑始。」〔註67〕宣穎解說：「玄冥，寂寞之地。」又：「參悟空虛。」〔註68〕是故《文心雕龍・神思》謂：「文之思也，其神遠矣。故寂然凝慮，思接千載；悄焉動容，視通萬里。」〔註69〕〈文賦〉謂：「課虛無以責有，叩寂寞而求音。」〔註70〕虛靜寂寞，故滌除玄覽，就容易得到妙悟。這不就是「心曠」與「意遠」的表現

〔註65〕洪應明著，吳家駒譯注，《新譯菜根譚》，（臺北：三民書局，2006），後集，頁351。

〔註66〕柯慶明撰，〈從「亭」，「臺」，「樓」，「閣」說起──論一種另類的遊觀美學與生命省察〉，見於柯慶明著，《中國文學的美感》，（臺北：麥田出版社，2006），頁286～287。

〔註67〕莊子著，王先謙集解，《莊子集解》，《新編諸子集成》，（北京：中華書局，2012），頁82。

〔註68〕莊子著，王先謙集解，《莊子集解》，《新編諸子集成》，（北京：中華書局，2012），頁82。

〔註69〕《文心雕龍讀本》，下冊，頁3。

〔註70〕《全上古三代秦漢六朝文》，第五冊，全晉文卷九十六，頁1。

嗎。同時，文學與文人身份的自覺，代表了個體精神的醒覺〔註71〕，而登臨高處，從群體回到個體，進入緩慢而細膩的思考感悟，或許亦是回到「我」，回到「情」的最好途徑。

　　古人認爲登臨更易得到精神的啓發或滿足，謝臻《四溟詩話》道：「凡登高致思，則神交古人，窮乎遐邇，繫乎憂樂。」〔註72〕晚唐的登臨者，他們遠離大眾，也是爲了探求某種人生的意義，可能是消閑、消憂，也可能爲了懷古、傷今，有個人的、家國的，這些主動登臨，都與思考有關連。像陳子昂的〈登幽州臺歌〉說古今的滄桑，物是人非，又如朱弁《風月堂詩話》評杜牧的〈九日齊山登高〉謂：「泛言古今共盡登臨之際，不必感歎耳，非九日故實也。」〔註73〕都是對人事風光和宇宙規律的感悟。在文人的登臨中，高處是一個哲學的空間，是寄託精神之處。這亦就馬元龍先生說的「無所望而望」，他們登臨不是爲了風光，而是借著風光引領精神遊移，來尋找背後的啓迪與感受。

　　王國維先生《人間詞話》更以登臨比喻對人生事理的探索：「古今之成大事業、大學問者，必經過三種之境界：昨夜西風凋碧樹，獨上高樓，望盡天涯路。此第一境也。」〔註74〕將登高臨望列作首重境界有兩個象徵，一是從獨上高樓的孤獨、眼前風景的一覽無遺，以遠闊的空間，來表現出登樓者的壯志雄心；二是借望盡天涯，由近到遠，由遠到無窮無盡，似有還無的尋覓，望盡而終未有所獲，表達強烈的迷茫，與跳脫出迷茫的期盼。這段話間接地說明，登臨

〔註71〕如《詩大序》之言志，是儒家說《詩》以爲修身治國之用，而見《文選序》謂：「詩者，蓋志之所之也。情動於中，而形於言。」強調志亦是情，除修身治國，更是高度強調個人之情感。

〔註72〕謝榛著，《四溟詩話》，見於《四溟詩話薑齋詩話》，（北京：人民文學出版社，1998），頁69。

〔註73〕朱弁著，《風月堂詩話》，頁43，見於《風月堂詩話外三種》，（臺北：廣文書局，1973）。

〔註74〕王國維著，滕咸惠校注，《新注人間詞話》，（濟南：齊魯書社，1991），卷上，頁2。

者除為了取景、寫情外，在高處空間中找自我，感悟道理都是目的。這例子很多，尤是社會紛亂的時代，像李商隱〈夕陽樓〉：「花明柳暗繞天愁，上盡重城更上樓。」正是表現這超越迷思的渴望；那高駢〈對雪〉：「如今好上高樓望，蓋盡人間惡路歧。」不又正在尋找撫慰心靈的方法嗎？《荀子‧勸學》云：「吾嘗終日而思矣，不如須臾之所學也。吾嘗跂而望矣，不如登高之博見也。」〔註75〕這博見在開放文人眼界思維外，又使他們去面對與接受一個比他認知、生活更龐大的空間，於是從個人進入到往來古今，在無限風光中，將情感與哲理結合，把思想層面昇華到對宇宙、神話、歷史等廣闊的領域思考中，是故辛棄疾〈水龍吟‧過南劍雙溪樓〉謂：「千古興亡，百年悲笑，一時登覽。」李商隱〈潭州〉謂：「潭州官舍暮樓空，今古無端入望中。」強調「一時」、「無端」，也都在強調景與神遇的作用，這都是文人登臨的真切感受，可見登臨於文人，有著催發情思、溝通古今天人的作用。

在創作的影響上，虛靜既能激發文思，又能排除功利，進入審美的心境。在觀物的角度看，詩人觀物，常為了取景、尋興，登高便是尋興的好方法，亦文人遊歷觀物的慣常形式。宋人張禮的《游城南記》，就幾乎將長安僅存的唐代寺廟登上一遍，臨望四野，這正說明古人遊歷觀物的習慣。至於興發的影響，錢谷融先生道：「對於作者來說，引起他創作動機的，不是生活中的任何事物，而主要是他視野裡或感受域中變化發展著的事物。」〔註76〕同前文所說，中國傳統的平面建築中，城市既闊又矮，正如天寶年間的大詩人們同登上七層慈恩寺浮圖，在最恢宏的長安城中，竟有「登臨出世界」、「高標跨蒼天」之感。登臨的經驗，在古人的生活中，相對現代，

〔註75〕荀子著，梁啓雄撰，《荀子簡釋》，《新編諸子集成》，（北京：中華書局，2012），頁2。
〔註76〕錢谷融、魯樞元著，《文學心理學》，（上海：華東師範大學出版社，2003），頁147。

無疑是缺乏的，民宅也不高，按《唐會要》中記載：「其士庶公私第宅，皆不得造樓閣，臨視人家。」〔註77〕在里坊制推行到極致的唐代，尤是大城市，佈局如百子櫃般井然有序，城有牆、坊有牆、市有牆，大抵走在路上隨處都會感受到視覺的阻礙，抑壓了自由。於是登樓、登山、登臺等，尋找憑欄極目的機會就顯得重要，亦是打破平常視覺、心靈禁錮的途徑，洪邁《容齋隨筆》道：「江山登臨之美，泉石賞玩之勝，世間佳境也，觀者必曰如畫。故有江山如畫、天開圖畫即江山、身在畫圖中之語。」〔註78〕耳目無礙，故能見江山之美。葛立方《韻語陽秋》論二謝之詩謂：「玄暉在宣城，因登三山，遂有澄江靜如練之句……蓋在於鼻無塁、目無膜爾。」〔註79〕肯定了在登臨的觀物中，因無阻礙而寫出這美好的詩句。故韋宗卿的〈隱山六峒記〉謂：「越嶺遐眺，點簇如黛，寸眸千里，周覽一息。」〔註80〕都貴在能全面掌握一片地區的事物。當然，並不止視覺的無遺，曹植〈雜詩〉謂：「高臺多悲風。」杜甫〈登高〉謂：「風急天高猿嘯哀。」都取於聽覺、觸覺的無礙，處身高處，像日、月、風、雪等節物景象，又愈能清晰感受。聲音也如此，既居高自遠，也能耳聽八方。晚唐人詩中亦有說明此道理者，如姚合〈秋夜月中登天壇〉謂：「天近星辰大，山深世界清。」又韋莊〈焦崖閣〉謂：「今朝夜過焦崖閣，始信星河在馬前。」不亦顯示登臨感物的不同嗎？

這些都說明登臨可帶來感官體驗的提升，從平日瞎子摸象般的觀物，被逼著進入更廣闊的物色世界中，對情思的激盪是有力的，故吳融〈過鄧城縣作〉謂：「不用登臨足感傷。」司空圖〈九月八日〉

〔註77〕《唐會要》，卷三十一，頁575。

〔註78〕洪邁著，《容齋隨筆》，（上海：上海古籍出版社，1998），卷十六，頁214。

〔註79〕葛立方著，《韻語陽秋》，見於何文煥輯，《歷代詩話》，（臺北：漢京文化事業有限公司，1983），第二冊，頁483。

〔註80〕《全唐文》，卷六百九十五，頁3161～3162。

謂：「老來不得登高看。」許渾〈將歸姑蘇南樓餞別李明府〉更謂：「無處登臨不繫情。」是故劉禹錫的〈望賦〉總結謂：「當望者必緣情而感時。有待者瞿瞿，忘懷者熙熙。慮深者瞠然若喪，樂極者衝然無違。」〔註81〕詩人都明白登臨對情感的興發，創作最關乎情，也就是登臨的意義。登臨提供了一個宏闊想像的空間，不止眼目的奔馳，更重要是詩人能跟隨著目光而遊心萬里。譬如登高望鄉之人，都不可能真正見到鄉里景色，卻又透過依稀的方向滿足盼望。登高懷古者，縱其詞如歷歷在目，又豈曾見古時之人事，也是從想像之中將舊事重現目前。物色豐富了景象，也豐富了幻想及情感，這都是臨望之大用。

王弼《周易略例·明象》謂：「夫象者，出意者也。言者，明象者也。」〔註82〕言、意、象中，象是承先啟後的關鍵。以文學角度看，象即物象，意為情思，在情景兩不相背下，物象愈豐富，能寄託著愈豐富的意涵，也能以愈豐富語言來描述。故通過登高所望，能獲得更多創作靈感，是能夠肯定的，正如「水大則物之浮者大小畢浮」，因為更全面掌握，故能夠選擇、聚焦，排列出不同的層次，這是「登臨多物色」，復至「極目思無窮」，此情景模式下，一種空間上的取材與寫作的自由。登臨詩縱多平常的主題，或用普通的觀照角度，都因登臨之地、觀照角度的不同而有異，但如杜甫〈登高〉誦：「無邊落木蕭蕭下，不盡長江滾滾來。」若無登臨，大抵難有此奇句。於是，登臨在不一般的觀物與思考空間中，也為創作出好的詩句提供助力。「有景堪援筆，何人未上樓」、「幾因秋霽澄空外，獨為詩情到上頭」，好些文人也自覺地登臨以尋景和尋興，《唐摭言》中記載趙嘏登樓賦〈早秋〉一詩，其有「殘星數點雁橫塞，長笛一聲人倚樓」之句，極受杜牧讚許，

〔註81〕《全唐詩》，卷四百五十七，頁5196。
〔註82〕王弼著，邢璹注，《周易略例》，見於嚴靈峰輯，《無求備齋易經集成》，（臺北：成文出版社，2976），頁21。

得「趙倚樓」之名。〔註83〕可知登臨詩雖鮮有超越一般詩歌主題，在取象、描寫、感會上，更容易得到創新，亦合乎時人「務去陳言」，以力變詩風的追求。故登臨於中晚唐，無論欲思考人生、借詩聞名、還是遊心詩道內的文人，都具有意義。

（三）登臨與詩歌傳播之關係

登臨與思考、創作有密切關連，然得來不易的詩歌，則又要透過傳播與他人的閱讀，方能體現出它的現實價值，故登臨又與詩歌傳播頗有關係。

一者是傳抄，文人登臨賦詩以後，必將其抄錄在自己的詩集中，然後又能通過這些詩歌來進行投贈、干謁，在文學圈子內互相展示、品評。另外公私宴會亦常在樓上舉辦，即席賦詩，並聚而成集，故有〈春夜宴桃李園序〉、〈秋日宴洛陽序〉等詩序，宴遊中的登臨詩，同樣以之在文壇中傳播，而後為人所知。

二者是題壁，此者在誘發登臨與詩的傳播上佔重要地位。唐人有大量的題壁，一類題於牆壁、門窗、柱子上，無論寺廟、驛站、旅館、酒樓，甚至官舍都是題句之地。如〈題水心寺水軒〉，其題注謂：「有人……至落星灣半醒，煙雨中登水心寺，題詩于水軒。」〔註84〕劉禹錫〈題集賢閣〉：「曾是先賢翔集地，每看壁記一慚顏。」又白居易〈藍橋驛見元九詩〉：「每到驛亭先下馬，循牆繞柱覓君詩。」另一類題於詩板上，胡震亨《唐音癸籤》謂：「名賢題詠，人愛重為設板。」〔註85〕如詩歌的水平很高，它作為潤飾亦有大用，故地方主人、好事者，多設置詩板於各種的場所中，嚴紀華先生更稱詩板是「寺觀亭驛必備之物。」〔註86〕知此風盛行。題詩板上亦文人生

〔註83〕《唐摭言》，卷七，頁80。
〔註84〕《全唐詩》，卷七百八十六，頁8864。
〔註85〕《唐音癸籤》，卷二十九，頁305。
〔註86〕嚴紀華著，《唐人題壁詩之研究》，（臺北：花木蘭出版社，2008），頁51。

活之尚趣，葛立方《韻語陽秋》記載：「張祜喜遊山，而多苦吟，凡所歷僧寺，往往題詠……僧房佛寺，取其詩標榜者多矣。」〔註87〕看時人詩如張祜〈題靈徹上人舊房〉：「寂寞空門支道林，滿堂詩板舊知音。」又翁洮〈和方干題李頻莊〉：「吟時勝概題詩板，靜處繁華付酒尊。」又齊己〈題玉泉寺〉：「高韻雙懸張曲江，聯題兼是孟襄陽。」可知題句或閱覽詩板，皆詩人漫遊中之常事，每到一地，即賞玩前人詩句，或於壁板上題詠唱和，形成同地異時的一個連鎖效應，方便了行役之人的記事、交流與抒情，元白之唱和便好些以此進行。當然亦有宴會中共同題壁，如姚合〈早夏郡樓宴集〉云：「城中會難符，掃壁各書名。」興致來時，即地題句，共述雅懷，而不勞縑帛。

　　或者登臨題詩只是個人感興的活動，但因題板的利於保存，能予後來之人觀賞，促成品評、唱和、傳播等的文學交流作用。如崔顥與李白之事，辛文房《唐才子傳》記載：「（崔顥）登黃鶴樓，感慨賦詩。及李白來，曰：眼前有景道不得，崔顥題詩在上頭。無作而去。」〔註88〕因前詩太好李白也想不出能超越其詩的詞句，於是留下道不得之語而歸。崔顥的黃鶴樓詩固然絕佳，但李白此語也對它的傳播起一定作用。這如王定保《唐摭言》記載：「奇章公始舉進士，致琴書於灞滻間，先以所業謁韓文公、皇甫員外……二公其日聯鑣至彼，因大署其門曰：韓愈、皇甫湜同謁幾官先輩。不過翌日，輦轂名士咸往觀焉。奇章之名由是赫然矣。」〔註89〕又如李綽《尚書故實》記載：「楊祭酒愛才公心，嘗知江表之士項斯，贈詩曰：度度見詩詩總好，及觀標格勝於詩。平生不解藏人善，到處相逢說項斯。項斯由此名振，遂登高科。」〔註90〕一旦受到文壇名公讚許，

〔註87〕《韻語陽秋》，見於何文煥輯，《歷代詩話》，第二冊，頁516。
〔註88〕《唐才子傳》，頁20。
〔註89〕《唐摭言》，卷七，頁75～76。
〔註90〕李綽著，《尚書故實》，見於《唐五代筆記小說大觀》，下冊，頁1167。

詩價俄而抬升數倍，不難想見。

好的詩句受公眾推崇，主人或後來者也樂意為之保存和傳播，但稍遜一籌的，則如胡震亨《唐音癸籤》：「劉禹錫過巫山廟，去詩板，千留其四，薛能蜀路飛泉亭，去詩板，百留其一。」〔註91〕又王士禎《池北偶談》：「元白因傳香於慈恩寺塔下，忽睹章先輩八元詩，吟詠竟日，悉令除去諸家之詩，惟留章作。」〔註92〕都能證明，在這種文學交流中，還有著汰弱留強的風氣好處是若通過觀賞者的汰選，能給予大眾一種精選的意味，同時在去掉較差劣的詩作後，餘下的自然又能佔更重要的位置，得到更多的注視。

社會各階層的嗜好詩句，故於山名景點，或遊人熙攘之處「粉壁以置」（不少是登臨的場所），為當時所尚。一個場所，能借詩人之筆來增添雅致，而詩人，亦能借場所來留下姓名，其間的詩壁、詩碑、詩板，就類似發表作品的平台，展示給往來之人作品味，從而達到很好的傳播效果，也因之而具備成就詩名的機會。在詩文印刷未完全流行的唐代，題於詩板、詩壁上，或比傳抄更容易達到傳播的目的，尤其在江山勝跡之中的題詠。元稹〈白氏長慶集序〉中，形容「元和體」傳播之盛，謂：「二十年間，禁省、觀寺、郵堠、牆壁之上無不書，王公、妾婦、牛童、馬走之口無不道，至於繕寫模勒，衒賣於市井，或持之以交酒茗者，處處皆是。其甚者，有至於盜竊名姓，苟求自售。」〔註93〕藉著大量的題壁，成功地向整個社會傳播，乃至由貴族到下層人民亦無口不道，而在詩名極盛下，得到的好處則是詩因名貴，甚至以金換詩，這都證明了詩文傳播的效果。而白居易〈宿張雲舉院〉謂：「明朝題壁上，誰得眾人傳。」再看元稹序文，可知當時的文人，已清楚明白這傳播詩文的方法。

見唐人許多的題壁詩中，其中如名作「題 xx 寺」、「題 xx 樓」

〔註91〕《唐音癸籤》，卷二十九，頁 305。
〔註92〕王士禎著，《池北偶談》，（臺北：漢京文化事業有限公司，1984），頁 439。
〔註93〕《全唐文》，卷六百五十三，頁 2943。

的，亦常有明顯的登臨情狀，登雁塔題詩就是最好例證。而無論從上述尋興、思考、傳播的角度，還是如「登高使人欲望，臨淵使人欲闚，處使然也。」〔註94〕這人之常情，都是可以理解的。就詩人而言，題壁必然盡量尋找良好的位置，能臨望風景，自然是一個場所最當眼、可觀之處，這有利詩人的「即景」創作，也方便展示予後來之遊覽者；同理，就讀者而言，風景佳處自然是個良好的閱讀環境，即使本無意於品評的遊人，也可能偶然被詩句吸引，而產生交流作用。像詩僧齊己有〈登大林寺觀白太傳題版〉一詩，其中提到「蒼崖」、「怪石」、「閑雲」、「回鶴」，可見題壁正在風光明麗的登臨之處，也表明兩者在空間位置上，能相乘相利。

在「科名〉漫遊〉登臨」這樣模式中，長期的漫遊生活，衍生了大量的登臨，而登臨對思考、創作，乃至名聲傳播，都有一定關係。然無論是哪一種登臨場所，只要它能給予詩人一個有超越性的廣闊視野，一個脫離塵囂的獨立思考的心靈空間，它都有創作上的意義，而只要這些詩歌有通過傳抄，或題於壁上，並在社會登臨風氣的熱烈下，讓後來者能夠玩味，它就必有傳播上的效果。故不論有意還是無意，文人總能得益於登臨之中，也就是鼓勵他們主動登臨的因由。

〔註94〕劉安著，高誘注，《淮南子注》，（臺北：世界書局，1955），卷十六，頁281。

第四章　晚唐登臨詩創作之主要作者

一、中晚唐之交

中唐進入晚唐有一段過渡的時期，需提及的是好中唐跨越到晚唐的老詩人。其中又以白居易（772～846）、劉禹錫（772～842）、賈島（779～843）爲要。這些老詩人代表了中唐過渡至晚唐的文人生活與心態。

（一）白居易

文宗大和七年，白居易以病辭官，任太子賓客，後轉太子少傅，分司東都。經歷過貶謫、政變的詩人，基本已不復變革之心，然安於其「中隱」的閑適生活，終日遊山玩水，與詩友、僧人唱和，「蟲全性命緣無毒，木盡天年爲不材」是其應世方式；「退身江海應無用，憂國朝廷自有賢」是其政治態度；「或伴遊客春行樂，或隨山僧夜坐禪」則是其生活寫照。

白居易的晚年生活與登臨相關者，一是宴遊詩會中的登臨園亭，如〈三月三日袚禊洛濱並序〉記載：「一十五人，合宴於舟中。由鬥亭，歷魏堤，抵津橋，登臨溯沿，自晨及暮，簪組交映，歌笑間發，前水嬉而後妓樂，左筆硯而右壺觴，望之若仙，觀者如堵。」他亦注重園林佈景，其〈池上篇〉描寫到他的園林「十畝之宅，五

歐之園」、「有堂有庭，有橋有船」，富足的隱退生活，加以同輩詩友亦多身居顯貴，遊園登臨便成爲了詩人的習慣。二是遊玩山水，詩人極愛洛陽的風光，如〈中隱〉云：「君若好登臨，城南有秋山。」又〈早春晚歸〉云：「還如南國饒溝水，不似西京足路塵。」也因身老多病，他不常遠遊，到洛陽附近登臨賞玩，爲其晚年的生活樂趣。

這些閑遊、宴遊與山水遊等活動，在他晚年的登臨詩佔了很大比重，如：

> 晚登西寶刹，晴望東精舍。反照轉樓臺，輝輝似圖畫。
> 冰浮水明滅，雪壓松偃亞。石閣僧上來，雲汀雁飛下。
> 西京鬧於市，東洛閑如社。曾憶舊遊無，香山明月夜。
>
> （〈菩提寺上方晚望香山寺寄舒員外〉）〔註1〕

> 南莊勝處心常憶，借問軒車早晚遊。
> 美景難忘竹廊下，好風爭奈柳橋頭。
> 冰消見水多於地，雪霽看山盡入樓。
> 若待春深始同賞，鶯殘花落卻堪愁。
>
> （〈早春憶游思黯南莊因寄長句〉）〔註2〕

> 危亭絕頂四無鄰，見盡三千世界春。
> 但覺虛空無障礙，不知高下幾由旬。
> 回看官路三條線，卻望都城一片塵。
> 賓客暫游無半日，王侯不到便終身。
> 始知天造空閒境，不爲忙人富貴人。
>
> （〈春日題乾元寺上方最高峰亭〉）〔註3〕

> 花邊春水水邊樓，一坐經今四十秋。
> 望月橋傾三遍換，采蓮船破五回修。
> 園林一半成喬木，鄰裏三分作白頭。
> 蘇李冥蒙隨燭滅，陳樊漂泊逐萍流。蘇庶子弘，李中丞道樞，
> 及陳，樊二妓十餘年皆樓中歌酒中伴，或歿或散，獨予在焉。

〔註1〕《全唐詩》，卷四百五十三，頁5124。
〔註2〕《全唐詩》，卷四百五十七，頁5186。
〔註3〕《全唐詩》，卷四百五十七，頁5188。

雖貧眼下無妨樂，縱病心中不與愁。

自笑靈光歸然在，春來遊得且須遊。

（〈會昌二年春題池西小樓〉）〔註4〕

這些詩大都表現出離開帝都後，不受名利約束的人生與精神境界，充滿閑適，甚至是刻意的歌頌閑適但又帶有苦澀、寂寞的味道，如其〈達哉樂天行〉中自云：「死生無可無不可，達哉達哉白樂天。」自言通達，事實上卻惜生而重情。因為生命漫長，看著元稹、劉禹錫等故友辭世，小蠻、樊素等歌妓離去，除了〈哭微之二首〉、〈哭劉尚書夢得二首〉等的悼亡之作外，還不時寫出如「二十年前舊詩卷，十人酬和九人無」、「病與樂天相共住，春同樊素一時歸」等語，隱含著對生命與風光消逝的無限婉惜和悲傷，到美好的風景亦常有看不足，又怕難以再得的擔憂，如「去年來較晚，不見洛陽花」、「七十三人難再到，今春來是別花來」，既淡而哀。這也正如上例「曾憶舊遊無，香山明月夜」、「自笑靈光歸然在，春來遊得且須遊」、「賓客暫游無半日，王侯不到便終身」、「若待春深始同賞，鶯殘花落卻堪愁」等句，閑情裡充滿遲著消逝之感傷。

　　總結而言，白居易的登臨詩多寫閑適之樂，又常會憶故友、念舊遊，或說及時行樂，或說淡忘世情，都在反映詩人孤單、淒清的晚年心境，亦代表了從進入晚唐後，詩歌漸走向消極、憂傷的精神面貌。

（二）劉禹錫

　　開成元年，劉禹錫亦因足患辭去蘇州刺史，轉任太子賓客，分司東都。詩人狂狷敢言，詩意尖銳辛辣，生涯中因此數遭貶謫，晚年又作〈再遊玄都觀〉諷刺朝官，於是「聞者益薄其行，俄分司東都。」〔註5〕中唐以降，分司東都，除了求閑養老以外，多是政治鬥爭的失敗者。故同樣閑職東都，但白居易算是前者，而劉禹錫卻

〔註4〕《全唐詩》，卷四百五十九，頁5229。

〔註5〕劉昫著，楊家駱主編，《新校本新唐書》，（臺北：鼎文書局，1979），第七冊，列傳第九十三，頁5131。

屬於後者。

　　與白居易不同的，是劉禹錫總充滿奮鬥精神，正如其〈浪淘沙九首其一〉云：「千淘萬漉雖辛苦，吹盡狂沙始到金。」又〈浪淘沙九首其六〉云：「美人首飾侯王印，盡是沙中浪底來。」他具備逆浪而上的人格特質，即使被貶謫、排擠，或見識過政變的可怕，仍不願當曳尾之龜，就像卞孝萱先生形容：「對生活的熱愛和激情，不屈服於命運壓力的意志，使他的生命充滿了活力。」〔註6〕儘管到了晚年，他的詩仍充斥著不平之氣，不單是政治熱情未消退，對朝事亦抱著關心的態度，於甘露之變有〈聚蚊謠〉、〈飛鳶操〉等敢於諷刺宦官之作，閑居東都期間，亦嘗請裴度再次入朝。這進取的人生態度，都時見他的詩中。

　　《舊唐書・裴度傳》謂：「視事之際，與詩人白居易、劉禹錫酣飲終日，高歌放言，以詩酒琴書自樂，當時名流皆從之遊。」〔註7〕詩人於東都的清閑生活，與同輩詩友的唱和遊玩，卻佔了生活的多數，故其登臨詩內，也多是宴集與遊玩之間的送贈和唱酬，但清閑之餘又流露著苦澀，如：

　　　　曾作關中客，頻經伏毒岩。晴煙沙苑樹，晚日渭川帆。
　　　　昔是青春貌，今悲白雪髯。郡樓空一望，含意卷高簾。
　　　　（〈貞元中，侍郎舅氏牧華州……今典馮翊，暇日登樓，南望三峰，浩然生思，追想昔年之事，因成篇題舊寺〉）〔註8〕

　　　　樓下芳園最佔春，年年結侶採花頻。
　　　　繁霜一夜相撩治，不似佳人似老人。
　　　　（〈城內花園頗曾遊玩，令公居守亦有素期，適春霜一夕委謝，書實以答令狐相公見謔〉）〔註9〕

〔註6〕卞孝萱、匡亞明著，《劉禹錫評傳》，（南京：南京大學出版社，2011），頁115。

〔註7〕劉昫著，楊家駱主編，《新校本舊唐書》，（臺北：鼎文書局，1979），第五冊，列傳第一百二十，頁4433。

〔註8〕《全唐詩》，卷三百五十八，頁4034。

〔註9〕《全唐詩》，卷三百六十五，頁3123。

蟬鳴官樹引行車，言自成周赴玉除。
遠取南朝貴公子，重修東觀帝王書。
常時載筆窺金匱，暇日登樓到石渠。
若問舊人劉子政，如今白首在商於。
（〈送分司陳郎中隻召直史館重修三聖實錄〉）〔註10〕

昔看黃菊與君別，今聽玄蟬我卻回。
五夜颼颼枕前覺，一年顏狀鏡中來。
馬思邊草拳毛動，雕眄青雲睡眼開。
天地肅清堪四望，爲君扶病上高臺。（〈始聞秋風〉）〔註11〕

劉禹錫登臨詩與白居易很大差別，他身處閑逸，卻終不能安於閑逸，其〈奉和裴令公夜宴〉謂：「天下蒼生望不休，東山雖有但時游。」他在洛陽宴遊之中，卻猶心存天下，故自言「重屯累厄，數之奇兮。天與所長，不使施兮。」沒有完全被時命不濟消磨他的政治熱情，現實上被排擠到東都，歸去無期，也恐怕難以再有作爲，這都令詩人矛盾又難以釋懷。因此在這些登臨詩中，也表露出這苦悶與矛盾，不甘心老死於東都，又嘆息著年光消逝，老大無成。然雖多嘆息，卻都既悲猶壯，不沉淪於哀傷中。

尤其在他寫秋的詩中，秋者，肅殺刑瘵之時，其〈秋詞〉卻謂：「自古逢秋悲寂寥，我言秋日勝春朝。」又〈秋聲賦〉謂：「嗟乎！驥伏櫪而已老，鷹在韛而有情。聆朔風而心動，盼天籟而神驚。力將瘵兮足受紲，猶奮迅於秋聲。」〔註12〕登臨詩中，則如〈始聞秋風〉亦豪情英發，年歲雖暮，猶「老驥伏櫪」，而尾聯「爲君扶病上高臺」一句氣極渾厚，知詩人意氣，不可用時代、年歲測之。

總結而言，劉禹錫的登臨詩，是傾向抒發失意，而又借此自傷壯志未酬，常表現出人在洛陽、心在京師的情懷，代表了晚唐前期另一種振奮的、老當益壯的人生態度。

〔註10〕《全唐詩》，卷三百五十九，頁4048。
〔註11〕《全唐詩》，卷三百五十九，頁4053。
〔註12〕《全唐文》，卷五百九十九，頁2684。

（三）賈　島

賈島初連敗文場，家貧無資，遂出家爲僧。然禪家生活甚苦，並不稱意，加以詩人猶有用世之心，難終身事佛得到韓愈傳授文法，及幫助還俗，遂重新投身科，累舉不第，有〈病蟬〉詩，疑爲諷刺之作，受當權者所惡，而被逐出考場，自有「舉場十惡」之稱。至文宗開成二年，方任長江縣主簿。開成五年，又遷普州司倉參軍，卒於任中。

從詩人初遁桑門，卻終棄禪遊宦，知其對功名的渴求強烈，在詩中亦表達這理想，如其〈夕思〉謂：「由來多抱疾，聲不達明君。」又〈古意〉謂：「志士終夜心，良馬百日足。」既渴求功名，又欲要有所建樹，其登臨詩亦然：

> 郡北最高峰，巉巖絕雲路。朝來上樓望，稍覺得幽趣。
> 朦朧碧煙裏，羣嶺若相附。何時一登陟，萬物皆下顧。
>
> （〈易州登龍興寺樓望郡北高峰〉）〔註13〕
>
> 登原見城闕，策蹇思炎天。日午路中客，槐花風處蟬。
> 遠山秦木上，清渭漢陵前。何事居人世，皆從名利牽。
>
> （〈京北原作〉）〔註14〕

前者是雄心壯志的，「何時一登陟，萬物皆下顧」，正如他的〈劍客〉詩「十年磨一劍，霜刃未曾試。」直似神兵出鞘；後者則述科場失意，晚唐人多此言語。

又有遊玩寫景之作，如：

> 倚杖望晴雪，溪雲幾萬重。樵人歸白屋，寒日下危峰。
> 野火燒岡草，斷煙生石松。卻回山寺路，聞打暮天鐘。
>
> （〈雪晴晚望〉）〔註15〕
>
> 秋日登高望，涼風吹海初。山川明已久，河漢沒無餘。

〔註13〕《全唐詩》，卷五百七十一，頁 6627。
〔註14〕《全唐詩》，卷五百七十三，頁 6670。
〔註15〕《全唐詩》，卷五百七十三，頁 6661。

遠近涯寥夐，高低中太虛。賦因王閣筆，思比謝遊疏。

　　（〈登樓〉）〔註16〕

或寫閑遊，或寫早年爲僧時的生活，然詩人貧苦，愛騎驢苦吟，除了干謁與考試外，還有不少時間能登臨山水，走訪僧家，亦具清新自然之氣味。

　　賈島的登臨詩內容上大抵不出晚唐格局，主要成就還是在於他鮮明的語言特色上，聞一多先生形容賈島：「形貌上雖然是個儒生，骨子裡恐怕還有個釋子在。所以一切屬於人生背面的、消極的、與常情背道而馳的趣味，都可溯源到早年在禪房中的教育背景。」〔註17〕此語可謂精要。同時詩人一生貧賤，失意於宦途，雖晚歲爲官，辭世時猶家無一錢。因此如方岳《深雪偶談》謂：「生寒苦之地，故立心亦然。」〔註18〕又歐陽修《六一詩話》謂：「孟郊、賈島皆以詩窮至死，而平生尤自喜爲窮苦之句。」〔註19〕其生活、經歷、信仰，以及中晚唐苦吟的普遍風尚，煉成了他寒苦、冷僻、瘦削的語言風格。

　　賈島的登臨詩雖數量不多，但這風格亦是能見，如「下視白雲時，山房蓋樹皮」、「樵人歸白屋，寒日下危峰」、「花開南去後，水凍北歸前」、「地接蘇門山近遠，荒臺突兀抵高峰」、「一點新螢報秋信，不知何處是菩提」等，好用「寒」、「危」、「凍」、「荒」等字，與冷落僻靜的自然風物，創造出清苦屼突的詩境。其苦吟的功架，更多見於其別出心裁的語意與句法上，如「垂枝松落子，側頂鶴聽棋」、「野火燒岡草，斷煙生石松」、「人在定中聞蟋蟀，鶴從棲處掛獼猴」等，爲構想與立意之奇；「陵遠根才近，空長畔可尋」、「遠

〔註16〕《全唐詩》，卷五百七十三，頁6675。

〔註17〕《唐詩雜論》，頁32。

〔註18〕方岳著，《深雪偶談》，頁3，見於《古今詩話叢編》，（臺北：廣文書局，1971），第四冊。

〔註19〕歐陽修著，《六一詩話》，見於何文煥輯，《歷代詩話》，第一冊，頁266。

近涯寥夐,高低中太虛」爲造句定勢之奇,尤是兩聯之間多見揣摩的用心。張震英先生謂:「賈島作詩通常表現出常處見奇的特色……在很多情況下常常在構思上有意化巧爲拙,在合法上化駢爲散,立意上能於常情常景中翻出新奇,選詞造句上亦能因常出奇。」〔註20〕景是常景,語非常語,這是恰當的評語。然畢竟登臨詩的例子有限,且詩人尤擅五律,於此只能窺其一二。

總結而言,賈島曾爲僧然終不能忘世,故生於中唐而詩旨亦就晚唐落泊文人無異。而其語言風格則較能別具一格,詩意的寒苦與瘦削,與某些造句上的冷硬而不用俗套,都能見得其苦吟的生活與功夫。

二、晚唐前期

從文宗開成元年,至宣宗大中十三年,爲晚唐的前期。緊接著中唐改革失敗,文宗有志無才、用人失當,導致「甘露之變」發生,自此宦官權大,皇帝、朝臣俱爲所制,《資治通鑑‧唐紀六十一》謂:「自是天下事皆決於北司,宰相行文書而已。宦官氣益盛,迫脅天子,下視宰相,陵暴朝士如草芥。」〔註21〕另一邊廂,牛李兩黨的對立亦完全成型,互相排斥,爭權不斷教政令阻滯,文人的仕途亦因之受到不同程度打擊。此時白居易、劉禹錫等中唐的老詩人已從官場退隱,在文壇上的影響力還未消退,但也標誌著晚唐文人的登上政治舞臺,他們雖無中唐人強烈的改革決心,但在政治抱負上仍採取堅持的態度,在仕途上雖多失意,也奮力求進。晚唐前期就是這樣似將失去希望,又不願完全放棄的時代。

就登臨詩的創作數量而言,按全唐詩的卷次順序排列,此時期較重要的詩人爲張祜(19首)、許渾(47首)、杜牧(36首)、李群

〔註20〕張震英著,《寒士的低吟——賈島詩歌藝術新探》,(北京:中國社會科學出版社,2006),頁104。

〔註21〕司馬光著,胡三省注,《資治通鑑》,(臺北:洪氏出版社,1974),卷二百四十五,頁7919。

玉（29 首）、李商隱（32 首）、溫庭筠（17 首）、劉滄（20 首）。

（一）張　祜

　　張祜（約 791～852），字承吉，南陽人。有入世之心，元和、長慶年間，曾多次投詩干謁李愬、田弘正、韓愈、裴度等重臣與名公。至大和年間，受令狐楚賞識薦於朝庭，皇帝欲用，卻因被元稹稱其「雕蟲小巧，壯夫恥而不爲」〔註22〕而作罷，落寞而歸。至會昌年間，時杜牧爲池州刺史，詩人前往謁見，頗被看重，常有詩歌往來。後又嘗至淮南謁見李紳，亦獲厚贈而去。大中年間，隱居丹陽，卒於此間。

　　張祜曾遊歷之處甚多，初寓居蘇州，後漫遊河南、河北、江南，又北遊河陽、滑州等地，有「凡歷僧寺，往往題詠」的習慣，故登臨詩多是遊歷寺院所作，佔了總數的一半以上，如：

> 山勢抱煙光，重門突兀傍。連簷金像閣，半壁石龕廊。
> 碧樹叢高頂，清池佔下方。徒悲宦遊意，盡日老僧房。
>
> （〈石頭城寺〉）〔註23〕
>
> 千重構橫險，高步出塵埃。日月光先見，江山勢盡來。
> 冷雲歸水石，清露滴樓臺。況是東溟上，平生意一開。
>
> （〈題潤州甘露寺〉）〔註24〕
>
> 樓臺聳碧岑，一徑入湖心。不雨山長潤，無雲水自陰。
> 斷橋荒蘚澀，空院落花深。猶憶西窗月，鐘聲在北林。
>
> （〈題杭州孤山寺〉）〔註25〕

詩人好登山寺，大抵是借著山水景物以解愁，故如「徒悲宦遊意，盡日老僧房」、「況是東溟上，平生意一開」、「猶憶西窗月，鐘聲在北林」這些結句，不論風景如何，仕途困頓是詩中眞實情感表現。

〔註22〕《唐才子傳》，頁 122。
〔註23〕《全唐詩》，卷五百一十，頁 5817。
〔註24〕《全唐詩》，卷五百一十，頁 5818。
〔註25〕《全唐詩》，卷五百一十，頁 5818。

亦有唱和之作與寫行旅見聞，如：

　金陵津渡小山樓，一宿行人自可愁。

　潮落夜江斜月裡，兩三星火是瓜州。（〈題金陵渡〉）〔註26〕

　錦江城外錦城頭，回望秦川上軫憂。

　正值血魂來夢裏，杜鵑聲在散花樓。（〈散花樓〉）〔註27〕

　秋溪南岸菊霏霏，急管煩弦對落暉。

　紅葉樹深山徑斷，碧雲江靜浦帆稀。

　不堪孫盛嘲時笑，願送王弘醉夜歸。

　流落正憐芳意在，砧聲徒促授寒衣。

　（〈和杜牧之齊山登高〉）〔註28〕

這些詩句亦多寫愁思，如〈題樟亭〉云：「年年此光景，催盡白頭翁。」
自嘲年老無成，行走在外，豈能無苦。故在和杜牧之詩中，便將元白
比作孫盛，言不堪為人嘲笑，表現出有才而不被重用之苦。

　　故知其登臨詩多寫愁緒，又往往不說所由，似欲解而不得其
法，多以衰弱而平淡的態度作結，如「猶憶西窗月，鐘聲在北林」、
「悠然此江思，樹杪幾檣竿」、「流落正憐芳意在，砧聲徒促授寒
衣」、「僧房閉盡下樓去，一半夢魂離世緣」，陳友冰先生指其風格
「比較約斂，帶點小巧。」〔註29〕按登臨詩之語意，亦差幾如是。
張為〈詩人主客圖序〉以白居易為廣大教化主，而張祐則入其室。
〔註30〕儘管分類未必準確，然不用僻字、不作險意及用典不多等的
平易風格，於其登臨詩中都能一見。然張祐詩多向瑣碎處取材，然
其登臨詩之取景猶不限於小巧，如「浪草侵天白，霜林映日丹」、「地
盤江岸絕，天映海門空」、「寶殿依山嶮，臨虛勢若吞」、「水闊吞滄
海，亭高宿斷雲」，知絕處風光，能開眼界與胸懷。

〔註26〕《全唐詩》，卷五百一十一，頁5846。

〔註27〕《全唐詩》，卷五百一十一，頁5848。

〔註28〕《全唐詩》，卷五百一十一，頁5828。

〔註29〕陳友冰著，《唐詩清賞（下）中唐晚唐篇》，（臺北：正中書局，2001），
　　　　頁303。

〔註30〕張為著，《詩人主客圖》，見於丁福保編，《歷代詩話續編》，頁73。

總結而言，張祜的登臨詩主題繁雜，但俱以愁爲主，表現出晚唐失意文人在仕途不順、遊走他鄉的苦悶。大抵詩人長於樂府與宮詞，在登臨詠作中未見很鮮明的個人特色。

（二）許　渾

許渾（約 791～858），字用晦，潤州丹陽人。其祖許圉師，爲高宗朝宰相，而自至許渾，已無庇蔭，然其自幼聰穎，潛心好學，且才思敏捷，詩句文章往往出於同輩之上。然許渾雖有文才，早期應考科舉，仍不免數度落第，因此得以周遊諸地，北及燕趙，南到湖越。大和六年，詩人方折得一桂，授太平、當塗兩縣縣令，後又嘗任潤州司馬，至宣宗朝，官至拜監察禦史，又歷任虞部員外郎，大中三年，抱病辭官，短暫隱居丁卯澗橋，同年復出仕，歷任郢、睦二州刺史。及後之事復不聞載錄，或卒於任中。

詩人執著功名利祿，半生在宦途與行役中渡過，同時「許渾有著濃厚的『功成身退』思想，他渴望『一麾之任』，最終是要實現『三徑之謀』。」〔註31〕他逼迫切地想實踐功成名就的理想，常寫在登臨詩中：

> 紅葉晚蕭蕭，長亭酒一瓢。殘雲歸太華，疏雨過中條。
> 樹色隨山迥，河聲入海遙。帝鄉明日到，猶自夢漁樵。
> （〈秋日赴闕題潼關驛樓〉）〔註32〕

> 尊前萬裏愁，楚塞與皇州。雲識瀟湘雨，風知鄠杜秋。
> 潮平猶倚棹，月上更登樓。他日滄浪水，漁歌對白頭。
> （〈將赴京師蒜山津送客還荊渚〉）〔註33〕

另一方面，許渾官運較大多詩人要好，卻限於地方職務上，這遠非詩人的志向，或因此他詩中都表現出很深的矛盾，既欲退隱，又爲功名未立而苦悶，一併透過羈旅行役的疲憊與無奈表現出來，爲其

〔註31〕董乃斌、喬象鍾等著，《唐代文學史》，（北京：人民文學出版社，1995），頁 421。
〔註32〕《全唐詩》，卷五百二十九，頁 6053。
〔註33〕《全唐詩》，卷五百三十，頁 6057。

登臨詩的一大主旨。

「馬上折殘江北柳，舟中開盡嶺南花」的漫遊生活中，亦能大量接觸山水與結交朋友，令其他題材亦頗豐富。

一者是宴集、送別之作，如：

留情深處駐橫波，斂翠凝紅一曲歌。

明月下樓人未散，共愁三徑是天河。(《晨起西樓》)〔註34〕

檐外千帆背夕陽，歸心杳杳鬢蒼蒼。

嶺猿群宿夜山靜，沙鳥獨飛秋水涼。

露墮桂花棋局濕，風吹荷葉酒瓶香。

主人不醉下樓去，月在南軒更漏長。(《韶州驛樓宴罷》)〔註35〕

二者是登臨懷古之作，如：

廣陵花盛帝東遊，先劈昆侖一派流。

百二禁兵辭象闕，三千宮女下龍舟。

凝雲鼓震星辰動，拂浪旗開日月浮。

四海義師歸有道，迷樓還似景陽樓。(《汴河亭》)〔註36〕

禾黍離離半野蒿，昔人城此豈知勞。

水聲東去市朝變，山勢北來宮殿高。

鴉噪暮雲歸古堞，雁迷寒雨下空壕。

可憐緱嶺登仙子，猶自吹笙醉碧桃。(《故洛陽》)〔註37〕

前者多言友人散聚，互訴宦海辛酸；後者登臨懷古，是許渾詩的常調，而其模式近同，都通過走訪前朝遺址，既抒發繁華易逝的慨嘆，亦暗示晚唐江河日下的國運，又是消逝、一去不回的，充滿落寞之感。

藝術手法上，許渾尤精於對仗，時以「整密」〔註38〕著稱，其

〔註34〕《全唐詩》，卷五百三十八，頁6140。

〔註35〕《全唐詩》，卷五百三十五，頁6104。

〔註36〕《全唐詩》，卷五百三十四，頁6094。

〔註37〕《全唐詩》，卷五百三十三，頁6088。

〔註38〕「俊爽若牧之，藻綺若庭筠，精深若義山，整密若丁卯，皆晚唐錚錚者。」見於《詩藪》，外篇四，頁187。

登臨詩亦的結構上也如此，尤是中間兩聯，幾乎都以同門類「工對」。至於詩風，獨其懷古詩較能表現出個人特色，辛文房《唐才子傳》謂：「渾樂林泉，亦慷慨悲歌之士。登高懷古，已見壯心，故爲格調豪麗，猶強弩初張，牙淺弦急，俱無留意耳。」〔註39〕如上例的「星辰動」、「日月浮」、「水聲東去」、「山勢北來」，亦鏗鏘響亮，又寄託著時不可再得之悲，有「慷慨悲歌」氣度。

　　總結而言，許渾有豐富的行旅經驗，愛好山水，更愛好登臨，使他留下了大量的登臨詩作，數量上冠絕晚唐。至於思想內容，則大抵不離仕隱、送別、思鄉與行旅見聞，皆晚唐格調，惟其懷古詩成就較大，詞藻華麗，語意悲慨，頗能別樹一幟。

（三）杜　牧

　　杜牧（803～852），字牧之，長安萬年人。杜氏高門，世代顯赫，而時人語謂：「城南韋杜，去天尺五」，言杜氏之盛。其祖父杜佑，爲中唐宰相，封岐國公，才學淵博，杜牧因承家學，廣通文史兵論，有「王佐之才」。於文宗大和二年，進士及第，兼中賢良方正、直言極諫科，初授校書郎、兵曹參軍，後又入江西沈傳師、淮南牛僧儒幕中。大和九年，任監察御史，分司東都。及後，又累遷左補、史館修撰、司勳員外郎及黃、池、睦、湖多州刺史。至大中五年，入京爲考功郎中、知制誥。大中六年，又遷中書舍人，同年歲末卒於長安。

　　杜牧積極入世，〈郡齋獨酌〉謂：「平生五色線，爲補舜衣裳。」書中所學，爲國而用，乃其一生心願。然詩人的官運雖然不差，二十六歲進士及第，除中年遊走幕府外，壯年出刺諸州。但唐人眼中，京官才具意義，如顏崑陽先生謂：「假如杜牧是個庸庸碌碌，安於現實的人，這樣的生活也就很好了。不幸的是他是個有理想，有懷抱的人。」〔註40〕這「不幸」在其生命中是明顯的，「牧亦以疏直，

〔註39〕《唐才子傳》，頁130。
〔註40〕顏崑陽著，《杜牧》，（臺北：河洛圖書出版社，1978），頁78。

時無右援者……牧困躓不自振，頗怏怏不平。」〔註41〕對自傲家勢學問，又深懷抱負的詩人，因循的工作非其所欲，故在其生涯的不同時期，都時有不得志之感，即便是「春風十里」的煙花生活，他仍以「落魄江湖」來作總結，在歡笑遊樂之時猶難忘失意。

杜牧的登臨詩中，就對自身的失意常有所反映，如：

清時有味是無能，閒愛孤雲靜愛僧。

欲把一麾江海去，樂遊原上望昭陵。

（〈將赴吳興登樂遊原一絕〉）〔註42〕

晴江灧灧含淺沙，高低繞郭滯秋花。

牛歌魚笛山月上，鷺渚鵁梁溪日斜。

爲郡異鄉徒泥酒，杜陵芳草豈無家。

白頭搔殺倚柱遍，歸棹何時聞軋鴉。（〈登九峰樓〉）〔註43〕

詩的表達較隱晦，不直怨官散事閑，得風人之旨，通過孤獨、清閑，又帶有鬱悶的心境描寫，或言寸功未立，欲歸不得來暗寫因不遇而無所作爲的感受。

同時詩人仍關懷社會與家國，其好尚論政與論兵，使他對古今興替之事感受尤深，如：

長空澹澹孤鳥沒，萬古銷沈向此中。

看取漢家何事業，五陵無樹起秋風。（〈登樂游原〉）〔註44〕

柳岸風來影漸疏，使君家似野人居。

雲容水態還堪賞，嘯志歌懷亦自如。

雨暗殘燈棋散後，酒醒孤枕雁來初。

可憐赤壁爭雄渡，唯有蓑翁坐釣魚。（〈齊安郡晚秋〉）〔註45〕

曉樓煙檻出雲霄，景下林塘已寂寥。

城角爲秋悲更遠，護霜雲破海天遙。（〈聞角〉）〔註46〕

〔註41〕《新校本新唐書》，第七冊，列傳第九十一，頁 5097。

〔註42〕《全唐詩》，卷五百二十一，頁 5961。

〔註43〕《全唐詩》，卷五百二十四，頁 5996。

〔註44〕《全唐詩》，卷五百二十一，頁 5954。

〔註45〕《全唐詩》，卷五百二十二，頁 5965。

兩葉愁眉愁不開，獨含惆悵上層臺。
碧雲空斷雁行處，紅葉已凋人未來。
塞外音書無信息，道傍車馬起塵埃。
功名待寄凌煙閣，力盡邊城不肯回。（〈寄遠〉）〔註47〕

前朝王圖霸業皆是一場大夢，頗見落寞之情，然反顧今事，又毫不消極，如夏庭芝〈青樓集序〉謂：「樊川自負奇節，不爲齪齪小謹，至論列大事，如《罪言》、《原十六衛》、《戰守二論》、《與時宰論兵》、《論江賊》書，達古今，審成敗。」〔註48〕以古論今而知成敗之理，縱不得其志，猶有以天下事務爲己任的胸懷。

其登臨多詠懷志向，這與他「剛直有奇節」、「情致豪邁」的人格與堅定的理想追求有關，故陳振孫謂：「其詩豪而艷，有氣概，非晚唐人所能及也。」〔註49〕也就總結了杜牧「以意爲主，以氣爲輔，以辭采章句爲之兵衛」的創作觀，重意、重氣，故少柔弱不振，多豪快剛直，上例的「獨佩一壺游，秋毫泰山小」、「看取漢家何事業，五陵無樹起秋風」、「功名待寄凌煙閣，力盡邊城不肯回」、「雲容水態還堪賞，嘯志歌懷亦自如」等詩句，或意境宏闊、或慷慨悲壯，有哀思而頃刻瀉盡，不復留連其中，此俊爽豪邁，亦爲其登臨詩的整體氣象。

總結而言，杜牧的登臨詩，除了少數送別、應酬、作樂的以外，大都借登臨來抒懷言志。而其表現出的，是一種正夾在希望與失望之間的時代與人生的寫照，但在此中即使失望更多，仍然不墮志向，是他最重要的精神面貌。

（四）李群玉

李群玉（約810～862），字文山，澧州澧陽人。其出身寒庶，

〔註46〕《全唐詩》，卷五百二十四，頁6002。
〔註47〕《全唐詩》，卷五百二十五，頁6030。
〔註48〕夏庭芝著，《新校青樓集》，（臺北：世界書局，1962），頁2。
〔註49〕陳振孫著，《直齋書錄解題》，（京都：中文出版社，1984），卷十六，頁676。

祖上事跡，不可查考，惟知自幼勤學，其〈寶劍〉詩云：「泥沙難
掩沖天氣，風雨終思發匣時」，知其有入世建功之志。由於家貧，
生計困難，於親友的鼓勵下參加科舉，卻又以落第告終，且「一上
即止」，自此遊歷各地，從文宗開成元年，至宣宗大中七年，十餘
年間，其分別漫遊岳陽、漢陽、廣州、桂州、豫章，行經三峽、九
江、吳越等地，足跡遍及南方。至大中八年得裴休力薦，獲宣宗授
校書郎，後因官場失意，消渴之病日重，故乞假東歸，未幾卒於洪
州。

　　李群玉大半生都處江湖草澤，在行旅中渡過，有別於同代的文
人，詩人下第後便「不樂仕進」，於是他有更多機會接觸山水，辛文
房《唐才子傳》謂其詩「多登臨山水，懷人送歸之制。」〔註50〕於
登臨詩的題旨上看來亦大概如是。

　　其登山臨水，狀風光景致之作，如：

> 五仙騎五羊，何代降茲鄉。澗有堯年韭，山余禹日糧。
> 樓臺籠海色，草樹發天香。浩嘯波光裡，浮溟興甚長。

（〈登蒲潤寺後二岩三首其一〉）〔註51〕

> 嶺日開寒霧，湖光蕩霽華。風鳥搖逕柳，水蝶戀幽花。
> 蜀國地西極，吳門天一涯。輕舟欄下去，點點入湘霞。

（〈湖閣曉晴寄呈從翁二首其一〉）〔註52〕

這些詩句大多是登臨詠閑，描寫遊歷於山水之間的逸情高致，表現出
詩人放懷丘壑，孤雲無心的性格特質。

　　其懷人、送別、思鄉，言羈旅情思之作，如：

> 舟舟生山草何異，截而吹之動天地。
> 望鄉臺上望鄉時，不獨落梅兼落淚。（〈聞笛〉）〔註53〕

> 旭日高山上，秋天大海隅。黃花羅秬秨，絳實簇茱萸。

〔註50〕《唐才子傳》，頁148。
〔註51〕《全唐詩》，卷五百六十九，頁6587。
〔註52〕《全唐詩》，卷五百六十九，頁6593。
〔註53〕《全唐詩》，卷五百七十，頁6615。

病久歡情薄，鄉遙客思孤。無心同落帽，天際望歸途。

（〈九日越臺〉）〔註54〕

清明別後雨晴時，極浦空顰一望眉。

湖畔春山煙黯黯，雲中遠樹黑離離。

依微水戍聞疏鼓，掩映河橋見酒旗。

風暖草長愁自醉，行吟無處寄相思。

（〈長沙春望寄涔陽故人〉）〔註55〕

相較前者，描寫各種行旅苦況的詩句更多，大概這才屬於詩人的心境獨白。詩人性好丘山，樂於自由自在，但少年有志不得實現，加上家境清貧、親友離散，這些現實都不容逃避。故此外不少的行旅詩中，都說出這合人情、鄉思、身世的悲傷之情，如其〈九子坡聞鷓鴣〉云：「此時為爾斷千腸，乞放今宵白髮生。」又〈人日梅花病中作〉云：「去年今日湘南寺，獨把梅花愁斷腸。」這都說明詩人並非真正樂於山水之間，而應是愁緒萬千的，故如〈金塘路中〉詩云：「山連楚越復吳秦，蓬根何年是住身。」金聖嘆評曰：「言今日金塘路中，去楚亦可，去越亦可，去吳、去秦皆可。然則今日還是何處去之為是，而又不能一處亦不去。」〔註56〕此詩此評，誠可為詩人之心路作注。

李群玉詩柔而清麗，亦與他愛好山水、浪漫自由的性情有關，如上例的「浩嘯波光裡，浮溟興甚長」、「輕舟欄下去，點點入湘霞」、「望鄉臺上望鄉時，不獨落梅兼落淚」，自然清新，又穠麗多彩。這種柔麗，還是就其詩的氣象而言的看其他登臨詩，如「惟愁捉不住，飛去逐驚鴻」、「斜笛夜深吹不落，一氣銀漢掛秋天」、「不知今夜越臺上，望見瀛州方丈無」等，都穿插著幻想與神仙意象，臨淵望極亦稍欠雄壯，卻有似乘雲步虛之感。

〔註54〕《全唐詩》，卷五百六十九，頁6592。

〔註55〕《全唐詩》，卷五百六十九，頁6595。

〔註56〕金聖嘆著，《聖嘆選批唐才子詩》，（臺北：中正書局，1956），卷之六下，頁238。

　　總結而言，李群玉的登臨詩，都是在孤獨的漫遊中登望創作的，參雜了各種的羈旅之情，除了少數清新可愛的寫景之作，主要還是說愁言苦的，大都表現出清麗而氣弱之感。

（五）李商隱

　　李商隱（約 813～858），字義山，懷州河內人。父爲縣令，於其童時辭世，其姐亦早歿，其〈祭裴氏姊文〉謂：「四海無可歸之地，九族無可倚之親。」自後定居洛陽，習文學詩。大和六年，以詩文得令狐楚賞識，令與其諸子交遊，傳授駢文之法。開成二年，受令狐綯舉薦而進士及第，後中博學宏詞科。王茂元愛其才，邀入涇原幕中，並許以愛女。開成四年，詩人通過吏部考核，授秘書省正字，即外調作縣尉。會昌二年，再入秘書省，同年，因母親離世，即回鄉守孝，至會昌六年復任。宣宗大中元年，轉到桂州，入鄭亞幕中，得檢校水部員外郎之銜。大中三年，又入徐州刺史盧弘止幕中，擔任節度使判官。大中五年，令狐綯拜相，義山以詩文干謁請援，得補太學博士，即遠行梓州，於柳仲郢幕下任掌書記。大中十二年，辭官歸去，同年病逝。

　　李商隱是典型空有才華大志，終蹭蹬仕途的晚唐文人。青年時期受令狐楚、王茂元器重，又得進士及第，實少年得志。及至到中年，他卻夾在黨爭之中，棲遲幕下苦無援引，俱因詩人無黨無派，一心許國的人格所致。其暮年也如此，除了少數時間停留在京師外，大都在偏僻的州幕下輾轉留連，處境淒涼。故如其〈淚〉一詩謂：「朝來灞水橋邊問，未抵青袍送玉珂。」又〈春日寄懷〉謂：「青袍似草年年定，白髮如絲日日新。」幾乎是詩人一生所憾。

　　在其登臨詩中，能見大量對仕途失意的表述，如：

　　　廟列前峰迥，樓開四望窮。嶺鼯嵐色外，陂雁夕陽中。
　　　弱柳千條露，衰荷一面風。壺關有狂孽，速繼老生功。

　　　（〈登霍山驛樓〉）〔註57〕

〔註57〕《全唐詩》，卷五百四十一，頁 6229。

固有樓堪倚，能無酒可傾。嶺雲春沮洳，江月夜晴明。

魚亂書何托，猿哀夢易驚。舊居連上苑，時節正邊鶯。

　　（〈思歸〉）〔註58〕

這固非一時之作，但都有相似的模式，或借憂鬱的風景，表現閑居幕下的苦悶；或用思歸而未得的方式，來表達其志不在州郡之間；或以賢人自比，表示對國事的憂心和責任，自言能報效朝庭，既悲落泊，又抱期待。

　　李商隱最引人入勝的是他豐富的愛情事跡，如妻子王氏、宋華陽、柳枝，甚至不少的娼家女子都見於詩中，作爲其詩極具代表性的主題，如黃盛雄先生描述道：「義山的詩中隱約浮現著愛情與生命等值的觀念，生命有多高的價值，愛情就有多高的價值。」〔註59〕愛情，儼然在詩人心中是極崇高的，無奈的是都沒有圓滿作結，與宋華陽、柳枝的愛情無疾而終，而王氏也在行役在外時逝世。如果說仕宦與愛情是其生命最重視的兩大價值，那他的生命確是充滿破碎與遺憾，這彷彿與登臨無關，卻又以迷離的手法，混合了功名意識、生平感受，並隱約地表現在其登臨詩中，如：

小苑試春衣，高樓倚暮暉。夭桃惟是笑，舞蝶不空飛。

赤嶺久無耗，鴻門猶合圍。幾家緣錦字，含淚坐鴛機。

　　（〈即日〉）〔註60〕

園桂懸心碧，池蓮飫眼紅。此生真遠客，幾別即衰翁。

小幌風煙入，高窗霧雨通。新知他日好，錦瑟傍朱櫳。

　　（〈寓目〉）〔註61〕

悵臥新春白袷衣，白門寥落意多違。

紅樓隔雨相望冷，珠箔飄燈獨自歸。

遠路應悲春晼晚，殘宵猶得夢依稀。

〔註58〕《全唐詩》，卷五百四十，頁6212。

〔註59〕黃盛雄著，《李義山詩研究》，（臺北：文史哲出版社，1987），頁79。

〔註60〕《全唐詩》，卷五百四十，頁6226。

〔註61〕《全唐詩》，卷五百四十一，頁6228。

玉璫緘札何由達，萬里雲羅一雁飛。(〈春雨〉) 〔註62〕

詩中俱以登樓寫相思，然李商隱詩有高度的隱密性，這些詩句亦用上一貫朦朧的手法，「錦瑟」、「鴛機」等意象，曾在詩人的愛情與悼亡詩中出現，然同樣，詩人亦有以女性自喻，借著相思來表達對引援人的渴求。復看上例，除了相思之情以外，身份、時間、地點都不曾稍說，大抵是百般情思輳轕心中，不吐不快，卻不願為外人所知，故特含糊其辭。這些詩都無統一的解釋，對應其的生平，實是「可以言情，可以喻道」之作。但不論如何，從表徵上看，它都是言情愛的，可能是抒發與妻子分離的互相思念，或是懷念那些不被承認，不能明說的浪漫往事，既追憶不已，又悔不當初。

進一步看，登高此行為，樓臺此場所，於李商隱那些充滿隱喻的詩中，都具有很特別的含意，如：

聞道閶門萼綠華，昔年相望抵天涯。

豈知一夜秦樓客，偷看吳王苑內花。(〈無題二首其一〉) 〔註63〕

紫府仙人號寶燈，雲漿未飲結成冰。

如何雪月交光夜，更在瑤臺十二層。(〈無題〉) 〔註64〕

來是空言去絕蹤，月斜樓上五更鐘。

夢為遠別啼難喚，書被催成墨未濃。

蠟照半籠金翡翠，麝熏微度繡芙蓉。

劉郎已恨蓬山遠，更隔蓬山一萬重。(〈無題四首其一〉) 〔註65〕

白石巖扉碧蘚滋，上清淪謫得歸遲。

一春夢雨常飄瓦，盡日靈風不滿旗。

萼綠華來無定所，杜蘭香去未移時。

玉郎會此通仙籍，憶向天階問紫芝。(〈重過聖女祠〉) 〔註66〕

「天階」、「十二層」都是神仙洞府，保留了高處「天梯」的意識，

〔註62〕《全唐詩》，卷五百四十，頁6188。
〔註63〕《全唐詩》，卷五百三十九，頁6163。
〔註64〕《全唐詩》，卷五百三十九，頁6167。
〔註65〕《全唐詩》，卷五百三十九，頁6163。
〔註66〕《全唐詩》，卷五百三十九，頁6145。

詩人既欲想攀登，卻又似找不到方法。在月光微斜的樓上，遠眺蓬山，卻遙遙難辨，又如在吳王苑中，帶著明顯的窺探意識，卻欲窺而未得。似乎運用了登高懷人的手法，又同時將高處變成了一個幽閉、能望不能到的空間，詩人與心中的女子總隨著遙不可及的距離，又有突破空間的渴望。若說李商隱將愛情等同生命，那他的高處空間，則具他人詩中不曾擁有的神聖性。

　　說其風貌，除了〈安定城樓〉一詩外，大多是愁苦與纖弱的，並好以風景意象與緩慢的時間，營造出情思的連綿不絕，刻畫詩人事業與愛情兩相失意的人生。在手法上，則大抵能分作明寫與暗喻，前者多寫仕途失意的人生，而後者則表現出強烈的個人風格，表面以愛情為題，實際上卻能包含多義，如其〈有感〉謂：「一自高唐賦成後，楚天雲雨盡堪疑。」朦朧難辨，是詩人故意為之的，保留內心私密的特有手法。在詩的暗喻上，更特別的是如同在夢幻與現實間的交錯想像，劉學鍇先生謂：「義山一生的際遇，如夢似幻，撲朔迷離……人生的迷惘失落幻滅之感，經常縈繞心頭。而『夢』正是表現這種感慨最適合的形式。」〔註67〕又方瑜女士謂：「就因為不得不覺醒，才要做夢，夢又必須回到現實，能清楚意識到這種幻想之往來過程，唐代詩人中就只有李商隱一人而已。」〔註68〕詩人愛寫夢是明顯的，這夢幻與真實的交錯，又可看其〈如有〉一詩：

　　　　如有瑤臺客，相難復索歸。芭蕉開綠扇，菡萏薦紅衣。
　　　　浦外傳光遠，煙中結響微。良宵一寸焰，回首是重幃。
　　　〔註69〕

不知登上瑤臺的到底是詩人，還是常見他詩中的神女，而眺望雲煙中，以不同意象的交織相疊，羅宗強先生形容此詩除了強烈的愛戀之

〔註67〕劉學鍇著，《李商隱詩歌研究》，（安徽：安徽大學出版社，1998），頁61。

〔註68〕方瑜著，《中晚唐三家詩析論－李賀、李商隱與溫庭筠》，（臺北：牧童出版社，1975），頁77。

〔註69〕《全唐詩》，卷五百四十一，頁6249。

情外，一切都不能確指。〔註 70〕然於尾聯的交代中，倏然「回首」，歸到「重幃」之下，雖不知前三聯與尾聯孰眞孰夢，但將「回首」作爲往返夢境與眞實的過程，卻是十分明顯。

同樣者如〈碧城三首其一〉、〈春雨〉及幾首〈無題〉，都運用大量的神仙意象，裝潢組合，總是借著不眞實的夢境，表達出對某種理想的追求，及追求未得的遺憾，他的夢境與眞實，便對應著理想與現實，然似寫愛情，又似寫不遇，甚至似在諷刺時事，在多義之下，其詞、其意又都宛如夢幻，令人難以觸摸。而正如謝臻《四溟詩話》謂：「詩有可解，不可解，不必解。」〔註 71〕美國學者宇文所安亦謂：「李商隱的朦朧詩最終無法被輕易禁錮在簡單的注釋結構中。」〔註 72〕不可解、不必解，卻又將其套進常用、合理的形式中，爲義山詩之最妙處。然不能索解，又不害其妙。

總結而言，李商隱的登臨詩，與同代文人相類近的，是言仕宦失意的題材，及纖細、鬱結的氣質。不同的則是他有一些對愛情的描寫，及有意識地運用暗喻興象徵的手法，借用大量的神仙意象寄託感懷，深微婉轉，令詩意朦朧奇麗，教人回味無窮。

（六）溫庭筠

溫庭筠（約 801～866），字飛卿，并州人。祖父爲太宗朝宰相溫彥博，傳至晚唐，早已家道中落。詩人才思敏捷，尤工於律賦，亦精通音律。寶曆年間，客遊江淮，初爲姚勗賞識，旋爲所逐，及後多年不第。大和四年，科場失意，棄文從戎，數年回京。大和九年，得李翱薦從莊恪太子遊，然太子受文宗所惡，卒於開成三年，門客盡散，此後亦數度求援未果。至大中年間，令狐綯拜相，飛卿嘗寄食門客，又漸被疏遠，此中又輾轉擔任小吏。咸通二年，任荊

〔註 70〕羅宗強撰，〈從《如有》說到李商隱的象喻〉，見於霍松林、林從龍選編，《唐詩探勝》，（鄭州：中州古籍出版社，1984），頁 374。
〔註 71〕《四溟詩話》，見於《四溟詩話薑齋詩話》，頁 3。
〔註 72〕宇文所安著，賈晉華、錢彥譯，《晚唐》，（北京：生活・讀書・新知三聯書店，2012），頁 398。

南節度使幕下從事。咸通五年，得徐商等人同情，授國子助教，於任內提拔寒微，頗有作爲。咸通七年，徐商罷相，即被貶方城，卒於途中。

溫庭筠與李商隱并稱「溫李」，皮日休〈松陵集序〉謂：「近代稱溫飛卿、李義山爲之最。」〔註73〕在晚唐詩壇上名動一時。詩人志大才雄，執著於建功報國，卻又因性情浪漫多情，狂狷直率，令他終身在官場上無所建樹。這與李商隱很相似，但他在遭遇上又更淒涼。詩人對理想有著堅持，故登臨詩中也不少與懷才不遇相關，如：

> 江海相逢客恨多，秋風葉下洞庭波。
> 酒酣夜別淮陰市，月照高樓一曲歌。（〈贈少年〉）〔註74〕
> 維舟息行役，霽景近江村。並起別離恨，似聞歌吹喧。
> 高林月初上，遠水霧猶昏。王粲平生感，登臨幾斷魂。
> （〈旅泊新津卻寄一二知己〉）〔註75〕
> 疏鐘細響亂鳴泉，客省高臨似水天。
> 嵐翠暗來空覺潤，澗茶餘爽不成眠。
> 越僧寒立孤燈外，嶽月秋當萬木前。
> 張邴宦情何太薄，遠公窗外有池蓮。（〈和趙嘏題嶽寺〉）〔註76〕

其中多不平之語，既不甘，亦頹然若喪，都表現出詩人在爲仕途與生計奔波的不同時期的感受，又是宦遊之中，以登臨解愁之作，有樓上酣醉、寺廟登望的，盡是愁苦語調。

溫庭筠頗好酒色，既因「有弦即彈，有孔即吹」及時行樂的性情，也以之麻醉自己、忘懷失意，如：

> 春姿暖氣昏神沼，李樹拳枝紫芽小。
> 玉皇夜入未央宮，長火千條照棲鳥。

〔註73〕《全唐文》，卷七百九十六，頁3702。
〔註74〕《全唐詩》，卷五百七十九，頁6728。
〔註75〕《全唐詩》，卷五百八十二，頁6745。
〔註76〕《全唐詩》，卷五百八十二，頁6749。

馬過平橋通畫堂，虎幡龍戟風飄颻。
簾間清唱報寒點，丙舍無人遺爐香。(〈走馬樓三更曲〉)〔註77〕
長釵墜髮雙蜻蜓，碧盡山斜開畫屏。
虬鬚公子五侯客，一飲千鍾如建瓴。
鶯咽姹唱圓無節，眉斂湘煙袖迴雪。
清夜恩情四座同，莫令溝水東西別。
亭亭蠟淚香珠殘，暗露曉風羅幕寒。
飄颻戟帶儼相次，二十四枝龍畫竿。
裂管縈弦共繁曲，芳樽細浪傾春釀。
高樓客散杏花多，脈脈新蟾如瞪目。(〈夜宴謠〉)〔註78〕

宴樂場面極盡浮華，詩人卻沒有參加宴會的欣喜，如蕭文苑先生謂：
「心中無樂，而強爲之笑，這樣的詩有沒有？有！其特點是艷妝濃
抹，珠光寶氣，堆砌詞藻。」〔註79〕上述兩詩的尾句，都能發現如
此的「心中無樂」，是對現實失意、愁悶的極力迴避，卻又無處可逃
的表現。

因爲總充斥著不得意的苦悶，除了像〈回中作〉、〈老君廟〉等
詩以外，其登臨詩幾乎都是慘淡、清冷的，時借煙霧、明月，襯托
失意而獨單之感。然較有特色的，是他描寫宴樂的詩，如許總先生
謂：「元和、長慶以後，描寫閨閣情態、表現愛情主題以及歌樓舞榭
生活風情的作品大量出現，作爲一種深蘊不滿現實的心理內涵的表
現方式，就形成那一時期詩壇的普遍傾向。在這方面，當以李商隱與
溫庭筠表現得最突出。」〔註80〕有別於李商隱的朦朧與情深，溫庭筠
更重視感官享受，似乎爲了避免因言情而帶來傷感，故常在奇珍之
物，與色彩的舖排描寫上，耗費大半筆墨，卻不輕易流露情感。

總結而言，溫庭筠的登臨詩中，不少是抒發懷才不遇的苦悶，同

〔註77〕《全唐詩》，卷五百七十六，頁6703。
〔註78〕《全唐詩》，卷五百七十五，頁6695。
〔註79〕蕭文苑著，《唐詩瑣語》，(臺北：文津出版社，1985)，頁141。
〔註80〕許總著，《唐詩史》，(南京：江蘇教育出版社，1995)，下冊，頁378。

時因遊走各州，在失意之餘，對山水、城市，甚至塞外風景都略有描寫。而其手法上，則在某些描寫得綺麗濃艷的宴樂之作中，較顯出個人風格。

（七）劉　滄

劉滄（生卒不詳），字蘊靈，汶陽人。為人體貌魁梧，有氣節，好談論古今。詩人投身科場，然屢舉不第，至宣宗大中八年，方於鄭薰幫助下進士及第，與李頻同時。及後又嘗調華原尉，遷龍門令。

劉滄的生平資料不多，難知其交遊事跡，《全唐詩》存詩一卷共102 首，當中卻有 20 首登臨之作，著實不少。而詩家多以之與許渾並稱，如高棅《唐詩品彙》謂：「元和後律體屢變，其間有卓然成家者，皆自鳴所長，若李商隱之長於詠史，許渾、劉滄之長於懷古，此其著也。」在時代背景下，加以詩人多年不第的遊走生活，「足跡遍布吳越、荊楚、巴蜀、齊魯等地」〔註81〕，大抵亦多登山臨水的機會，與許渾頗似。

詩人多行旅與登寺之作，一者慨嘆宦情與旅途之艱難，如：

衡門無事閉蒼苔，籬下蕭疏野菊開。
半夜秋風江色動，滿山寒葉雨聲來。
雁飛關塞霜初落，書寄鄉閭人未回。
獨坐高窗此時節，一彈瑤瑟自成哀。（〈秋夕山齋即事〉）〔註82〕

秋盡郊原情自哀，菊花寂寞晚仍開。
高風疏葉帶霜落，一鴈寒聲背水來。
荒壘幾年經戰後，故山終日望書回。
歸途休問從前事，獨唱勞歌醉數杯。（〈晚秋野望〉）〔註83〕

二者寫出世之情，如：

丹闕侵宵壯複危，排空霞影動簷扉。

〔註81〕范香君撰，〈試論劉滄的詠史懷古詩〉，《西昌學院學報》，2013 年，第 25 卷，第 2 期
〔註82〕《全唐詩》，卷五百八十六，頁 6789
〔註83〕《全唐詩》，卷五百八十六，頁 6802

城連伊水禹門近，煙隔上陽宮樹微。

天斂暮雲殘雨歇，路穿春草一僧歸。

此來閑望更何有，無限清風生客衣。(〈題天宮寺閣〉)〔註84〕

南浦兼葭疏雨後，寂寥橫笛怨江樓。

思飄明月浪花白，聲入碧雲楓葉秋。

河漢夜闌孤雁度，瀟湘水闊二妃愁。

發寒衣濕曲初罷，露色河光生釣舟。(〈江樓月夜聞笛〉)〔註85〕

這些詩大多以久浮沉宦海的角度，借著淒涼的風光景物，抒發遠遊之中思鄉懷人，與年華消逝的悲傷，頗多自怨。又因此往往登寺以欲離棄人間名利的紛擾，亦晚唐人之常調。

詩人成就較大的是其懷古之作，在登臨詩中卻反不多見，如：

野燒原空盡荻灰，吳王此地有樓臺。

千年事往人何在，半夜月明潮自來。

白鳥影從江樹沒，清猿聲入楚雲哀。

停車日晚薦蘋藻，風靜寒塘花正開。(〈長洲懷古〉)〔註86〕

懷古都通過今昔對比，以舊時之貌，襯托海田之巨變，然詩人之懷古，卻都只重視今景，「千年事」彷彿不值一提，「空原」、「月明」、「清猿」等景物，除了蒼涼，昔日未曾遺下半點痕跡。

就風格而言，劉滄登臨詩都流露著極重的憂傷意識，詩麗而冷而哀，寫景如「僧宿石龕殘雪在，雁歸沙渚夕陽空」、「水自流汀島色，漢陵空長石苔紋」、「原分山勢入空塞，地匝松陰出晚寒」；狀情如「曠然多慊登樓意，永日重門深掩關」、「偶將心地問高士，坐指浮生一夢中」、「那堪獨立斜陽裡，碧落秋光煙樹殘」、「獨坐高窗此時節，一彈瑤瑟自成哀」俱流連哀思。《唐才子傳》謂其「慷慨懷古，率見於篇。」〔註87〕於登臨詩中僅見的〈長洲懷古〉，或其〈秋日過

〔註84〕《全唐詩》，卷五百八十六，頁6805
〔註85〕《全唐詩》，卷五百八十六，頁6801
〔註86〕《全唐詩》，卷五百八十六，頁6787
〔註87〕《唐才子傳》，頁151

昭陵〉都沒有這份大氣，甚至比同時代的文人更爲悲涼，故《唐音
癸籤》謂：「劉滄詩長於懷古，悲而不壯，語帶秋意，衰世之音也歟。」
頗爲公允，又豈止懷古詩。

　　總結而言，劉滄之登臨詩多行旅與登寺之作，前寫宦情，後詠
出世。劉滄其人雖稱有氣節，然從此看其詩亦不出晚唐格調，某些
悲傷與淒涼之語，尤勝過唐末之人。

三、晚唐後期

　　從懿宗咸通元年，至哀帝天佑四年，爲晚唐的後期。早期的朋
黨鬥爭雖然結束，但問題又延伸到朝廷之外，宣宗以後，皇帝大多
昏庸無能，龐勛、黃巢等民變相繼發生，對經濟、社會與朝廷的統
治都造成了相當沉重的打擊。同時，愈多藩鎮脫離中央的指揮，中
央所能管治的地域則愈小，至政令不出關中。而藩鎮的關係，也從
互相制衡漸演變成吞併。唐末，朱溫、李克用等各據一方，互相抗
禦，視朝庭如無物。而藩鎮之禍亦見於朝中，節度使多領要職，又
勾結朝臣，不但影響政治決策，甚至拐持皇帝。此時晚唐前期的大
詩人，如杜牧、李商隱、溫庭筠等，都在咸通前後數年間去世，文
壇與官場上，都以後進文人爲主，他們縱忠於朝庭，又大多已失去
希望，各自以憂愁、冷淡、憤慨不同的臉相來詮釋末世人生。

　　就登臨詩的創作數量，按全唐詩的卷次順序排列，此時期較重
要的詩人爲薛能（23 首）、司空圖（15 首）、張喬（19 首）、許棠（16
首）、方干（22 首）、羅隱（19 首）、齊己（29 首）。

（一）薛　能

　　薛能（約 817～882），字太拙，汾州人。武宗會昌六年進士登
第，至大中末年，書判入等中選，補盩厔尉。後又任太原、陝虢、
河陽等諸州從事。及咸通年間，回朝任主客、度支、刑部郎中，即
又遷同州刺史、京兆大尹、工部尙書。僖宗乾符初年，任節度使出

鎮徐州。乾符五年，出刺許州。至廣明元年，將軍戍守溵水，因領導不善，爲大將周岌所逐，一說被殺，一說卒於此後數年。

　　薛能嘗於任職多州，登臨詩數量不少，與他豐富的行役經歷有關，此中主要有兩類題材，一者是登臨詠志，詩人官拜節度使，晚唐中亦可稱顯達，故精神氣度自與他人有別，其亦「資性傲忽，又多侮輕忤世」，不止嘗非議當朝諸多詩人前輩，也嘲笑諸葛亮非王佐之才，這都爲了襯托自身的能力。遑論其才情是否相配，在自信的心態下，其志氣是較高昂的，如：

　　千尋萬仞峰，靈寶號何從。盛立同吾道，貪程阻聖蹤。
　　嶺奇應有藥，壁峭盡無松。那得休於是，蹉跎亦臥龍。
　　　（〈分山嶺望靈寶峰〉）〔註88〕

　　孤寒復飄零，天涯若墮螢。東風吹痼疾，暖日極青冥。
　　蠶市歸農醉，漁舟釣客醒。論邦苦不早，只此負王庭。
　　　（〈邊城寓題〉）〔註89〕

　　閣臨偏險寺當山，獨坐西城笑滿顏。
　　四野有歌行路樂，五營無戰射堂閒。
　　鼙和調角秋空外，砧辦征衣落照間。
　　方擬殺身酬聖主，敢於高處戀鄉關。（〈題大雲寺西閣〉）〔註90〕

詩句中都能見詩人政治熱情的高漲，其以「臥龍」自比，又兼「論邦」、「酬聖主」之責，不但抒發懷抱，同時亦身處高位，對前程充滿希望的表現。

　　二者言仕宦失意。詩人早年嘗擔任從事，輾轉於諸州之間，這大抵是他認爲不得志的遭遇，如：

　　高檻起邊愁，荔枝誰致樓。會須教匠斲，不欲見蠻陬。
　　樹瘴無春影，天連覺漢流。仲宣如可擬，即此是荊州。
　　　（〈荔枝樓〉）〔註91〕

〔註88〕《全唐詩》，卷五百六十，頁6500。
〔註89〕《全唐詩》，卷五百六十，頁6496。
〔註90〕《全唐詩》，卷五百六十，頁6493。

巨柏與山高，玄門靜有猱。春風開野杏，落日照江濤。

白璧心難說，青雲世未遭。天涯望不極，誰識詠離騷。

（〈平蓋觀〉）〔註92〕

以遷臣自嘲，寫羈客之情，這類題材亦在其登臨詩中有一定數量。

其登臨詩大體是較多高昂之語，因運達而氣壯，不似時人詩中有靡弱之感，故胡震亨《唐音癸籤》謂：「薛許昌末季名手……而排奡之筆，浩蕩之襟，復足沛赴之，不病彫弱。」〔註93〕然即便是寫到愁處，如上述的「仲宣如可擬，即此是荊州」、「天涯望不極，誰識詠離騷」，無不堪悲傷，而是介於平淡與高昂、奮進之間，在生命熱情與力量上，有出他人之上處。

總結而言，薛能的登臨詩多作於行役，而借著途中見聞，而抒發立功的懷抱，也為詩人的仕途頗順，其詞中頗見昂揚之調。

（二）司空圖

司空圖（837～908），字表聖，河中人。其父為商州刺史，詩人亦聲名早著，懿宗咸通十年，進士及第，大受王凝、盧攜等之賞識，嘗任光祿寺主簿，又遷禮部員外郎。至黃巢之亂，隨僖宗到鳳翔，拜中書舍人。昭宗時又嘗拜諫議大夫，終以足疾乞還，此後隱居於中條山王官谷中，或作詩文以適志，或與文士酬唱，或與父老鼓舞相樂，不復出仕。天祐四年，朱溫篡唐自立，詩人亦辭謝其召任，次年哀帝崩，詩人聞之不食而卒。

司空圖活躍於晚唐後期，是唐代最亂之時，就他的生平看，詩人官至宰相，集內理應不少政治與社會的題材，而《唐才子傳》亦謂其作品「幾千萬篇」，可惜其詩傳世不多，就登臨詩看亦不見此類作品，大抵是前期作品流失所致，見其登臨書寫則多後期經歷。

這些經歷主要是兩方面的，一者描寫避難途中的所見所聞，如：

〔註91〕《全唐詩》，卷五百六十，頁6494。

〔註92〕《全唐詩》，卷五百六十，頁6496。

〔註93〕《唐音癸籤》，卷八，頁78。

乘時爭路只危身，經亂登高有幾人。

今歲節唯南至在，舊交墳向北邙新。

當歌共惜初筵樂，且健無辭後會頻。

莫道中冬猶有閏，蟾聲才盡即青春。（〈旅中重陽〉）〔註94〕

西北鄉關近帝京，煙塵一片正傷情。

愁看地色連空色，靜聽歌聲似哭聲。

紅蓼滿邨人不在，青山遠檻路難平。

從他煙棹更南去，休向津頭問去程。（〈淛上二首其二〉）〔註95〕

這些詩中常言旅途飄泊，並在其中偶然地登高一望，借以寬慰心靈，又從中憶卻故人舊事，想及去路來程，多有悲思。

　　二者敘述隱居之中感興，或遊玩山水所作，如：

已是人間寂寞花，解憐寂寞傍貧家。

老來不得登高看，更甚殘春惜歲華。（〈九月八日〉）〔註96〕

嶽北秋空渭北川，晴雲漸薄薄如煙。

坐來還見微風起，吹散殘陽一片蟬。

（〈攜仙籙九首其一〉）〔註97〕

此身逃難入鄉關，八度重陽在舊山。

籬菊亂來成爛熳，家僮常得解登攀。

年隨曆日三分盡，醉伴浮生一片閑。

滿目秋光還似鏡，殷勤為我照衰顏。（〈重陽山居〉）〔註98〕

詩人有〈山中〉詩謂：「全家與我戀孤岑，躡得蒼苔一徑深。逃難人多分隙地，放生麋大出寒林。名應不朽輕仙骨，理到忘機近佛心。昨夜前溪驟雷雨，晚晴閑步數峰吟。」又〈寓居有感三首其一〉謂：「亦知世路薄忠貞，不忍殘年負聖明。隻待東封沾慶賜，碑陰別刻老臣名。」頗能概括其隱居山中的生活與心態，既有難後餘生，或

〔註94〕《全唐詩》，卷八百八十五，頁10001

〔註95〕《全唐詩》，卷六百三十一，頁7248

〔註96〕《全唐詩》，卷六百三十三，頁7263

〔註97〕《全唐詩》，卷六百三十三，頁6268

〔註98〕《全唐詩》，卷八百八十五，頁10001

離開黑暗官場的慶幸，於山水遊歷中嘗試盡情享受，以慵懶的態度來忘記世事煩憂。他又因為忠愛家國，見亂離的風景，蕭索的山川，總不能釋懷，詩中充斥著對生命及國家走向衰亡的悲痛與留戀。

在其登臨詩中，詩人的悲傷是明顯的，都以平淡的口吻道出，彷彿不關己事，著力隱藏悲痛，卻又不免流露臉容之上，一詩雖寫閑樂，往往又包含著百般深情。詩多寫景，盡以的柔弱姿態表現出來，如上引詩句，多著目於「殘春」、「斜陽」、「衰顏」等消逝、老態龍鍾的物象、意象上，並借之營造出亂後風光的冷清，既閑淡，又落寞。

總結而言，司空圖的登臨詩多寫避難與隱居，並借節日登臨山水，以樂寫衰，充滿了消逝的無奈與傷感。其風格則多力造平淡，在風景書寫上，頗為明麗有致，又無可避免落入柔弱不振之中。

（三）張　喬

張喬（生卒不詳），字伯遷，池州人。出身寒門，少年苦學，善於詩文，與咸通時人周繇、喻坦之、張蠙、鄭谷等文人並稱「十哲」。大順中，京兆府解試，李頻主考，試〈月中桂〉詩，詩人以「根非生下土，葉不墜秋風。」擅場，得進士登得。及後與喻坦之遊於薛能門下，雖受舉薦，終無所成。乾符五年，黃巢之亂爆發，遂避居九華山中，與李昭象、顧雲等結為方外之友，過著「每來尋洞穴，不擬返江湖」的生活，隱以終年。

張喬雖中進士，卻又「岨峿名途」為終，其〈自誚〉云：「每到花時恨道窮，一生光景半成空。」久困名場之中，加以遠離鄉關，使其詩歌中，大多登臨詠仕宦之志，又雜以思鄉望歸之情，都充斥著進與退的矛盾，如：

> 吟魂不復遊，臺亦似荒丘。一徑草中出，長江天外流。
> 暝煙寒鳥集，殘月夜蟲愁。願得生禾黍，鋤平恨即休。

（〈題賈島吟詩臺〉）〔註99〕

〔註99〕《全唐詩》，卷六百三十九，頁 7332。

昔人登覽處，遺閣大江隅。疊浪有時有，閒雲無日無。
早涼先燕去，返照後帆孤。未得營歸計，菱歌滿舊湖。

（〈滕王閣〉）〔註100〕

遠色岳陽樓，湘帆數片愁。竹風山上路，沙月水中洲。
力學桑田廢，思歸鬢髮秋。功名如不立，豈易狎汀鷗。

（〈岳陽即事〉）〔註101〕

無窮名利塵，軒蓋逐年新。北闕東堂路，千山萬水人。
雲離僧榻曙，燕遠鳳樓春。荏苒文明代，難歸釣艇身。

（〈秦原春望〉）〔註102〕

這些登臨大都是行旅或閑遊之所到，又多作散心之地，故在風景描寫
上頗有安然、清淡之氣韻。但既他羨慕江湖草澤之地的清幽，又不得
不向名利低頭，此中多以愁苦作結，是詩中常見的模式。

其登臨詩中還有如邊塞、送別等其他主題，然數量甚少，不足述
說。

張喬詩多平淡清新，王定保《唐摭言》稱其「詩句清雅，敻無
與倫。」〔註103〕又吳喬《圍爐詩話》謂：「張喬亦有一氣貫串之妙，
尤能作景語。」〔註104〕從上述詩句看，如「竹風山上路，沙月水中
洲」、「雲離僧榻曙，燕遠鳳樓春」、「湖平幽徑近，船泊夜燈微」等
語頗得清雅之旨。另一方面，詩人曾涉足塞上，「絕塞寒無樹，平沙
勢盡天」的大漠風光也影響其詩風，如「昔人登覽處，遺閣大江隅」、
「一徑草中出，長江天外流」、「山壓秦川重，河來虜塞深」等壯闊
蒼涼，知其登臨詩非獨守一格。

總結而言，張喬的登臨詩多是遊玩山水、寺廟之作，通過清新
的筆調，表現出對自然風光的嚮往與留戀，同時又不能捨棄名利，

〔註100〕《全唐詩》，卷六百三十八，頁7306。
〔註101〕《全唐詩》，卷六百三十八，頁7311。
〔註102〕《全唐詩》，卷六百三十八，頁7307。
〔註103〕《唐摭言》，卷十，頁114。
〔註104〕吳喬著，《圍爐詩話》，見於郭紹虞編，《清詩話續編》，（上海：上
海古籍出版社，1999），上冊，頁573。

這種在進退之間互相拉扯，往往見於數句之中，爲其詩的要旨。

（四）許　棠

　　許棠（生卒不詳），字文化，宣州涇縣人。苦於爲詩，與咸通時人劇燕、任濤、溫憲、李昌符等文人並稱「十哲」。初遊於馬戴門下，頗受優待。而詩人亦參加科考，嘗應二十餘舉，歷三十載而不第。至咸通十二年，年已半百，因主司憐其久困名場，故先放其登第。後又歷任涇縣尉、江寧丞等職。晚年辭官歸去，生活潦倒。

　　與張喬相似，許棠一生追逐功名，歷遍艱辛，而在科考的過程，與晚年的生活上，似乎又比張喬更爲潦倒。其〈言懷〉謂：「久貧慚負債，漸老愛山深。」又其〈寫懷〉謂：「半生爲下客，終老托何人。」足道其不適志。就其登臨詩看，卻大多以詠閑、言歸爲主，如：

　　　　躡險入高空，初疑勢不窮。又緣千嶂盡，還共七盤同。

　　　　下辨東流水，平隨北去鴻。天然無此道，應免患窮通。

　　　　（〈經八合阪〉）〔註105〕

　　　　四面波濤匝，中樓日月鄰。上窮如出世，下瞰忽驚神。

　　　　剎礙長空鳥，船通外國人。房房皆疊石，風掃永無塵。

　　　　（〈題金山寺〉）〔註106〕

　　　　高情日日閒，多宴雪樓間。灑檻江幹雨，當筵天際山。

　　　　帶帆分浪色，駐樂話朝班。豈料羈浮者，樽前得解顏。

　　　　（〈陪郢州張員外宴白雪樓〉）〔註107〕

　　　　信步上鳥道，不知身忽高。近空無世界，當楚見波濤。

　　　　頂峭松多瘦，崖懸石盡牢。獼猴呼獨散，隔水向人號。

　　　　（〈登山〉）〔註108〕

這些詩句包涵不同主題，亦作於不同地點與時間，而相似的是都帶著愁苦，而不時表現出欲要擺脫愁苦的約束，如「風掃永無塵」、「樽

〔註105〕《全唐詩》，卷六百零三，頁6970。
〔註106〕《全唐詩》，卷六百零三，頁6973。
〔註107〕《全唐詩》，卷六百零四，頁6982。
〔註108〕《全唐詩》，卷六百零四，頁6978。

前得解顏」、「應免患窮通」等，俱是自我慰解之語。

賀裳《載酒園詩話‧又編》謂：「然讀其全集，數篇以外，皆枯寂無味。」〔註109〕就登臨詩看，文詞亦精煉，於思想與語意則確平淡無奇，既沒寫出進退的爭扎，也沒能眞正借著「平淡」來表現傷感，是缺乏生命力的，甚至在〈邊城晚望〉、〈雁門關野望〉等邊塞登臨之作中，猶是氣弱詞淡，不悲不壯。或者說「枯寂無味」，不如看作事不關己，所以才要透過登臨來抽離現實。

總結而言，許棠的行旅經歷豐富，故登臨詩不少，然大多是透過登高遠望，詠出世之情的，語詞與感情都趨於平淡，較少超脫的意識與鮮明的風格，或是詩人應對悲傷的方式，卻又是爲人咎病之處。

（五）方 干

方干（808～886），字雄飛，桐廬人。幼有清俊之才，好閑拙度日，然徐凝愛其才，授以格律。開成年間，曾至刺州謁見姚合，頗得姚合的讚賞。大中年間，因進士落第，隱居於鏡湖讀書。後爲求功名，來往於兩京之間，又尤受浙東觀察使王龜的賞識，欲要表薦於朝庭，卻因王龜病逝而未果。然詩人於當時也很有名望，又稱「方處士」，公卿大夫亦爭相邀入幕中，也因性情據傲，長相醜陋等多方原因，最後一無所獲。晚年，因求名未遂，歸隱鏡湖，不復用世之心，日以詩酒自娛，頗爲自得，卒僖宗光啓年間。

方干求仕的初衷與時人無異，其〈贈李郢端公〉云：「別得人間上升術，丹霄路在五言中。」他對文采是有自信的，欲以此作爲通往官場的橋樑，有過長期干謁與應舉的生活，但周遊多時終一無所得，對其登臨詩的創作影響很大。方干曾竭力地追求功名，但登臨詩中就表現出無執的心境，因難以繫年之故，無法證明他詩中曠達、

〔註109〕賀裳著，《載酒園詩話‧又編》，見於郭紹虞編，《清詩話續編》，上冊，頁381。

逍遙與喜悅之眞假。惟詩人性本閑拙，又篤信佛教，「不斷煩惱而得到菩提，不離生死而得到涅槃，方干就是歷經這樣的思想轉變的晚唐文人。」〔註110〕從詩意來看，確洋溢著出世的喜悅。

其登臨詩便多登臨園林與寺院，借詠閑逸的世外之情，如：

砌下松巔有鶴棲，孤猿亦在鶴邊啼。
臥聞雷雨歸岩早，坐見星辰去地低。
一徑穿緣應就郭，千花掩映似無溪。
是非生死多憂惱，此日蒙師爲破迷。

（〈書法華寺上方禪壁〉）〔註111〕

莫見一瓢離樹上，猶須四壁在林間。
沈吟不寐先聞角，屈曲登高自有山。
濺石逬泉聽未足，亞窗紅果臥堪攀。
公卿若便遺名姓，卻與禽魚作往還。

（〈郭中山居〉）〔註112〕

豈知平地似天臺，朱戶深沈別徑開。
曳響露蟬穿樹去，斜行沙鳥向池來。
窗中早月當琴榻，牆上秋山入酒杯。
何事此中如世外，應緣羊祜是仙才。

（〈題睦州郡中千峰榭〉）〔註113〕

這些詩作不知作於何時，然在歌頌仙、佛、隱等內容上，卻是相似的，除了少數如〈再題龍泉寺上方〉說出進退的糾結外，大多以與山水的契合，表現看破人間名利是非的精神境界。

因爲生活與信仰的影響，詩人在登臨中，又幾乎用一個世外之人的角度來觀物。詩人活在晚唐後期，應經歷過不少亂事，其詩中又幾乎不涉及這些，對待興亡亦多用漠然的態度來審視，如：

畫角吹殘月，寒聲發戍樓。立霜嘶馬怨，攢磧泣兵愁。

〔註110〕 楊艷撰，〈方干與佛教〉，（中國上海師範大學碩士論文，2011），頁38。
〔註111〕 《全唐詩》，卷六百五十，頁7469。
〔註112〕 《全唐詩》，卷六百五十二，頁7486。
〔註113〕 《全唐詩》，卷六百五十，頁7462。

燕雁鳴雲畔，胡風冷草頭。罷聞三會後，天迥曉星流。

（〈曉角〉）〔註114〕

縱目下看浮世事，方知峭崿與天通。

湖邊風力歸帆上，嶺頂雲根在雪中。

促韻寒鍾催落照，斜行白鳥入遙空。

前人去後後人至，今古異時登眺同。（〈登龍瑞觀北岩〉）〔註115〕

未明先見海底日，良久遠雞方報晨。

古樹含風長帶雨，寒巖四月始知春。

中天氣爽星河近，下界時豐雷雨勻。

前後登臨思無盡，年年改換去來人。（〈題龍泉寺絕頂〉）〔註116〕

一邊表現著晚唐後期那安於大化中的消極人生觀，又毫無表情的看
著時代的變更，彷彿不是這時代中人，冷淡得驚人。如〈曉角〉一
詩，儘管是登臨邊塞之地，亦只用「立霜嘶馬怨，攢磧泣兵愁」的
一筆帶過，似乎「風」、「草」、「曉星」更引詩人注目，傳統的邊塞
書寫，對國家、征夫的關心，於他看來不關己事，何必耗費心神。

王贊〈元英先生詩集序〉謂：「夫干之為詩，鎪肌滌骨，冰瑩霞
絢。嘉肴自將，不吮餘雋。麗不葩紛，苦不棘膚。當其得誌，倏與
神會。詞若未至，意已獨往。」〔註117〕就其文意，大抵亦張為之謂
「清奇雅正」無二。「清奇」者，方干詩善描畫風景，從登臨詩觀之，
如「樓碘風景七八月，床下水雲千萬重」、「草中白道穿村去，樹裡
清溪照郭流」、「一徑穿緣應就郭，千花掩映似無溪」、「馴鹿不知誰
結侶，野禽都是自呼名」、「濺石迸泉聽未足，亞窗紅果臥堪攀」等，
他登臨多在園林山寺之地，觀物常以佛徒隱士的目光，加以高度的
鍛煉，在清麗、沖淡中寫出對自然風光的奇想奇趣。「雅正」者，則
是雖處亂世，而詩中並無衰頹之音，亦不似時人般時傷家國，時傷

〔註114〕《全唐詩》，卷六百四十九，頁7450。

〔註115〕《全唐詩》，卷六百五十二，頁7484。

〔註116〕《全唐詩》，卷六百五十二，頁7484。

〔註117〕《全唐文》，卷八百六十五，頁4021。

自身。而有怨有憤,則易失其正,詩人能以平淡來面對得失,亦合乎藏用修德的處士之風,故詩也溫和淡雅,而劉克莊《後村詩話》謂:「其詩高處,在晚唐諸公之上。」〔註118〕大抵亦在此處。

總結而言,方干的仕途失意、佛教信仰與隱士生活,令他有許多登臨山水之作,其中又幾乎都遁入內心,他完全摒棄名利,只關如何注修養性情,破除對生死名利的執著。也因如此,在風貌上也趨向清淡又晶瑩透徹的,彷彿登臨之地,乃一塵不染的隱士茅廬。

(六)羅 隱

羅隱(833~909),原名橫,字昭諫,杭州新城人。祖父為福唐縣令,父親嘗參加禮部考選,但沒受錄用,家境貧甚。詩人少有才情,善寫文章,與羅虬、羅鄴並稱「三羅」。而其恃才傲物,好作諷刺時政之語,為當權者所惡,加以「長相醜陋」,故屢舉不第,其〈偶興〉云:「逐隊隨行二十春,曲江池畔避車塵。」詩人的前半生都在應考與干謁中渡過。至僖宗廣明年間,因黃巢作亂,避居九華,鎮海節度使錢鏐閱其詩卷,大為賞識,遂邀入幕中,歷任錢塘縣令、節度判官、鹽鐵發運使、著作郎等職。朱溫代唐後,錢鏐封吳越王,詩人領任給事中。至後梁開平三年,卒於杭州。

晚唐後期社會黑暗,詩人對此憤慨難平,不論社會還是自身遭遇不公,都嘗發出尖銳的批評,同時雖在眼前,卻又無力去改變現況。因此,在亂世中各種社會問題下,他的詩也是複雜的,登臨詩約十餘首,數量於晚唐中不算多,但思想的繁雜性超過不少文人。

按其旨觀之,其登臨中的主題大抵有幾類,一者是自傷身世,兼言仕途失意,如:

> 謬忝蓮華幕,虛沾柏署官。欹危長抱疾,衰老不禁寒。
> 時事已日過,世途行轉難。千崖兼萬壑,只向望中看。

　　(〈冬暮城西晚眺〉)〔註119〕

〔註118〕劉克莊著,《後村詩話》,(臺北:廣文書局,1971),新集卷四,頁10。
〔註119〕《全唐詩》,卷六百六十,頁7576。

山川去接漢江東，曾伴隋侯醉此中。

歌繞夜梁珠宛轉，舞嬌春席雪朦朧。

棠遺善政陰猶在，薤送哀聲事已空。

惆悵知音竟難得，兩行清淚白楊風。

　　（〈商于驛樓東望有感〉）〔註120〕

二者既詠閑情逸志，欲要超然忘世，又苦不敢爲，如：

日夜潮聲送是非，一回登眺一忘機。

憐師好事無人見，不把蘭芽染褐衣。

　　（〈題鑿石山僧院〉）〔註121〕

晚景聊攄抱，憑欄幾盪魂。檻虛從四面，江闊奈孤根。

幽徑薜蘿色，小山苔蘚痕。欲依師問道，何處繫心猿。

　　（〈靈山寺〉）〔註122〕

三者懷古傷今，言時運之將衰，如：

下盤空跡上雲浮，偶逐僧行步步愁。

暫憩已知須用意，漸危爭忍不回頭。

煙中樹老重江晚，鐸外風輕四境秋。

懶指臺城更東望，鵲飛龍閣盡荒丘。（〈登瓦棺寺閣〉）

萬裏傷心極目春，東南王氣隻逡巡。

野花相笑落滿地，山鳥自驚啼傍人。

謾道城池須險阻，可知豪傑亦埃塵。

太平寺主惟輕薄，卻把三公與賊臣。

　　（〈春日登上元石頭故城〉）〔註123〕

四者是急時之所急，說其憂心忡忡，如：

遠山高枝思悠哉，重倚危樓盡一杯。

謝守已隨征詔入，魯儒猶逐斷蓬來。

地寒謾憶移暄手，時急方須濟世才。

〔註120〕《全唐詩》，卷六百五十七，頁7550。
〔註121〕《全唐詩》，卷六百六十，頁7574。
〔註122〕《全唐詩》，卷六百六十一，頁7581。
〔註123〕《全唐詩》，卷六百六十二，頁7591。

宣室夜闌如有問，可能全忘未然灰。

（〈孫員外赴闕後重到三衢〉）〔註124〕

寒城獵獵戍旗風，獨倚危樓悵望中。

萬里山河唐土地，千年魂魄晉英雄。

離心不忍聽邊馬，往事應須問塞鴻。

好脫儒冠從校尉，一枝長戟六鈞弓。

（〈登夏州城樓〉）〔註125〕

除此之外，其登臨詩中還有少許送別、遺世、諷刺時政的作品，可見主題並沒有固定傾向，又代表了唐末及以後的複雜遭遇與情思。這些詩中既表現出憂國憂民，傷時傷己，既有積極進取，又因際遇而感到頹喪，是為時運無常，情思也百般陳雜。黃志高先生在描述其感懷詩時，謂：「一生之中，失意者常居八九，是抑鬱之情，每發之為詩歌，用以哀離悼散，敘一己之不遇，撫今追昔，睹黍離而興悲，良以得知音之惋惜，吐平生之怨緒。」〔註126〕道盡詩人心路。

羅隱的登臨詩多愁、多怨、傷老、傷病，固有冷淡之態，卻更多是蒼老淒涼之言，直見末世氣象，在老態中又時見粗豪之語，薛雪《一瓢詩話》謂：「羅昭諫為三羅之傑，調高韻響，絕非晚唐瑣屑。」〔註127〕其句如「好脫儒冠從校尉，一枝長戟六鈞弓」、「懶指臺城更東望，鵲飛龍門盡荒丘」等，確雄壯矯健，復如「太平寺主惟輕薄，卻把三公與賊臣」、「若以鳴為德，鶯皇不及雞」等，則是見證唐朝衰亡，有憤怨難勝，更不忍淪落賊人手的忠孝之心，詩家多對其赤誠許以高度評價，如胡震亨《唐音癸籤》謂：「至讀羅昭諫〈請錢鏐舉兵討梁〉，又不禁髮上衝冠矣……獨留此數老，為忠義碩果，亦王澤之猶存，而詩教之未盡墜地也。」〔註128〕登臨

〔註124〕《全唐詩》，卷六百五十六，頁7540。

〔註125〕《全唐詩》，卷六百五十七，頁7548。

〔註126〕黃志高著，《羅隱詩風解析》，（臺北：學海出版社，1981），頁100。

〔註127〕薛雪著，《一瓢詩話》，見於丁福保編，《清詩話》，（臺北：明倫出版社，1971），頁714。

〔註128〕胡震亨著，《唐音癸籤》，卷二十六，頁280。

詩亦具此等氣魄。

　　總結而言，羅隱性偏剛烈簡傲，於晚唐後期，經歷社會與人生的多難，令其登臨吟詠的主題亦甚豐富。而其雖多怨懟時事，溫雅不足，卻又是愛之愈深，不平則鳴，故多粗豪、憤切之語，確「非晚唐瑣屑」。

（七）齊　己

　　齊己（約863～937），俗姓胡，名得生，長沙人。爲佃戶之子，初於大潙山寺牧牛，因少而能詩，被寺中老僧勸令出家。而詩人好遊歷山水，曾「游江海名山，登嶽陽，望洞庭。」又「來長安數載，遍覽終南、條、華之勝。」〔註129〕唐末嘗居於長沙道林寺中。而唐亡以後，又隱居於廬山東林寺。後欲到蜀地，卻遇兵阻，而時荊南高季興時正割據一方，搜集名節之士，故爲其所留，長居於龍興寺中。及後之事，略無記載。

　　齊己之生平跨越晚唐與後梁，然大半猶在唐，從記載中能發現與詩人創作相關的特點，一是好遊，生涯所到之處甚多；二是長居佛寺，不時訪問僧友，這兩者都提供了登臨創作的機會。

　　詩人的登臨詩除了遊玩寫景，明確的吟詠閑情之作外，則多數表達出對歸隱的強烈渴望。此中詩人數度爲僧官，實際上隱逸的渴望遠要比當官大，尤是被迫淹留荊南後，是他最不稱意的時候，其〈渚宮莫問詩一十五首其九〉云：「東林未歸得，搖落楚江頭。」爲他的思想情感的主調，登臨也多思歸之情，如：

　　　　空江平野流，風島葦颼颼。殘日銜西塞，孤帆向北洲。
　　　　邊鴻渡漢口，楚樹出吳頭。終入高雲裡，身依片石休。
　　　　（〈過西塞山〉）〔註130〕

　　　　瘴雨過孱顏，危邊有徑盤。壯堪扶壽嶽，靈合置仙壇。

〔註129〕《唐才子傳》，頁186。
〔註130〕《全唐詩》，卷八百三十九，頁9465。

影北鴻聲亂，青南客道難。他年思隱遁，何處憑闌杆。

（〈迴雁峰〉）〔註 131〕

華頂危臨海，丹霞裡石橋。曾從國清寺，上看月明潮。

好鳥親香火，狂泉噴沕寥。欲歸師智者，頭白路迢迢。

（〈懷天臺華頂僧〉）〔註 132〕

洞庭雲夢秋，空碧共悠悠。孟子狂題後，何人更倚樓。

日西來遠棹，風外見平流。終欲重尋去，僧窗古岸頭。

（〈懷巴陵舊游〉）〔註 133〕

因滯留一方，故興起思歸、懷人和念舊日之遊等情思，抒發人到晚年，身老未歸的苦楚。

另外就是表達對事過景遷的傷感，明顯受著唐末五代時對家國、生命，一切都無可挽回的人生觀所影響，又綜合了前者老病未歸的慨嘆，包涵了改朝換代，對唐朝滅亡的傷痛。於其登臨詩中，如：

夫子垂竿處，空江照古臺。無人更如此，白浪自成堆。

鶴靜尋僧去，魚狂入海回。登臨秋值晚，樹石盡多苔。

（〈嚴陵釣臺〉）〔註 134〕

晚照背高臺，殘鍾殘角催。能銷幾度落，已是半生來。

吹葉陰風發，漫空暝色回。因思古人事，更變盡塵埃。

（〈落日〉）〔註 135〕

既對前朝當世興替發出無奈的慨嘆，又站在佛教徒的角度，冷淡地去看待這古往今來的變化。

齊己的登臨詩，因時代的混亂及個人的不適意，其大多是寫愁的，這愁又以冷、淡、苦、孤獨等描寫來襯托，孫光憲〈白蓮集序〉謂：「師尚趣孤潔，詞韻清潤，平淡而意遠。」〔註 136〕又胡震亨《唐

〔註 131〕　《全唐詩》，卷八百四十三，頁 9524。

〔註 132〕　《全唐詩》，卷八百四十二，頁 9510。

〔註 133〕　《全唐詩》，卷八百四十三，頁 9535。

〔註 134〕　《全唐詩》，卷八百三十九，頁 9462。

〔註 135〕　《全唐詩》，卷八百四十，頁 9475。

〔註 136〕　《全唐文》，卷九百，頁 4163。

音癸籤》謂：「齊己詩清潤平淡，亦復高遠冷峭。」〔註137〕而馬旭先生亦總結其詩風主要是「尚清」、「尚苦」和「尚怪」〔註138〕。在其登臨詩中，如「海面雲生白，天涯墮晚光」、「好鳥親香火，狂泉噴沈寥」、「吹葉陰風發，漫空暝色回」、「孤峰磬聲絕，一點石龕燈」、「寒澗不生浮世物，陰崖猶積去年冷」、「閑消不睡憐長夜，靜照無言謝一燈」等，無疑「苦」、「怪」、「高遠冷峭」者更多，俱用高度凝煉下的反常合道之語，寫出平淡而冷清的人生。

　　總結而言，齊己的登臨詩大多表達出思歸之愁，又間有消逝之情，是作為在亂世中滯於一方，又渴望隱居歸山，不問事世的人生態度。於是風格上亦大多以「苦」、「怪」、「冷」作觀物造句，既是佛教的枯寂心境，又詩人生平不如意的詮釋。

〔註137〕《唐音癸籤》，卷八，頁82。

〔註138〕馬旭撰，〈詩僧齊己研究〉，（中國四川師範大學碩士論文，2011），頁43～51。

第五章 晚唐登臨詩之題材、情感與內涵

一、詩歌主題與情感表現

　　劉禹錫〈望賦〉謂:「有目者必騁望以盡意,當望者必緣情而感時。」登高臨望,必觸動情感。晚唐人重情,李商隱〈獻相國京兆公啓〉謂:「人稟五行之秀,備七情之動,必有詠嘆,以通性靈。」〔註1〕亂世之中,朝綱腐壞,生涯困頓,事世的種種不如理想,使文人在登臨之際,表達出對個人與家國的各種思緒。

　　楊載《詩家法數》謂:「登臨之詩,不過感今懷古,寫景歎時,思國懷鄉,瀟灑遊適,或譏刺歸美。」〔註2〕又范況先生謂:「登臨之題……或感今弔古,或思國懷鄉,或怡襟適趣,皆情也。」〔註3〕可見登臨作爲興發情思的媒介,它本身雖有常見的主題,同時兼有寬廣的包容性,能乘載任何的情感與方向。

　　筆者將其登臨詩分爲遠行送別、思鄉懷人、宴集閑遊、懷古傷今、仕宦抱負、消極出世等六大主題,並借之闡述其詩中思想情感。

〔註1〕《全唐文》,卷七百七十八,頁3597。
〔註2〕楊載著,《詩家法數》,見於何文煥輯,《歷代詩話》,第二冊,頁733。
〔註3〕范況著,《中國詩學通論》,(臺北:商務印書館,1969),頁165。

（一）遠行送別

嚴羽《滄浪詩話》謂:「唐人好詩,多是征戍、遷謫、行旅、離別之作,往往能感動激發人意。」〔註4〕其實亦就唐人的漫遊之風。而征戍、遷謫、行旅都是遠行,遠行又必有離別,況晚唐文人爲功名生計,多周遊京洛、州縣、幕府之間,故借詩抒發相送相別之情,爲普遍風氣。

登臨詩中常寫樓上之宴別,如杜牧的〈陵陽送客〉,就表現出這別情依依,難捨難離之感:

南樓送郢客,西郭望荊門。鳧鵠下寒渚,牛羊歸遠村。

蘭舟倚行棹,桂酒掩餘樽。重此一留宿,前汀煙月昏。

〔註5〕

陵陽即宣城陵陽山,詩人送別將要南下的友人。首兩聯寫傍晚之景,落日寒煙,水鳥紛歸江渚,牧人帶著牛羊返村,倦而知還,正好映襯歸情。而後兩聯與友對飲,酒深情深,乃至忘記時間。爲妙的是,詩人彷彿有意勸酒,借故誤了的船期,圖令友人多留一宿,續樽前之話。其含蓄婉轉,又富有深情。

許渾的〈江樓夜別〉亦寫出這心情的反覆:

離別奈情何,江樓凝豔歌。蕙蘭秋露重,蘆葦夜風多。

深怨寄清瑟,遠愁生翠蛾。酒酣相顧起,明月棹寒波。

〔註6〕

餞別於歌樓之上,因別情難奈,又借歌舞沖淡愁思。而歌不銷愁,復寫江景,時已更深,酒竟歌闌,「露重」、「風多」,造成茫茫一片的視覺效果,再奏起琴來,更有凄意,又似乎珍重與友人相聚之時,及時行樂。尾聯分別,「相顧」一詞,似無言又愁不堪言,添上默默傷感。殘月、寒波、酒醒,與「相顧」後的獨自憑欄,既冷清又顯得無比寂寞。

〔註4〕《滄浪詩話》,詩評,頁 182。

〔註5〕《全唐詩》,卷五百二十六,頁 6025。

〔註6〕《全唐詩》,卷五百二十九,頁 6049。

又有登樓目送友人遠去，薛能的〈天際識歸舟〉就寫別後的情景：

> 斜日滿江樓，天涯照背流。同人在何處，遠目認孤舟。
> 帆省當時席，歌聲舊日謳。人浮津濟晚，棹倚沈寥秋。
> 晴闊忻全見，歸遲怪久遊。離居意無限，貪此望難休。
> 〔註7〕

滿江落日之中，憑眺友人的輕舟，以流水、黃昏比喻時光短暫，而落日下的小舟，正如同「當時席」、「舊日謳」般，一瞬即逝，難以再得，豈能不令人貪望難休，再多目送故人一刻呢。此中，表現出如「頻倚欄杆不自由」般，惆悵綿綿不絕，不由自己。

又有更氣象慘淡的，韋莊〈清河縣樓作〉就寫出身在亂世，聚散以後，彼此間命途未卜的憂傷：

> 有客微吟獨憑樓，碧雲紅樹不勝愁。
> 盤雕迥印天心沒，遠水斜牽日腳流。
> 千里戰塵連上苑，九江歸路隔東周。
> 故人此地揚帆去，何處相思雪滿頭。〔註8〕

時世多亂，京師也難倖免，友人遠去九江，怕亦充滿危險。次聯以飛鳥斜陽，象徵行舟漸去，也暗寫憑望之久。而尾聯寫相思之情，不止去留的疑惑，更呼應頸聯，多了安危難料之意，同樣詩人的〈江上別李秀才〉：「千山紅樹萬山雲，把酒相看日又曛。一曲離歌兩行淚，不知何地再逢君。」其意其詞又與此相似，能作互證，同是「碧雲紅樹」，亦美酒相陪，卻說「不知」，問「何處」，隱含一別難逢的擔憂。

晚唐人好留連風月，贈別也不限友人之間，鄭綮的〈別郡後寄席中三蘭〉，便是予娼妓之詞：

> 淮淝兩水不相通，隔岸臨流望向東。
> 千顆淚珠無寄處，一時彈與渡前風。〔註9〕

〔註7〕《全唐詩》，卷五百五十九，頁 6487。
〔註8〕《全唐詩》，卷六百九十六，頁 8010。

詩人以女性送別心宜男子的情貌起筆,「隅岸臨流」、「千顆淚珠」,寫出別後的傷感惆悵。然首句較耐人尋味,《水經注・淮水》謂:「淮水于壽陽縣西北,肥水從城西而北入於淮,謂之肥口。」〔註10〕淝水乃淮河支流,豈不相通,詩人反而用之,大抵階層不同,逢場作戲,即他朝相見,亦不復相識,故「一時彈與」,女子也彷彿明白這訣別之意,故淚水頃刻揮盡。這送別之語,看是薄幸之詞,但畢竟也暗含著現實的無奈,豈無蹙然之意。

當然寫作目的不同,也非全然表現愁苦,陸龜蒙的〈送棋客〉送人赴考,便頗有壯氣:

滿目山川似勢棋,況當秋雁正斜飛。

金門若召羊玄保,賭取江東太守歸。〔註11〕

登高,俯瞰山川,其形如棋盤有序,秋既雁飛之時,又是應考季節,於是鼓勵友人,定要像羊玄保般,贏得宣城太守而歸。此送別之作,於晚唐登臨詩中是罕見的,彷彿胸中別有棋盤,山川河嶽,一步一子,俱了然心中,真氣象宏大,充滿豪情壯志。

文人與僧人交往頻密,也多與僧人送別,然其情感又與文人間的相送有大不同,如潘咸的〈送僧〉:

闕下僧歸山頂寺,卻看朝日下方明。

莫道野人尋不見,半天雲裡有鐘聲。〔註12〕

詩人之友大抵是離朝歸山的僧官,詩透過想像登臨,寫後者步上山寺,登望日出、聽聞雲鐘,又以「野人尋不見」的空間,來顯示寺院之高絕,及僧人的離俗出塵,修為高深。雖是送別,卻不同於文人間的傷感,而充滿安寧氣息。

賈島的〈送譚遠上人〉亦如此:

下視白雲時,山房蓋樹皮。垂枝松落子,側頂鶴聽棋。

〔註 9〕《全唐詩》,卷五百九十七,頁 6915。

〔註10〕《水經注》,卷三十,頁 583。

〔註11〕《全唐詩》,卷六百二十九,頁 7217。

〔註12〕《全唐詩》,卷五百四十二,頁 6264。

清淨從沙劫，中終未日歆。金光明本行，同侍出峨嵋。

〔註13〕

首聯同借寺的高度，下瞰雲生雲滅，比喻遠去人世之甚遠，次聯的「松落子」、「鶴聽棋」則表示淡薄、清靜，亦忘卻俗念與機心的生活，故能從容的經歷劫難，尾聯「金光明」爲峨嵋別稱，詩人希望能與之在山上過著這清修的日子。從親近自然、人物兩忘等描寫，透出淡淡禪意。

唐末詩僧齊己的〈送人歸華下〉，則在此上表現出遺世之感：

蓮花峰翠濕凝秋，舊業園林在下頭。

好束詩書且歸去，而今不愛事風流。〔註14〕

時正秋節，山中仍籠漫煙霧，友人的園林在山腳，在這樣的風光之中，或自耕自種，或漫遊山中，定是悠閒寫意。故與友人惜別時，又不無勸告，束詩書歸去足矣，既有此良辰美景，何必於亂世中，再慕風流之名？

總括而言，登臨送別有兩者，一是登樓設宴，以歌樓酒館爲多；二是想像登臨，以寺院爲主。而因爲身份、用意的不同，其情感亦各異，朋輩間送別多顯憂愁，送隱居、傷修道之士則欣喜祥和。

（二）思鄉懷人

思鄉作爲民族性，永遠是詩歌中最常見的主題。文人對官職、科名的不捨追求，也使他們長期遠離家鄉。而長達數年到數十年，其間或不曾回鄉，與親友亦難得一見，離多聚少，於是登臨高處，望鄉與懷人就成爲登臨的一種意義，或自登望之中，引起思鄉懷人之情，亦爲常見。

雍陶的〈途中西望〉，寫行旅中登高望鄉，並以之消解愁悶：

行行何處散離愁，長路無因暫上樓。

唯到高原即西望，馬知人意亦回頭。〔註15〕

〔註13〕《全唐詩》，卷五百七十三，頁 6654。

〔註14〕《全唐詩》，卷八百四十二，頁 9592。

以意欲登樓而未得作開端，行走在原野之中，沒有酒樓，沒有人家，為「長路」加深了孤獨寂寞，「行行」既寫步伐，又是心情反覆，「唯」字寫出了「高原」彷彿是詩人唯一的依靠，「即」字又表現出其迫切之感，因登臨之處難有，故每高處，即便趕路也不禁一一攀登。然尾句的「馬知人意」甚奇，彷如馬兒也漸漸習慣了詩人步履，懂得自然回頭，又似是思鄉之情強烈，連馬兒都感受得到，不住回望。

「每逢佳節倍思親。」歡慶日子，當與家人團圓，此時遠遊未歸，豈無傷感？薛能的〈寒食有懷〉便以節日之樂，來反襯自身的憂傷：

> 流落傷寒食，登臨望歲華。村毬高過索，墳樹綠和花。
> 晉聚應搜火，秦喧定走車。誰知恨榆柳，風景似吾家。
> 〔註16〕

寒食為春遊與掃墓之時，「村毬」、「墳樹」、「搜火」、「走車」，以滿城之歡樂，亦對比流落的自己，故又只旁觀，而難融入其中。尾聯一轉，視覺從街道回到樓臺，也從熱鬧回到冷僻，偶望樓邊的榆樹柳，忽然想到與家鄉的風光多相似啊，但終究不是自己的家鄉。從熱鬧引起孤獨，從節日引起鄉愁，風景更似家非家，平添淒涼。

王貞白的〈庾樓曉望〉亦同借萬象更新之時，寫旅人之思：

> 獨憑朱檻亦凌晨，山色初明水色新。
> 竹霧曉籠銜嶺月，蘋風暖送過江春。
> 子城陰處猶殘雪，衙鼓聲前未有塵。
> 三百年來庾樓上，曾經多少望鄉人。〔註17〕

樓上殘月依稀，積雪斑駁，煙霧隨微風吹來，透著幾分春意。前三聯寫初春融雪，意境清新明亮，自然可愛。尾聯一改語調，進入一種憂傷的時空意識中，多少過客曾登臨此地呢，又多少如我一般，在明媚的春光中據此獨望鄉關呢？從己之所悲，想到他人亦然，思鄉懷人，豈為窮達而異心，教多少遊子共鳴。

〔註15〕《全唐詩》，卷五百一十八，頁 5928。
〔註16〕《全唐詩》，卷五百五十八，頁 6475。
〔註17〕《全唐詩》，卷七百零一，頁 8064。

　　在敦煌千佛洞中，保存了好些陷蕃人的詩作，作者無從考查，然敦煌於德宗朝方完全被吐蕃吞併，故仍能確定是中晚唐詩，其中有登臨者數首，多作自憐身世與思念鄉關，如〈冬日野望〉：

　　　　出戶過河梁，登高試望鄉。雲隨愁處斷，川逐思彌長。
　　　　晚吹低聚草，遙山落夕陽。徘徊噎不語，空使淚沾裳。

　　　〔註18〕

「攜手過河梁，遊子暮何之。」河梁爲離別之地。登上高處，試望家鄉，卻爲浮雲所隔，這裡的景象，此時夕陽西下，風吹草低，本來是很美麗的風光，卻又叫人淚下沾裳，蓋非漢人之故土。

　　相近的又有思念親朋，趙嘏的〈江樓舊感〉，便描述登樓憶友的心情：

　　　　獨上江樓思渺然，月光如水水如天。
　　　　同來望月人何處，風影依稀似去年。〔註19〕

於高樓獨望，明月江水，渾然一色，思緒亦因之綿遠。在獨登樓的孤獨，水月的清冷下，而產生「舊感」，想得昔與故人賞月的熱鬧，今已物是人非，分隔兩地，只能透過望月來傳遞思念。全詩順口吟來，語意清新，淡而味遠。

　　又如劉滄的〈秋日山寺懷友人〉：

　　　　蕭寺樓臺對夕陰，淡煙疏磬散空林。
　　　　風生寒渚白蘋動，霜落秋山黃葉深。
　　　　雲盡獨看晴塞雁，月明遙聽遠村砧。
　　　　相思不見又經歲，坐向松窗彈玉琴。〔註20〕

日薄山寺，暮鐘響徹空林，晚風初起，吹亂了江上的白蘋，夕陰使漫山的黃葉看似更厚更深，詩人獨憑欄，看雁影飛過、砧聲遠來，忽然想起友人，原來不經意已分別多時，以「又」暗示著年復一年。尾聯獨援琴於山寺，本已淒清，況有淡煙、松窗、空林、村砧、明月，營

〔註18〕王重民編，《全唐詩外編》，（臺北：木鐸出版社，1983），頁48。
〔註19〕《全唐詩》，卷五百五十，頁6372。
〔註20〕《全唐詩》，卷五百八十六，頁6791。

造出「一股淒迷幽淡的氣氛籠罩全詩。」〔註21〕懷人之情尾聯亦表現無遺，琴者爲知音而彈，今知我者安在？

另有擬作之詩，爲女性訴相思之情，如邵謁的〈望行人〉：

> 登樓恐不高，及高君已遠。雲行郎即行，雲歸郎不返。
>
> 嗟爲樓上人，望望不相近。若作轍中泥，不放郎車轉。
>
> 白日下西山，望盡妾腸斷。〔註22〕

想像女子登上高樓，爲望夫婿。然雲行雲歸，日復日的守候，而未有歸時，此時相望而不相聞，還不如像泥土一樣，能黏在車輪之上，隨他到萬裡之外。詩以民歌口吻，少作修飾，卻直白大膽，哀怨纏綿，能打動人心。

翁綬的〈關山月〉則寫對征夫的思念：

> 徘徊漢月滿邊州，照盡天涯到隴頭。
>
> 影轉銀河寰海靜，光分玉塞古今愁。
>
> 笳吹遠戍孤烽滅，雁下平沙萬里秋。
>
> 況是故園搖落夜，那堪少婦獨登樓。〔註23〕

整詩以明月貫串，照到玉塞，照盡天涯古今，亦照盡高樓，用以比喻恆古不變的相思，潔淨而美麗。然尾句婉轉，「故園搖落」，謂國運已衰，邊關不再是封侯之處，而是埋骨之地，陳陶詩：「可憐無定河邊骨，猶是春閨夢裡人。」可與此登樓心態作爲互證。

又如唐彥謙的〈望夫石〉，而此更爲特別，亦想像登臨，又帶有民間神話的色彩：

> 江上見危磯，人形立翠微。妾來終日望，夫去幾時歸。
>
> 明月空懸鏡，蒼苔漫補衣。可憐雙淚眼，千古斷斜暉。
>
> 〔註24〕

經過江水邊，詩人看到石頭而興生奇思，將之塑造成立於岸上，等待

〔註21〕韋鳳娟著，《晚唐詩歌賞析》，（南寧：廣西人民出版社，1986），頁58。

〔註22〕《全唐詩》，卷六百零五，頁6994。

〔註23〕《全唐詩》，卷六百，頁6939。

〔註24〕《全唐詩》，卷六百七十一，頁7654。

夫婿歸來的女子。以「明月」、「蒼苔」、「終日望」、「幾時歸」來描寫等待的永恆，是年復年的獨立遠望，化作石頭的長情不變，讀之亦感人肺腑。

　　總括而言，思鄉與懷人亦是晚唐登臨詩中的重要主題，主要透過登高臨望，借助廣闊的視線範圍，以想像的方式達至精神滿足。而這些詩中，大多表現出愁悶、悲傷與相思之苦。

（三）宴集閑遊

　　在漫遊風氣之下，「遊」還有為了消閑，而進行的山水遊與宴遊，都是文人生活之尚趣。這些「遊」既為詩歌興象的來源，又為了應酬官員、交朋結友、忘記煩憂等，故不論是大小官員，或是普通的文人士子，大都會參加這種宴集活動，亦身份遭遇不同，其所感所懷者各異。

　　姚合的〈早夏郡樓宴集〉描寫為官務清閑，與同儕宴會之樂：

　　　官散有閑情，登樓步稍輕。窗雲帶雨氣，林鳥雜人聲。
　　　曉日襟前度，微風酒上生。城中會難得，掃壁各書名。
　　　〔註25〕

曉日微風，高樓上一片水氣，林中鳥啼彷彿與人共語，值此良辰美景，詩興酣時，各題句於壁上。其以初夏、清曉、鳥聲、微風等景物，表現出緩慢、適意和從容不迫，而「官散」的閑情亦見於尾聯的酒令之上，充份表現出文人的雅致與情味。

　　同為朝官的薛逢，其〈九日曲池游眺〉則多一分歌頌意味：

　　　陌上秋風動酒旗，江頭絲竹競相追。
　　　正當海晏河清日，便是修文偃武時。
　　　繡轂盡為行樂伴，豔歌皆屬太平詩。
　　　微臣幸忝頌堯歷，一望郊原愜所思。〔註26〕

重陽為三令節之一，是唐人最重視的節日，乘此佳時，皇親國戚多

〔註25〕《全唐詩》，卷五百，頁5687。
〔註26〕《全唐詩》，卷五百四十八，頁6327。

到曲江池畔遊玩。自曲池望去，城中俱是載酒行歌之人，詩人看來這都是太平盛世的景況，故登高覽望，心安喜樂。詩寫佳節時的長安，本極繁華，而作爲隨遊之官員更不無恭維，其景其詞俱富貴氣象。

下層文人亦宴會常客，卻多爲陪宴身份，如溫庭筠的〈湘東宴曲〉：

> 湘東夜宴金貂人，楚女含情嬌翠嚬。
> 玉管將吹插鈿帶，錦囊斜拂雙麒麟。
> 重城漏斷孤帆去，唯恐瓊籤報天曙。
> 萬戶沈沈碧樹圓，雲飛雨散知何處。
> 欲上香車俱脈脈，清歌響斷銀屏隔。
> 堤外紅塵蠟炬歸，樓前澹月連江白。〔註27〕

詩人以歌女的情態、服裝來展示出酒宴的華貴熱鬧，三、四、五聯寫宴會時間之長，眾人聽歌飲酒，通宵達旦，已至休燈滅燭，乘車歸去之時，卻又戀戀不捨，有未盡之興。詞極紛華靡麗，寫出宴會之歡樂無窮，與追求行樂的心態。尾句「澹月連江」甚爲兀突，從熱鬧的宴會轉眼歸到冷落，也同樣歸到現實，有歡愉散後之蕭索。

歷經多年不第的許棠，其〈陪郢州張員外宴白雪樓〉亦很相似：

> 高情日日閒，多宴雪樓間。灑檻江杆雨，當筵天際山。
> 帶帆分浪色，駐樂話朝班。豈料羈浮者，樽前得解顏。
>
> 〔註28〕

無官在身的詩人甚是清閑，能常參加宴席。次聯寫江景開闊，席中所見的雄壯景觀。後兩聯則回到宴席內，樂曲初停，賓客紛紛議論朝事，「豈料」一句，暗寫在議論之中，座中官員文士似沒注意這局外之人，詩人也插不上話，只好舉杯苦中作樂，苦澀無比。

縱然多是從遊，猶有於宴會的登臨中，受氣氛與風光感召，而一盡雅興和歡愉。溫庭皓亦棲遲幕中，此〈觀山燈獻徐尚書三首其二〉，卻美得讓人洗滌塵心：

〔註27〕《全唐詩》，卷五百七十六，頁 6703。
〔註28〕《全唐詩》，卷六百零四，頁 6982。

九枝應並耀，午夜忽潛然。景集青山外，螢分碧草前。
輝華侵月影，歷亂寫星躔。望極高樓上，搖光滿綺筵。

〔註29〕

段成式有同題之作，其序謂：「及上元日，百姓請事山燈，以報禳祈
祉也。時從事及上客從公登城南樓觀之。」〔註30〕可見爲幕中的一
次節慶盛會。此詩透過誇張與想像描寫燈火的流動明滅，動時彷如
螢火，亮處與明月爭輝，直使樓上樓下山外山前，整片夜空都照滿
上元的燈火，不似人間。

　　亦有相當多登臨園林與寺廟之詩，以山水爲描寫對象，取自然
之趣，如好遊寺的張祜，其〈題潤州甘露寺〉，就此詠登臨之樂：

千重構橫險，高步出塵埃。日月光先見，江山勢盡來。
冷雲歸水石，清露滴樓臺。況是東溟上，平生意一開。

〔註31〕

此爲詩人閑遊甘露寺所作，詩以千重、日月、江山和入雲的樓閣，來
展示山寺的高絕，高故脫離塵世，故包含萬化。而潤州於今日蘇州鎮
江市內，東去爲海，壯絕的風光叫人放下塵念，感受突如期來喜悅。

　　喻鳧的〈題翠微寺〉則更具空靈之氣：

沿溪又涉巔，始喜入前軒。鐘度鳥沈壑，殿扃雲濕幡。
涼泉墮眾石，古木徹疏猿。月上僧階近，斯游豈易言。

〔註32〕

詩人沿著溪水登上佛寺，正屬傍晚，歸鳥、疏猿、沉雲、涼泉等景象
增添了山的靜寂，在暮鐘聲下憑望，詩境平淡而幽深，亦緊扣著首聯
的「喜」意，尾聯則寫詩人從黃昏等到晚上獨立山上，月光彷彿更接
近遊人了。「豈易言」者是受山月初吐的感動，欣喜莫名，有欲辨忘
言之感。

〔註29〕《全唐詩》，卷五百九十七，頁6915。
〔註30〕《全唐詩》，卷五百八十四，頁6766。
〔註31〕《全唐詩》，卷五百一十，頁5818。
〔註32〕《全唐詩》，卷五百四十三，頁6270。

劉駕的〈曉登迎春閣〉，則在園亭中，眺望成都春色：

> 未櫛憑欄眺錦城，煙籠萬井二江明。
>
> 香風滿閣花盈戶，樹樹樹梢啼曉鶯。〔註33〕

清晨醒來，詩人憑欄眺望成都的風光，次句靜中帶動，在金黃色的曉煙之中，看到奔流的河水與人家，再寫到香風、花和樹樹鶯啼，將春天清晨的景致塑造得格外迷人，尤是起句的「未櫛」，盡是不期而遇，彷如張開窗扉驟迎晨光初照，一室之內綻放生機。

又鄭准的〈題宛陵北樓〉，描寫宣城的山光水色：

> 雨來風靜綠蕪蘚，憑著朱闌思浩然。
>
> 人語獨耕燒後嶺，鳥飛斜沒望中煙。
>
> 松梢半露藏雲寺，灘勢橫流出浦船。
>
> 若遣謝宣城不死，必應吟盡夕陽川。〔註34〕

詩人在樓上憑望，細雨過後綠野更清新自然。而農人、飛鳥、「雲寺」、「浦船」，兩聯無奇，又平淡可愛，面對此景，詩人神思飛馳，也彷彿目見謝朓當時，拾得「澄江靜如練」之真意。

總括而言，這類閑遊登臨之作，常著眼於樓中歌舞，或樓外風光的描寫，有別於前代喜好登臨山水的詩人，晚唐的閑遊登臨，更集中在酒樓、亭園與寺廟等地，一者言宴席歡慶，一者與自然作伴，俱發閑適之情。

（四）懷古傷今

中唐以降，國家多亂，詩歌不論描寫社會或個人，都時與國運相關連，邱曉先生謂：「詩人一旦身處『高處』，發而為詩，其詩作往往抒發一種憂國憂民的深沉情思，表現出強烈的社會責任感和歷史使命感。」〔註35〕這種言及「社會責任」和「歷史使命」集中在兩種主題上，一者道說前朝的興亡，唐人重史好史，而通過臨望，連接歷史與個人生命，便是「攄懷舊之蓄念，發思古之幽情」的詠懷傳統；二者

〔註33〕《全唐詩》，卷五百八十五，頁6786。

〔註34〕《全唐詩》，卷六百九十四，頁7993。

〔註35〕《唐代登高詩研究》，頁65。

描寫今日的治亂，登臨中見江山蕭條，不堪入目，通過詩歌將風景、感受寫實地記錄下來。當然不論懷古或傷今，其用意亦在傷今。

懷古者以古喻今，杜牧的〈江南春絕句〉就膾炙人口：

　　千里鶯啼綠映紅，水村山郭酒旗風。

　　南朝四百八十寺，多少樓臺煙雨中。〔註36〕

全詩以「煙雨」起結，締造明麗又帶迷濛的意境，「鶯啼」、「紅綠」、「山郭」、「酒旗」全都籠罩在「煙雨」之中，似有還無，似近還遠，洋溢生氣。後句卻極盡滄桑，黃生《唐詩摘鈔》謂：「不曰樓臺已毀，而曰多少樓臺煙雨中，皆見立言之妙。」〔註37〕以江南水國的浪漫風光，反映盛事不再，含蓄至極，直是詩家之語，教人一唱三嘆。

許渾的〈淩歊臺〉則寫劉宋時事：

　　宋祖淩高樂未回，三千歌舞宿層臺。

　　湘潭雲盡暮山出，巴蜀雪消春水來。

　　行殿有基荒薺合，寢園無主野棠開。

　　百年便作萬年計，巖畔古碑空綠苔。〔註38〕

斯臺於詩人登臨之際早經荒廢，「雲盡」、「雪消」象徵時日的悠長，以「荒薺」、「野棠」對比「三千歌舞」的昔日繁華，前朝的歌舞地，今只「我」一人獨來，如何不令人感慨世事變遷？故言「百年便作萬年計」，便彷彿不能置信，何以短短的百年時光，卻能滄海桑田，令人陌生，通過主觀時間的感受，為此其興亡感慨，更添厚重之感。

許棠的〈登淩歊臺〉則著重描寫現今之貌，意也婉轉：

　　平蕪望已極，況復倚淩歊。江截吳山斷，天臨楚澤遙。

　　雲帆高出樹，水市迥分橋。立久斜陽盡，無言似寂寥。

〔註39〕

〔註36〕《全唐詩》，卷五百二十二，頁5964。

〔註37〕引於陳伯海主編，《唐詩匯評》，（杭州：浙江教育出版社，1996），下冊，頁2354。

〔註38〕《全唐詩》，卷五百三十三，頁6084。

〔註39〕《全唐詩》，卷六百零三，頁6971。

因爲「平蕪」，所以「望極」，起首即有覆滅與沉痛之意。而天高江闊，雲樹水橋，都表現出一種平靜的感覺，卻是「以實寫虛」，暗說舊時的繁華風光早已消失略盡，故尾聯亦表達此意，「似寂寥」一語，情感的若有若無，不也正似繁華的六朝風光嗎？如今卻難辨一絲痕跡了。

又有于濆的〈秦原覽古〉言秦漢交際之時：

> 耕者戮力地，龍虎曾角逐。火德道將亨，夜逢蛇母哭。
> 昔日望夷宮，是處尋桑穀。漢祖竟爲龍，趙高徒指鹿。
> 當時行路人，已合傷心目。漢祚又千年，秦原草還綠。
> 〔註40〕

秦原亦長安周遭，歷朝都城及關中必爭之地。於詩人看來，趙高「指鹿」，劉邦「爲龍」一時風光，但於千年之後，詩人登望之時，亦不過塵土。春草離離，似比行人的愁緒不斷，不忍細看，又要說人不如草，國祚千年，猶不如小草般強韌與常綠，不亦可悲？

「江南佳麗地，金陵帝王州。」舊都金陵，亦屢見唐人的懷古詩中，如唐彥謙的〈金陵懷古〉：

> 碧樹涼生宿雨收，荷花荷葉滿汀洲。
> 登高有酒渾忘醉，慨古無言獨倚樓。
> 宮殿六朝遺古蹟，衣冠千古漫荒丘。
> 太平時節殊風景，山自青青水自流。〔註41〕

趁宿雨初晴，詩人獨自登高覽古，卻看昔日宮室今已剩下遺基，繁華的煙花之地只有荷花靜開，好不寂寞。唐人愛慕六朝風流，「殊風景」是殘酷的，「有酒」、「獨倚樓」暗道愁思，「無言」中卻包含萬般滋味。

傷今者，則在亂世之中，邊以文人的責任自警，卻又有深深的憂慮與哀嘆，如馬戴的〈邯鄲驛樓作〉：

> 蕪沒叢臺久，清漳廢禦溝。蟬鳴河外樹，人在驛西樓。

〔註40〕《全唐詩》，卷五百九十九，頁6926。
〔註41〕《全唐詩》，卷六百七十一，頁7675。

雲燒天中赤，山當日落秋。近郊經戰後，處處骨成丘。
〔註42〕

登上荒廢的驛樓，臨望亂後的風景。頷聯以「蟬」與「人」一遠一近，以其靜謐、孤獨，營造出整片環境的蕭瑟感。此時西風殘照，獨立西樓，自生涼思。

　　薛能的〈漢南春望〉亦相似，廣明元年九月，黃巢叛軍攻破長安，僖宗倉皇出逃，其詩言此事：

獨尋春色上高臺，三月皇州駕未回。
幾處松筠燒後死，誰家桃李亂中開。
奸邪用法原非法，唱和求才不是才。
自古浮雲蔽白日，洗天風雨幾時來。〔註43〕

首聯言獨上高臺，見戰火繚亂，頷聯寫戰後春景，「松筠」耐冷，借指君子，「桃李」則小人，故又接頸聯言奸邪當道，難有知交。而尾聯的「洗天風雨」與「安得壯士挽天河，淨洗甲兵長不用」語意相似，意境又更趨悲涼。

　　張喬的〈江樓作〉，則以下層百姓為關照對象，言兵役之苦：

憑檻見天涯，非秋亦可悲。晚天帆去疾，春雪燕來遲。
山水分鄉縣，干戈足別離。南人廢耕織，早晚罷王師。
〔註44〕

時藩鎮多亂，雖值春景怡人，雪銷燕來，於詩人看來，卻「非秋」而勝秋，頸聯寫因戰亂而走過山水鄉縣，與親朋別親，尾聯則回到登臨所見，縱望南方的鄉縣，因徵調兵士已廢棄耕織，百姓生計艱難，故望早日息兵，與其〈書邊事〉：「蕃情似此水，長願向南流」一般，以溫厚之詞，發忠愛之思。

　　至唐末，這類詩作已不再是渴求「洗天風雨」，如貫休的〈夏日晚望〉言避亂保身之意，充滿無奈：

〔註42〕《全唐詩》，卷五百五十五，頁 6439。
〔註43〕《全唐詩》，卷五百五十九，頁 6484。
〔註44〕《全唐詩》，卷六百三十九，頁 7331。

> 登臨聊一望，不覺意悵然。陶侃寒溪寺，如今何處邊。
> 汀沙生旱霧，山火照平川。終事東歸去，干戈滿許田。
> 〔註45〕

登上高樓，本欲感臨望之樂，而「不覺」之間，竟望到滿眼烽火，安放菩薩金像的寒溪寺，早已不復在，「旱霧」、「山火」亦比喻戰塵、戰火，於是頓生淒意，不如歸去罷了。悲而不壯，情懷落寞，有回天乏術之感，真唐末氣象。

總括而言，言理亂興廢者，一是懷古，多說前朝的風月往事，以今日的寥落對比當時的繁榮，抒發富貴虛幻，興替無常之理，俱是哀情；二是傷今，多說今日的衰亂，多表現出時局的迫切、緊張，於憂心中，又稍有悲壯之氣。

（五）仕宦抱負

「學而優則仕。」無論為社稷蒼生，還是個人前途，文人對仕宦的抱負往往最是強烈。晚唐人既重科名，亦為一展所長，報效家國，故一方面承繼了登高言志的傳統，極目四野以抒壯懷，另一方面又因欲仕無門，臨望之時感四野無路，興生躊躇之感。

晚唐人中有大抱負者，則須說有凌雲之才，卻不得志於黨爭之中的李商隱，其〈安定城樓〉乃落第博學宏詞科以後，於涇原登樓的詠志名作：

> 迢遞高城百尺樓，綠楊枝外盡汀洲。
> 賈生年少虛垂淚，王粲春來更遠遊。
> 永憶江湖歸白髮，欲回天地入扁舟。
> 不知腐鼠成滋味，猜意鵷雛竟未休。〔註46〕

詩人憑欄一望，楊柳枝外皆是河岸，以空間的宏闊，來比喻壯志高遠。「賈生」、「王粲」皆以自比，像賈誼般高才不遇，只有默默垂淚，但卻又如王粲一樣，雖思念故鄉仍不放棄理想。頸聯承接王粲遠遊

〔註45〕《全唐詩》，卷八百三十三，頁9396。
〔註46〕《全唐詩》，卷五百四十，頁6191。

之意，用范蠡事，說欲回轉天地大勢，然後致仕於漁舟之中，逍遙江海，不問世事，既言大志，亦表明非戀棧權位的心跡。全詩筆力雄健，意境宏闊，不平之氣亦甚激切。

　　同時代的溫庭筠亦極富才情，卻因性情狂傲狷直，總無人援引，其〈老君廟〉既詠老子又借之喻己：

　　　紫氣氤氳捧半巖，蓮峰仙掌共巉巉。

　　　廟前晚色連寒水，天外斜陽帶遠帆。

　　　百二關山扶玉座，五千文字閟瑤緘。

　　　自憐金骨無人識，知有飛龜在石函。〔註47〕

老君廟上，詩人俯睎山下的風景，「夕陽」、「遠帆」比喻生涯飄泊，偶來此地。頸聯亦以之表示壯氣。尾聯說素有仙骨，惜欠際遇，無法一登紫閣，故來此尋求仙藥，亦是不遇之喻。時詩人已名滿詩壇，卻無人賞識，故發此賭氣之語，心有不平而鳴之。雲氣奔流、連峰屹屼，寫失意而不弱其氣。

　　同樣落泊的羅隱，其〈登夏州城樓〉，則在文場名意後，表現出欲往邊地尋找出路的志向：

　　　寒城獵獵戍旗風，獨倚危樓悵望中。

　　　萬里山河唐土地，千年魂魄晉英雄。

　　　離心不忍聽邊馬，往事應須問塞鴻。

　　　好脫儒冠從校尉，一枝長戟六鈞弓。〔註48〕

夏州為今陝西靖邊縣，乃指唐時朔方、武靈等邊塞地區。詩人登上城樓，見邊風獵獵，遂興從軍之志。詩人生於唐末，而此詩卻不能以時代論之，「離心」、「往事」雖有悲意，卻又甲此而更激發起慷慨之言，「萬里山河」、「千年魂魄」，充滿了民族自豪，及對家國的忠愛，意氣激昂。而尾句寫戎裝姿態，亦不威自怒，故《唐詩別裁集》謂其「猶棱棱有骨。」〔註49〕大丈夫當如是也。

〔註47〕《全唐詩》，卷五百七十八，頁6725。

〔註48〕《全唐詩》，卷六百五十七，頁7548。

〔註49〕沈德潛著，《唐詩別裁集》，（上海：上海古籍出版社，1979），下冊，頁531。

相比之下，薛能官終節度使，其〈題大雲寺西閣〉登高言志，則較昂揚：

> 閣臨偏險寺當山，獨坐西城笑滿顏。
> 四野有歌行路樂，五營無戰射堂閑。
> 鼙和調角秋空外，砧辨征衣落照間。
> 方擬殺身酬聖主，敢於高處戀鄉關。〔註50〕

詩人登上寺西臨望，目見一片安泰，「四野」百姓康樂，「五營」邊疆安定。然頸聯鼙鼓聲出，兵士將赴陣前，自己亦要「殺身酬主」，有投筆從戎之志。詩略有初盛唐之風，「笑滿顏」和不「戀鄉關」，表現出成就大業之志，及保衛家國的責任感。

當然功名失意者更多，李咸用屢試不第，其〈秋望〉一詩，雖有自勉，猶已見灰心喪氣之態：

> 雲陰慘澹柳陰稀，遊子天涯一望時。
> 風閃雁行疏又密，地回江勢急還遲。
> 榮枯物理終難測，貴賤人生自不知。
> 未達誰能多歎息，塵埃爭損得男兒。〔註51〕

詩人離鄉已久，登樓一望，滿眼慘淡，「雁行」、「江勢」既增添了慘淡，也從慘淡與貯立良久，來表現迷惑之感。頸聯言世事之不可預料。尾聯稍表壯心，謂雖多磨難，莫損男兒之志。但縱觀全詩意景淒冷，又謂安於天命，終難脫愁容。

同樣見溫庭筠後期之詩，如〈題河中紫極宮〉便重遊舊地，慨嘆物是人非：

> 昔年曾伴玉眞遊，每到仙宮即是秋。
> 曼倩不歸花落盡，滿叢煙露月當樓。〔註52〕

回憶過去之交遊，今僅煙露仍在，月光照到滿煙叢之中，一片淒迷。「玉眞」以仙人借喻皇親，此憶述與太子的交遊，詩人曾在太子府

〔註50〕《全唐詩》，卷五百六十，頁6493。
〔註51〕《全唐詩》，卷六百四十六，頁7404。
〔註52〕《全唐詩》，卷五百三十九，頁6731。

中任事，兼其得賞識。詩人晚年四處乞援，此偶然重遊思及往事，
更覺前路漫漫，充滿落寞。

　　王嚴的〈和于中丞登越王樓〉，則除了落寞外，又有幾分乞求援
引的味道：

　　　雉堞臨朱檻，登茲便散愁。蟬聲怨炎夏，山色報新秋。
　　　江轉穿雲樹，心閑隨葉舟。仲宣徒有歎，謝守幾追遊。
　　　〔註53〕

詩人直接道出「愁」、「怨」的心境，且是夏怨，秋怨，總徘徊在一
種不得志的怨懟之中，而此夕登臨，本似王粲一般，為「聊暇日以
銷憂」的，卻又因此催生更多的悲嘆。尾句將中丞比喻為謝朓，既
不失恭維，又暗道隨遊多時，卻仍不被看重。

　　時代價值的影響下，科考亦友人間的話題，於贈答詩中亦多有
這種安慰友人落第的題材，如許渾的〈送王總下第歸丹陽〉：

　　　秦樓心斷楚江湄，繫馬春風酒一卮。
　　　汴水月明東下疾，練塘花發北來遲。
　　　青蕪定沒安貧處，黃葉應催獻賦時。
　　　憑寄家書為回報，舊居還有故人知。〔註54〕

於樓上飲酒作樂，卻猶難卻愁緒，「明月東下疾」說時光飛逝，「花
發北來遲」則說生涯運滯，頸聯則又似鼓勵友人，定有出頭之日，
尾聯亦如此，縱然科場失利，故鄉還有相知之人。嚴羽《滄浪詩話》
謂：「古人贈答，多相勉之詞。」〔註55〕此詩盡友人間語，見兩情
真切。

　　又如杜牧的〈登池州九峰樓寄張祜〉：

　　　百感衷來不自由，角聲孤起夕陽樓。
　　　碧山終日思無盡，芳草何年恨即休。
　　　睫在眼前長不見，道非身外更何求。

〔註53〕《全唐詩》，卷五百六十四，頁6545。
〔註54〕《全唐詩》，卷五百三十五，頁6102。
〔註55〕《滄浪詩話》，詩評，頁189。

誰人得似張公子，千首詩輕萬戶侯。〔註56〕

樓臺獨望，夕陽西下，角聲孤起，百感交雜，實在一時難禁。「碧山」與「芳草」無止無盡，正喻意人的愁緒，更遠還生，後兩聯則是同情並安慰張祜的懷才不遇，言有才之人恆常命薄，不必仰慕身外名利。而「輕萬戶侯」亦將求名失意，反說輕視名利，變俗為雅，反多了幾分超逸之氣。前兩聯猶有淒涼、孤獨之感，後兩聯則一反其態，不作兒女愁容，灑脫疏放，以悲為樂。

（六）消極出世

入世與出世，是中國文人思想的二元性，儒、釋、道三家中，同樣對退、隱、出世等行為思想，皆有不同程度與層面的推崇。縱觀來看，晚唐人在理想追求上屢受挫折，加以宗教的影響，這消極與出世的思想，在他們詩中就特別明顯，登臨詩中亦如此。詩人通過登高臨望，以尋找離俗之感，以表示對名利、俗事的厭倦和失望，轉而追求閑居、隱逸的生活。必須說，消極與出世之間有著明顯的分野，鍾屏蘭女士提到，出世是追求世俗、官場以外的另一種理想生活，它所反映的是對人生的熱愛。〔註57〕因此前者表現的是對某種生活的厭惡，後者表現的是追尋。

消極者，則如「窮年羈旅，壯歲上巴蜀，老大游隴山」的崔塗，其〈金陵晚眺〉：

> 葦聲騷屑水天秋，吟對金陵古渡頭。
> 千古是非輸蝶夢，一輪風雨屬漁舟。
> 若無仙分應須老，幸有歸山即合休。
> 何必登臨更惆悵，比來身世只如浮。〔註58〕

首聯即用「水天秋」、「古渡頭」等創造出蕭條的意境，人立其中，亦自悲涼。中間二聯更為落寞，是非如夢，自己無為官之緣份，只好安

〔註56〕《全唐詩》，卷五百二十二，頁5965。
〔註57〕鍾屏蘭撰，〈中國文學的溫柔敦厚〉，見於蔡宗陽、余崇生編，《中國文學與美學》，（臺北：五南圖書出版有限公司，2000），頁29。
〔註58〕《全唐詩》，卷六百七十九，頁7781。

份守己，歸到青山與漁舟之中。所以詩人自言，莫要登臨了，近來已不堪憂愁。「如浮」身世，正是對自身宦遊頻撲的慨嘆，半世子都在名場上虛渡掉，到頭還一無所獲，盡是消極、疲累之態。

復看雖是皇親，卻歷二十年而不得的劉德仁，其〈樂遊園春望〉，就以閑寄苦：

> 樂游原上望，望盡帝都春。始覺繁華地，應無不醉人。
> 雲開雙闕麗，柳映九衢新。愛此頻來往，多閑逐此身。
> 〔註 59〕

樂遊原上回望長安，驚嘆著繁華的景象「雲開」、「柳映」寫帝都之美，萬象更新。而「醉」是整個社會都沉醉於歡樂之中，然詩人卻有獨醒之意。尾聯說欲常來往，然「多閑」二字，非愛閑，而是不得不閑，詩人一生追求功名，至死方得，五代詩僧有詩弔曰：「直教桂子落墳上，生得一枝冤始銷。」知「多閑」實是心灰而自嘲之語。

唐末的失意文人，他們的詩又表現得更為消沉，羅隱的〈登宛陵條風樓寄竇常侍〉描寫閑情，卻滿帶辛酸：

> 亂罹時節懶登臨，試借條風半日吟。
> 只有遠山含暖律，不知高閣動歸心。
> 溪喧晚棹千聲浪，雲護寒郊數丈陰。
> 自笑疏慵似麋鹿，也教臺上費黃金。〔註 60〕

詩以「強登樓」的姿態作起首，「試借」登臨而暫得一樂，看春色以忘歸，頸聯寫看江船與浮雲來去，在「亂罹時節」中有此祥和的風景，自是惹人喜悅，回看燕昭王的黃金臺彷彿不再吸引，多番落第令他看破名利，正如他的〈偶興〉謂：「如今贏得將衰老，閑看人間得意人。」滿腔熱情終歸平淡。

杜荀鶴的〈重陽日有作〉則寫出唐末失路文人的另一面，並將遺世之情表現得更激烈徹底：

〔註 59〕《全唐詩》，卷五百四十四，頁 6290。
〔註 60〕《全唐詩》，卷六百六十二，頁 7592。

一爲重陽上古臺，亂時誰見菊花開。
偷撏白髮眞堪笑，牢鎖黃金實可哀。
是個少年皆老去，爭知荒塚不榮來。
大家拍手高聲唱，日未沈山且莫回。〔註61〕

重陽登高，卻在「古臺」、「誰見」與「亂時」，爲佳節添上傷感。頷聯的「白髮」、「黃金」，頸聯的「少年」、「荒塚」，皆說世間名利的虛幻，故「堪笑」者，既笑爭名之人，又不忘自嘲。尾聯與杜牧的〈九日齊山登高〉:「人世難逢開口笑，菊花須插滿頭歸。」異曲同工，卻又更痴更狂，頹廢悲涼之意亦有過之。全詩順手拈來，似一望生哀，放浪飲酒，醉而不禁悲涼，大聲哭笑之作。

出世者，晚唐人中，杜牧以俊爽著稱，但他對歸隱卻深懷憧憬，更時有「青山曾有幾人歸」的慨嘆，此〈寄題甘露寺北軒〉亦在述說功成身退之志：

曾向蓬萊宮裡行，北軒闌檻最留情。
孤高堪弄桓伊笛，縹緲宜聞子晉笙。
天接海門秋水色，煙籠隋苑暮鐘聲。
他年會著荷衣去，不向山僧道姓名。〔註62〕

「桓伊笛」、「子晉笙」都比喻自己高趣逸志，不同流俗。頸聯寫景，「海門秋水」、「隋苑暮鐘」，清淡而渺遠。尾聯最妙，不道姓名，將忘名利、忘世情的對隱逸的盼望，終至忘自我、忘姓名的精神境界，彷彿世間萬物，既不重要又與我同一，故金聖嘆評曰：「他年不道姓名，眞擺斷索頭，自在而去矣。」〔註63〕此人生無待，眞逍遙之語。

寫歸去之願的，還如崔櫓的〈春晚岳陽言懷二首其二〉：

翠煙如鈿柳如環，晴倚南樓獨看山。
江國草花三月暮，帝城塵夢一年間。

〔註61〕《全唐詩》，卷六百九十二，頁7952。
〔註62〕《全唐詩》，卷五百二十三，頁5986。
〔註63〕《聖嘆選批唐才子詩》，卷之五下，頁188。

　　　　虛舟尚嘆縈難解，飛鳥空慚倦未還。

　　　　何以不羈詹父伴，睡煙歌月老潺潺。〔註64〕

暮春時節，細柳輕煙，詩人臨望水國的煙花江草，寄託夢想。頸聯用
《莊子‧山木》與陶淵明〈歸去來兮〉之典故，表示自己也應該隨心
歸去，何不如詹何般隱而不出呢？「睡煙歌月」者，與煙月為侶，伴
流水終身，正與「帝城塵夢」相對襯，悟人生窮通之理。

　　張元宗的〈望終南山〉亦相似：

　　　　紅塵白日長安路，馬足車輪不暫閑。

　　　　唯有茂陵多病客，每來高處望南山。〔註65〕

「閑」於功名追求上，總是負面之語，借外在繁華與自身寂寞對比，
三句「茂陵多病客」，借司馬相如因病免職，居於茂陵之事，比喻時
運不濟。尾句「每來」寫數度登臨，表達出歸隱的強烈渴望。

　　另外時人多與佛教結緣，他們登寺詩中都有相似的模式，無論是
失意還是得意，都添上一份禪味，並以安然、淡定，甚至以空無、枯
寂來否定人生苦樂，指向超脫。

　　方干的〈題法華寺絕頂禪家壁〉就有此番味道：

　　　　蒼翠岧嶤逼窅冥，下方雷雨上方晴。

　　　　飛流便向砌邊掛，片月影從窗外行。

　　　　馴鹿不知誰結侶，野禽都是自呼名。

　　　　只應禪者無來去，坐看千山白髮生。〔註66〕

登上山寺絕頂，步出雲外，「雷雨」和「晴」，即將眼前景象分割兩
個世界，下方紛亂而混濁，上方安祥而融和。而「飛流」、「片月」
修飾了「上界」的瑰麗，晶瑩剔透，潔白無塵。至於「馴鹿」、「野
禽」，表現出此地有靈，通曉人性的描寫，使登山儼然變成了登仙一
般，充滿奇想。詩人著力塑造禪境的神奇美麗，表達出「無來去」、
「白髮生」，居於此而老於此的夢想。

────────────────

〔註64〕《全唐詩》，卷五百六十七，頁6566。

〔註65〕《全唐詩》，卷五百四十二，頁6259。

〔註66〕《全唐詩》，卷六百五十二，頁7494。

唐末人裴說的〈鹿門寺〉亦寫對隱居的嚮往：

鹿門山上寺，突兀盡無塵。到此修行者，應非取次人。

鳥過驚石磬，日出礙金身。何計生煩惱，虛空是四鄰。

〔註67〕

鹿門山位於襄陽，為古時隱逸勝地。詩人登上山寺，俄而有塵心洗盡之感，於此清修者，定是誠心而堅毅之人，隱居與學佛的理想洋溢意表。尾聯謂萬有皆空，「四鄰」亦指世間的人事風光，一切虛妄，不必為煩惱所困，表露出末代文人借宗教否定與逃避人生的態度。

總括而言，消極出世常見於晚唐的登臨詩中，而表現這人生態度的詩，一者描寫閑情，在閑情之中，又有不得意的苦悶，整體氣象是衰敗頹廢，缺乏希望；另一者是表達到隱居、修道的羨慕與追求，不顧世事，則多清冷平淡，又安祥喜悅。而消極和出世原是兩種態度，但在晚唐文人身上又時合而為一，從消極走向出世，努力地超越仕途失意，甚至國破家亡的傷痛。

二、晚唐登臨詩中的生命意識

《文心雕龍·時序》謂：「文章染乎世情，興廢繫乎時序。」〔註68〕既活於同時代之中，就不可避免受它的氛圍影響，儘管才情氣貌不同，詩歌亦定有相似的傾向，從此透露出近同的生命意識，其包括對家國、人生、前途的思考，或反抗、逃避、順受的態度，顯示站在個人生命角度去應對時代的方式。晚唐人多遁入內心，登臨，借從空間的僻靜，景物的湧來，促使了他們對生命的思索。

（一）晚唐人的登臨觀：以憂傷為主的情調

詩家多謂晚唐格卑，歐陽修《六一詩話》謂：「唐之晚年，詩人無復李杜豪放之格。」〔註69〕這說是風格，不如說是文人內在生命氣

〔註67〕《全唐詩》，卷七百二十，頁8265。

〔註68〕《文心雕龍讀本》，下冊，頁273。

〔註69〕《六一詩話》，見於何文煥輯，《歷代詩話》，第一冊，頁267。

息的柔弱不振。然就登臨詩看，憂傷一詞，便頗足概括其中展示出的生命情調。

踏入晚唐，創作環境起了巨大變化，尤反映在文人的命運與心態上。國家內外交困，而文人又多屬貧寒無援之士，與中唐能在官場實踐理想的文人不同，他們既爭扎求存，卻又只是無能為力的旁觀者，像池萬興先生形容道：「面對這樣動盪不安的社會，士大夫躁動不安的心態逐漸趨向收斂與冷寂，他們內心深處，產生一種命運的衰亡感，使他們感到生無所寄……他們的心態也從昂揚奮進的改革進取轉化到頹唐消極。」〔註70〕此話簡要，晚唐人詩中充斥對自身與國家的憂愁，卻看不到光明的未來。因此他們整個生命是悲的，這種憂傷的情調，又在通過登臨情表現出來。

需要提及的是晚唐人之登臨觀，如前文說文人了解登臨的意義，也感受到登臨帶來的觸動，故對於其必有一套觀念。在這落寞的時代中，晚唐人受登高臨望這動作，常賦上的是憂傷的定義，「望如何其，望最傷」，不論是晚唐哪時期的詩人，或是其中的哪些主題，都有意無意地說出此對登臨觀。此中，主要透過三種方式來直接或間接地表現。

一者直抒對登臨之感，其多直接言及「登臨」者，由此可知其登臨觀，如：

「雖有清風當夏景，只能銷暑不銷憂。」（楊漢公〈登郡中銷暑樓寄東川汝士〉）（卷五百一十六）

「野客莫登臨，相讎多失意。」（皮日休〈酒中十詠‧酒樓〉）（卷六百一十一）

「不欲登樓更懷古，斜陽江上正飛鴻。」（杜牧〈江樓晚望〉）（卷五百二十六）

「猶勝登高閒望斷，孤煙殘照馬嘶回。」（司空圖〈重陽阻雨〉）

〔註70〕池萬興等著，《夢逝難尋：唐代文人心態史》，（石家莊：河北教育出版社，2001），頁172。

（卷六百三十三）

「何必登臨更惆悵，比來身世只如浮。」（崔塗〈金陵晚眺〉）

（卷六百七十九）

「千里好春閑極目，五陵無事莫回頭。」（吳融〈關西驛亭即
事〉）（卷六百八十七）

直白地說出對登臨這動作的看法，「不用」、「不欲」、「何必」，又說
「感傷」、「惆悵」、「失意」，都表現文人對登臨抱著擔憂及逃避的態
度，他們害怕登臨所見所聞會加添愁思，但即便如此，這些詩卻多
有登臨情狀，顯示他們對風景的留戀，如羅鄴〈春望梁石头城〉謂：
「六朝無限悲愁事，欲下荒城回首頻。」又趙嘏〈登安陸西樓〉謂：
「無由併寫春風恨，欲下郎城逆重回。」文人登高本就欲要臨望的，
但薄弱的生命意識，又令他們不忍、不敢眺望那令人傷心的風景。
這又似是王隆升先生說的，一種「不忍爲而爲之」的活動，其「既
是反映作者主觀情緒屬於悲調的事實，實際上也是對社會現象充滿
慨嘆的反應。」〔註71〕在於整個生命意識的衰弱下，登上高處，受
到眼前風景的觸動，自然便是「一上高城萬里愁」了，這正是晚唐
人爲登臨活動所下的一個憂傷的定義。

二者從側面描寫來襯托出這種悲傷情調，而這類詩句數量更多，
手法亦不盡相同，如：

「臨水登山路，重尋旅思勞。」（張喬〈甘露寺僧房〉）（卷六百
三十九）

「雲陰慘澹柳陰稀，遊子天涯一望時。」（李咸用〈秋望〉）（卷
六百四十六）

又：

「爲有登臨興，獨吟落照中。」（姚合〈霽後登樓〉）（卷五百）

「酒盡露零賓客散，更更更漏月明中。」（劉駕〈望月〉）（卷
五百八十五）

〔註71〕王隆升著，《宋詞的登望意識與境界》，（臺北：文津出版社，1998），
頁81。

前者多以「遊子」、「獨登臨」的模式出現，並以之來觀照物象呈現出淒楚的意味；後者以風景刻畫登臨者的情思。此中，不論是直言「晚來風景重愁人」，還是間直地透過意象表達，俱能看到落寞、傷感的情意。

也有表現得曲折與迷離的，如：

「如今好上高樓望，蓋盡人間惡路歧。」（高駢〈對雪〉）（卷五百九十八）

「掩燈遮霧密如此，雨落月明俱不知。」（李商隱〈屏風〉）（卷五百三十九）

這些詩句較婉轉曖昧，但這心態還是能見的，前者「如今好上」不正暗示了平日不上，感人間皆是惡路，而不堪登望嗎？後者似酒醒後無意之言，實亦害怕臨望，以屏風阻隔來風月，是怯於登臨和逃避現實的另一種表現方式。

三者是以樂寫哀，如：

「小儒末座頻傾耳，只怕城頭畫角催。」（章碣〈陪浙西王侍郎夜宴〉）（卷六百六十九）

「堤外紅塵蠟炬歸，樓前澹月連江白。」（溫庭筠〈湘東宴曲〉）（卷五百七十六）

極寫宴會行樂的美好，無悲傷之語，事實上都以反襯手法，以宴會進行與人散酒醒，以樓中（宴會）與樓外（臨望風景）作對比，道出酒散人去後的寂寥感，然悲傷之意在文字外。於晚唐登臨詩中，以樂寫哀的手法，還常用在好些語意平和，甚至表達歡樂的詩句中，如遊山水、言歸隱等的題材上。

還有一類以渴望登臨的姿態來呈現，如：

「此樓堪北望，輕命倚危欄。」（李商隱〈北樓〉）（卷五百三十九）

「更欲登樓向西望，北風催上洞庭船。」（曹鄴〈旅次岳陽寄京中親故〉）（卷五百九十二）

雖表現出文人的樂於登臨，仍是言愁苦爲主的，只是依賴著登臨，可尋求到某種慰藉，亦此登臨觀的另一種演繹。

　　從上述這些例子中可見，不論是通過「莫登臨」、「獨登臨」，還是直接、間接，或以各種的手法和意象，或包涵不同的詩人與主題，在登臨詩中，普遍都以憂傷作爲主要情調，而登臨，亦因被定性爲一種傷感與不忍爲而爲的活動，此俱是晚唐淒涼落泊的時代氣氛下，文人生命力慘淡的具體表現。反過來說，大多數文人的登臨創作，都正是在這情調的基礎上展開。

（二）出處、仕隱矛盾與超越

　　「君子之道，或出或處。」出處、仕隱，爲文人生涯之兩端。在儒家成爲正統學說，士與「仕」兩者劃上等號，中古文人不論爲道濟天下，還是個人前途，幾乎都以出仕爲目標，唐代的科舉制度及文學社會，又將這考取功名的思想進一步根深柢固地植在文人腦中，變成崇高的人生價值。另一方面，如《易‧蠱》謂：「不事王侯，高尚其事。」〔註72〕又《論語‧憲問》：「賢者辟世，其次辟地，其次辟色，其次辟言。」〔註73〕又〈高士傳序〉：「身不屈於王公，名不耗於終始。」〔註74〕又《晉書‧隱逸列傳》：「厚秩招累，修名順欲。確乎群士，超然絕俗。養粹岩阿，銷聲林曲。激貪止競，永垂高躅。」〔註75〕作爲一種高尚的志趣，在各家思想與歷朝文人之論述中，隱逸又被不斷的讚揚與鼓吹。

　　因此文人徘徊於出處之間，得志時出仕，失意時歸隱。在遭逢國家衰亂，有志難酬時，出處的問題往往就變得糾結。晚唐如此，文人既一心求功、求名，以實踐人生理想，邊又因科場的不公，這理想總

〔註72〕王弼、韓康伯注，穎達疏，阮元校勘，《周易正義》，見於《十三經注疏》，（臺北：新文豐出版公司，1977），第一冊，頁58。
〔註73〕《論語注疏》，頁129。
〔註74〕《全上古三代秦漢六朝文》，第四冊，全晉文卷七十一，頁12。
〔註75〕《新校本晉書》，第三冊，列傳第六十四，頁2463。

遙遙無期，於是對現實的無能為力，便產生了無道則隱、獨善安貧的意念。晚唐人身上時能看到一個現象——既對功名追求表現出強烈的執念，又同時渴望著歸隱。登臨詩中就不少這種例子，如：

「他年會著荷衣去，不向山僧說姓名。」（杜牧〈寄題甘露寺北軒〉）（卷五百二十三）

「未閑難久住，歸去復何言。」（杜牧〈山寺〉）（卷五百二十五）

「此地秋風起，應隨計吏還。」（張喬〈郢州即事〉）（卷六百三十八）

「功名如不立，豈易狎汀鷗。」（張喬〈岳陽即事〉）（卷六百三十八）

「誰能厭軒冕，來此便忘機。」（方干〈登雪竇僧家〉）（卷六百四十九）

「未能割得繁華去，難向此中甘寂寥。」（方干〈再題龍泉寺上方〉）（卷六百五十一）

「惟有禪居離塵俗，了無榮辱掛心頭。」（杜荀鶴〈題開元寺門閣〉）（卷六百九十二）

「一名一宦平生事，不放愁侵易過身。」（杜荀鶴〈登城有作〉）（卷六百九十二）

邊言出世，又表明功名未立，不可歸隱，這都反映出與處中的矛盾和爭扎。然而在出處不能兼得下，文人幾乎都傾向於前者，王立先生謂：「出處文學主題中，卻大多自詠『一日之志』、『事外之志』。」〔註76〕如前文說，晚唐人的生涯就是宦遊的生涯，故追求功名，方是生活的真實寫照，歸隱則更接近理想性的。同樣文人多信佛教，但「空門見性難」、「禪難說到頭」才是他們的真實態度。在他們身上，不難看到，只要尚有些許可能，他們都不願放棄實踐理想的機會。因此，若入世是知不可為而為之，那出世便是當為，而苦不敢為的一種理想人生。

〔註76〕王立著，《中國古代文學十大主題——原型與流變》，（臺北：文史哲出版社，1994），頁108。

　　故晚唐人所言之歸隱，多半並非現實，但他們又普遍地將隱逸看作未來的歸宿，如韓琮〈潁亭〉謂：「知君久負巢由志，早晚相忘寂寞間。」歸隱是「早晚」之事，是未來的「必然」，不過暫不能爲之而已，就言志的角度看又是眞實的，且更含一種超越現實的意識。而爲要超越現實的是非功利，故又尤多是佛寺、道觀或隱居之地，當詩人登上這些場所，受該處的氣氛感染，爲清靜、緩慢、幽深的環境所觸動，聊以一掃現實的煩憂，進而萌生此志，如：

> 霜晚復秋殘，樓明近遠山。滿壺邀我醉，一榻爲僧閑。
> 樹簇孤汀眇，帆欹積浪間。從容更南望，殊欲外人寰。
>
> （項斯〈李處士道院南樓〉）〔註77〕
>
> 黃花紅樹謝芳蹊，宮殿參差黛巘西。
> 詩閣曉窗藏雪嶺，畫堂秋水接藍溪。
> 松飄晚吹摐金鐸，竹陰寒苔上石梯。
> 妙跡奇名竟何在，下方煙暝草萋萋。
>
> （溫庭筠〈清涼寺〉）〔註78〕

前者以一種個人的態度，來寫出「閑」、「醉」與「從容」的感受，又以「遠」、「眇」、「外」來表示超越名利的境界。後者則借「詩閣」、「畫堂」、「松飄」、「竹陰」地景物，營造出清雅的環境，又以宏觀的角度，對比下方的「宮殿」，「竟何在」彷彿百年一瞬，終究是刹那繁華，不論「下方」還是「人寰」，都不值留戀。至於「妙跡奇名竟何在，下方煙暝草萋萋」，更表現出精神的永恆，所謂山中七日，世上千年，獨立世外的山寺，於此擺脫了人間盛衰。

　　可見這超越都有空間性的，如前文說，登臨不在於高度或距離，而是創造一片屬於個人的空間，尋找和踏足這對立的世界，正是文人登臨遊歷的理由。高處空間的冷清、安靜，還有時間的漫長，恰好與渴望歸隱的心靈相契合。

〔註77〕《全唐詩》，卷五百五十四，頁6420。
〔註78〕《全唐詩》，卷五百八十三，頁6755。

　　可惜「一日之志」都是短暫的，通過登臨所見的風光，喚醒文人內心的渴望，即便詩中彷彿一心歸隱，又深知這難事之終身，如：

　　　　月臨峰頂壇，氣爽覺天寬。身去銀河近，衣沾玉露寒。
　　　　雲中日已赤，山外夜初殘。即此是仙境，惟愁再上難。
　　　　（顧非熊〈月夜登王屋仙壇〉）〔註79〕

　　　　澄流可濯纓，嚴子但垂綸。孤坐九層石，遠笑清渭濱。
　　　　潛龍飛上天，四海豈無雲。清氣不零雨，安使洗塵氛。
　　　　我來吟高風，仿佛見斯人。江月尚皎皎，江石亦磷磷。
　　　　如何臺下路，明日又迷津。（劉駕〈釣臺懷古〉）〔註80〕

將「上方」的登臨之處寫得晶瑩亮潔，不染世俗之氣，或與自然風光，或與神仙靈物往來，然尾句卻又都表示「下方」塵世才是真實的，雖令人惶惑，卻總要歸去。從短暫登臨，表現對出世的嚮往，只是，卻又大多局限在這遊歷之中，如羅隱〈題鑿石山僧院〉云：「日夜潮聲送是非，一回登眺一忘機。」其中的「一回」不正強調這覺悟總是重覆又短暫嗎？它彷彿僅限於一次遊歷中，而當此遊歷的結束，自然風光的感召，可能也隨之消散。同時這「忘機」正是不斷的嘗試超越功利和自我，希望實踐理想的證明，正如前文說，出世是熱愛生命的，那這些登臨也應如是。

　　總結而言，晚唐並非沒有歸隱的文人，相反，如姚合、張祜、雍陶、許渾、馬戴、張喬、皮日休、陸龜蒙、方干、鄭谷、杜荀鶴、羅隱、司空圖、韓偓等都有過隱居經歷，只是，這大都是逼不得已的，實際上都難拋棄現實。因此在失意與爭扎中，需要精神的慰藉，通過山水、寺院、道觀的登臨，創造出心靈與現實的距離，達到「心遠地自偏」的忘憂效果。然又都是短暫的，在得到一時的安撫後，又選擇回到世俗，面對名利是非。文人這通過登高臨望，而歌詠出世和歸隱之志的詩作，或許都有著「登臨（出世）〉歸去（入世）」的相同模式。

〔註79〕《全唐詩》，卷五百零九，頁5784。
〔註80〕《全唐詩》，卷五百八十五，頁6776。

（三）消逝情懷與惜取寸陰

體察時間就是感受生命，因爲生命的有限，時間方顯出它的意義，自人有內省意識以來，人就不斷體會到生命的短暫，如《莊子・知北遊》謂：「人生天地之間，若白駒之過隙，忽然而已。」〔註81〕又如《楚辭》謂「時不可分再得」、孔子謂「逝者如斯乎，不捨晝夜」，都幾乎是歷代文人歌詠年光的共同主題。文學的時間，既與現實的客觀時間相關，同時又是主觀的，如李賀〈崇義里滯雨〉謂：「壯年抱羈恨，夢泣生白頭。」「壯年」與「白頭」便是主觀時間的感受。而在晚唐這樣衰敗的時代中，詩既有著如此的流逝、消散的情懷，作爲社會風氣影響下的主觀感受，又是文人耗盡年華而換來的集體經驗，屬於時代性的客觀感受，因此一邊如「綠酒莫辭今日醉，黃金難買少年狂」、「四時最好是三月，一去不回唯少年」般，訴說著歲華的苦短，也一邊如「幾樹好花閑白晝，滿庭荒草易黃昏」、「行人莫聽官前水，流盡年光是此聲」般，對日升月落表現出放任與無可奈何。誠如張繼緬先生形容：「人愛惜時間，妄想阻滯著時間的步履；人們害怕時間，又不敢扯住它的衣襟。它的有限與無限無不給人們帶來無可奈何般的困惑。它的無情，又常常使人們瞠目結舌。」〔註82〕對人事消逝的不能把握，又化爲恐懼、惶惑，見登臨詩中，便頗常蘊含這意識，如：

> 「年年此光景，催盡白頭翁。」（張祜〈題樟亭〉）（卷五百一十）
>
> 「不使年華駐，此生能幾何。」（于武陵〈感情〉）（卷五百九十五）
>
> 「年光與人事，東去一聲聲。」（薛瑩〈江山閑望〉）（卷五百四十二）
>
> 「良時不復再，漸老更難言。」（羅隱〈舊遊〉）（卷六百五十九）

〔註81〕《莊子集解》，頁230。

〔註82〕張繼緬、莊安麗著，《描寫的藝術》，（北京：中國文聯出版公司，1989），頁103。

不同文人的詩中，都有歲月如梭之嘆，愈美好的，又愈是短暫，其中不止生命，而一切事物俱是如此。

　　「死的意識就是生存的意識……只有意識到死，人才自覺到生。」〔註83〕說「死」，其實也很貼切，因爲晚唐人的心境，普遍是老的，是走向衰亡的，如是者作爲對年光消逝的反思和抗衡，惜時就顯得重要，如曹丕《典論・論文》謂：「古人賤尺璧而重寸陰，懼乎時之過矣。」〔註84〕一方面，在衰亂的時代，在這悲傷氣氛的籠罩下，行樂能短暫的讓人忘卻現實，逃離悲傷；另一方面社會與人生的憂傷感過於厚重，相比之下生活中的快樂太少，故一旦能擁有，必須珍而重之。而惜時的意識，既能說是及時行樂，但在登臨中，又並非以一種宿醉狂歡的姿態呈現出來，而是在任何令文人覺得情感歡快的事情中，都能看到這意識，其中又集中於以下幾者上。

　　一者是從登臨之中，享受山水風光帶來的快樂，如：

　　浩渺浸雲根，煙嵐沒遠村。鳥歸沙有跡，帆過浪無痕。
　　望水知柔性，看山欲倦魂。縱情猶未已，迴馬欲黃昏。

　　（賈島〈登江亭晚望〉）〔註85〕

　　誰家朱閣道邊開，竹拂欄杆滿壁苔。
　　野水不知何處去，遊人卻是等閒來。
　　南山氣聳分紅樹，北闕風高隔紫苔。
　　可惜登臨好光景，五門須聽鼓聲回。

　　（章碣〈城南偶題〉）〔註86〕

對文人來說，無論本意如此，還是暫得一笑，山水都是快樂的泉源。前者在江亭煙嵐之中，見山、水、鳥、帆；後者則在道邊朱閣之上，在夕陽西下之時，見修竹、野水、紅樹、紫苔。無論風景或時節，

〔註83〕趙有聲、劉明華、張立偉著，《生死・享樂・自由——道家及道教的關係與人生理想》，（北京：國際文化出版公司，1988），頁77。
〔註84〕《全上古三代秦漢六朝文》，第三冊，全三國文卷八，頁10～11。
〔註85〕《全唐詩》，卷五百七十二，頁6637。
〔註86〕《全唐詩》，卷六百六十九，頁7650。

都美不勝收，卻又因時之欲晚不得不歸，這都令他們對此片刻間的
登臨，表現出婉惜又珍重之意。

　　二者是在分離聚合中，人情的難以割捨，如：

　　　酒闌歌罷更遲留，攜手思量憑翠樓。
　　　桃李容華猶歎月，風流才器亦悲秋。
　　　光陰不覺朝昏過，歧路無窮早晚休。
　　　似把剪刀裁別恨，兩人分得一般愁。

　　　（姚合〈惜別〉）〔註87〕

　　　乘時爭路只危身，經亂登高有幾人。
　　　今歲節唯南至在，舊交墳向北邙新。
　　　當歌共惜初筵樂，且健無辭後會頻。
　　　莫道中冬猶有閏，蟾聲才盡即青春。

　　　（司空圖〈旅中重陽〉）〔註88〕

前者描寫相逢之短暫，與朋友在酒樓上的宴別，盡是「遲留」的依
依不捨之情，其中，「光陰」既指宴樂，亦言人生，與「歧路」相比，
言樂少苦多；後者則是唐末亂世，生死不測，故人已多失散，或已
埋北邙土下，然今旅途中能夠相遇，更當「共惜」與「無辭」，均都
顯示出在身世如蓬的時代下，良時不再，離別須臾的傷感，使他們
對相聚一刻更加留戀。

　　三者是在歌樓酒館中的行樂，如：

　　　長釵墜發雙蜻蜓，碧盡山斜開畫屏。
　　　虯鬚公子五侯客，一飲千鍾如建瓴。
　　　鶯咽妊唱圓無節，眉斂湘煙袖迴雪。
　　　清夜恩情四座同，莫令溝水東西別。
　　　亭亭蠟淚香珠殘，暗露曉風羅幕寒。
　　　飄飄戟帶儼相次，二十四枝龍畫竿。
　　　裂管縈弦共繁曲，芳樽細浪傾春釀。

〔註87〕《全唐詩》，卷四百九十六，頁5633。
〔註88〕《全唐詩》，卷八百八十五，頁10001。

　　　高樓客散杏花多，脈脈新蟾如瞪目。

　　（溫庭筠〈夜宴謠〉）〔註89〕

　　　滿耳笙歌滿眼花，滿樓珠翠勝吳娃。
　　　因知海上神仙窟，隻似人間富貴家。
　　　繡戶夜攢紅燭市，舞衣晴曳碧天霞。
　　　卻愁宴罷青蛾散，楊子江頭月半斜。

　　（韋莊〈陪金陵府相中堂夜宴〉）〔註90〕

下層文人常獲邀參加上流社會的宴集，但總會表明自己和他人的地位、心態是如何的壁壘分明。因此，在不屬於自己的宴會中，他們有事後的惶惑。前者以主人、酒客、歌女、用物、裝飾等，塑造出極盡視覺歡愉的場景；後者亦寫歌女情態，並襯托「富貴家」的宴會，直似人間仙境。而兩首詩的尾句，都以登臨望月作結，而月的「新」，說出詩人認為這宴會的過早完結，月的「半斜」則表現出樂極而忘時，歸時已及更深。不論何者，都抒發出「客散」、「宴罷」時的淒清和愁緒。這些都代表了晚唐文人用酒色來沖淡悲傷的及時行樂之風，而行樂過後又有歡愉若夢的嘆息。

　　還有是前文說的出世、超越的意識。登上山寺、道觀，憑山水之樂以忘卻世情。詩人對於短暫登臨而歸去，都充滿無奈與傷感，而有時就登臨此活動，他們都有可一不可再之感，如：

　　　即此是仙境，惟愁再上難。（顧非熊〈月夜登王屋仙壇〉）（卷五
　　百零九）

　　　殷勤記岩石，只恐再來稀。（張喬〈遊華山雲際寺〉）（卷六百三
　　十八）

　　　清峭關心惜歸去，他時夢到亦難判。（方干〈題報恩寺上方〉）
　　　（卷六百五十一）

高處若遺留了宗教、神仙的色彩，那它與遊仙故事中，偶然進入，而

〔註89〕《全唐詩》，卷五百七十五，頁6695。
〔註90〕《全唐詩》，卷六百九十七，頁8018。

終究辭去的模式，或都有相近之處，上引顧非熊之詩便如是。

　　總結而言，晚唐社會的衰颯頹敗下，文人常將這百歲如流的消逝情懷投射詩中，又彷彿能表現在一切文人覺得美好的人、事、物上，其既短暫，又因之不捨寸陰欲去難離，此尤見於送別、宴會、山水閑遊與歸隱出世等題材上。而登臨這活動，無論感受如何，它本來亦是短暫，文人生活在世俗（下方），便決定不能長住與安於高處（上方），既有攀登則必有歸去。所以這空間內的活動也相對短暫，登臨正是盛載與促發這生命意識的重要媒介。

（四）興廢無常與周行復始

　　秋去春來，花開潮落，這變化循環，是古人觀察世界，認識自然時所得出的物理規律，如《易‧繫辭上》：「生生之謂易。成象之謂乾。效法之謂坤。極數合來之謂占。通變之謂事……是故闔戶謂之坤，闢戶謂之乾，一闔一闢謂之變，往來不窮謂之通。」〔註91〕《老子》：「反者，道之動。」又：「獨立而不改，周行而不殆。」〔註92〕《莊子‧齊物論》：「其分也，成也。其成也，毀也。凡物無成與毀，復通爲一。」〔註93〕又《莊子‧大宗師》：「反覆終始，不知端倪。」〔註94〕正所謂「不化之化」。而佛家亦有所謂成、住、壞、空、緣起、緣滅，來解釋世間無常，變化無常，乃是不變之理。借之而看，則有生必有滅，有來必有歸，有富貴之日，便有貧賤之時，既物極必反，又循環不窮。

　　晚唐是循環之中正走向末落與終結，又尚未踏上新的時代的一個位置，文人詩中常充斥著這消逝感，而又因國家的走向衰敗，世事的充滿痛苦，除了常言人生苦短，富貴冷灰外，他們又多著眼到

〔註91〕《周易正義》，頁149、156。
〔註92〕老子著，潘栢世編，《老子集註》，（臺北：龍田出版社，1977），頁74、47。
〔註93〕《莊子集解》，頁27。
〔註94〕《莊子集解》，頁85。

整個歷史的循環上，如趙榮蔚先生形容：「詩人們此時關注的已不
是個別歷史事件的發展，而是一個個歷史結局所包孕的深刻哲理。」
〔註95〕這哲理，便是人與物的興衰輪替，都是天道周行往返中的一
小部分，合久必分，成久必壞，是不可逆轉之理，如：

> 樓中見千里，樓影入通津。煙樹遙分陝，山河曲向秦。
> 興亡留白日，今古共紅塵。鸛雀飛何處，城隅草自春。
>
> （司馬紮〈登河中登雀樓〉）〔註96〕
>
> 六朝文物草連空，天淡雲閒今古同。
> 鳥去鳥來山色裡，人歌人哭水聲中。
> 深秋簾幕千家雨，落日樓臺一笛風。
> 惆悵無日見范蠡，參差煙樹五湖東。
>
> （杜牧〈題宣州開元寺水閣閣下宛溪夾溪居人〉）〔註97〕
>
> 縱目下看浮世事，方知峭崿與天通。
> 湖邊風力歸帆上，嶺頂雲根在雪中。
> 促韻寒鐘催落照，斜行白鳥入遙空。
> 前人去後後人至，今古異時登眺同。
>
> （方干〈登龍瑞觀北岩〉）〔註98〕

皆說世事之無常反覆，及人與自然的關係。其中借山川河岳、日月煙
雲這些物象作對比，說明天地的永恆，而人在自然之中，卻是代代殊
異，故今日與前朝，與後世，俱無不同。一個時代，是整個時間洪流
上的一點，而人在這一點中，又是滄海一粟。再從人，延伸到由人所
建立的國家上，豈不同樣？故「人歌人哭」既是即景，然六朝之人，
又何嘗不在這「水聲中」成長與老去呢，那「前人去」與「後人至」，
所看到的景象，也沒有兩樣了。

　　這於晚唐詩中非常普遍，尤是後期的文人，羅宗強先生形容：

〔註95〕趙榮蔚著，《晚唐士風與詩風》，（上海：上海古籍出版社，2004），
　　　頁238。
〔註96〕《全唐詩》，卷五百九十六，頁6906。
〔註97〕《全唐詩》，卷五百二十二，頁5964。
〔註98〕《全唐詩》，卷六百五十二，頁7484。

「這時的士人，對於唐王朝有過的強盛繁榮，似都已成夢境……他們已把強盛與繁榮看成過去，把中興的願望化作一聲不無眷戀的深沉的嘆息了。」〔註99〕正因仍懷念承平之事，縱是「夢境」，卻又更教人深刻體會到從繁盛，到沒落，到衰亡的往返變化。此意識下，亦同樣存在一種消逝性，但與其他主題不同，它是放任、無力挽回的，即便想去珍惜，也不能擁有。

此中文人面對這恆常的變化，又有兩種態度。一者是難勝悲傷，而反覆自戒，莫要登望與回憶，欲籍此超越傷感，如：

> 一上高城萬里愁，蒹葭楊柳似汀洲。
> 溪雲初起日沉閣，山雨欲來風滿樓。
> 鳥下綠蕪秦苑夕，蟬鳴黃葉漢宮秋。
> 行人莫問當年事，故國東來渭水流。
>
> （許渾〈咸陽城東樓〉）〔註100〕

> 不用登臨足感傷，古來今往盡茫茫。
> 未知堯桀誰臧否，可便彭殤有短長。
> 楚壘萬重多故事，漢波千疊更殘陽。
> 到頭一切皆身外，隻覺關身是醉鄉。
>
> （吳融〈過鄧城縣作〉）〔註101〕

> 晚霞零落雨初收，關上危闌獨悵留。
> 千里好春聊極目，五陵無事莫回頭。
> 山猶帶雪霏霏恨，柳未禁寒冉冉愁。
> 直是無情也腸斷，鳥歸帆沒水空流。
>
> （吳融〈關西驛亭即事〉）〔註102〕

俱充滿了對興廢的無可奈可，前者以「夕照」、「飛鴻」來襯托寥落，而後兩者則是直說愁思難禁，或極目「好春」以解開惆悵。相同的

〔註99〕羅宗強著，《隋唐五代文學思想史》，（北京：中華書局，2003），頁225。
〔註100〕《全唐詩》，卷五百三十三，頁6085。
〔註101〕《全唐詩》，卷六百八十八，頁7889。
〔註102〕《全唐詩》，卷六百八十七，頁7892。

是，其都說「不欲登樓」、「莫問當年」、「莫回頭」，正是那登臨的憂傷情調，能見文人欲避開眺望，來忘卻歷史循環的傷痛。如五代人楊玢〈登慈恩寺塔〉謂：「莫上慈恩最高處，不堪看又不堪聽。」面對衰亡這既定的結局，總流露出不同程度的怯懦。

二者是冷眼旁觀，以超然事外的角度來看待，如：

閑上高樓時一望，綠蕪寒野靜中分。

人行直路入秦樹，雁截斜陽背塞雲。

渭水自流汀島色，漢陵空長石苔紋。

秋風高柳出危葉，獨聽蟬聲日欲曛。

（劉滄〈秋日登醴泉縣樓〉）〔註103〕

碧樹涼生宿雨收，荷花荷葉滿汀洲。

登高有酒渾忘醉，慨古無言獨倚樓。

宮殿六朝遺古跡，衣冠千古漫荒丘。

太平時節殊風景，山自青青水自流。

（唐彥謙〈金陵懷古〉）〔註104〕

楚城日暮煙靄深，楚人駐馬還登臨。

襄王臺下水無賴，神女廟前雲有心。

千載是非難重問，一江風雨好閑吟。

欲招屈宋當時魄，蘭敗荷枯不可尋。

（羅隱〈渚宮秋思〉）〔註105〕

正如李定廣先生形容：「把自己當作現實與歷史的旁觀者，在冷眼旁觀中求得平靜……「冷」似乎是消解悲劇意識的較好方式。」〔註106〕並非無愁，卻又是嘗試以「無愁」和冷淡的態度來作觀看。而詩人不直接言「愁」，都說「閑上」、「閑吟」、「太平時節」，與前者「不欲登樓」、「莫問當年」的態度不同，彷彿雖在眼前，又事不關己，

〔註103〕《全唐詩》，卷五百八十六，頁6795。

〔註104〕《全唐詩》，卷六百七十一，頁7675。

〔註105〕《全唐詩》，卷六百五十八，頁7558。

〔註106〕李定廣著，《唐末五代亂世文學研究》，（北京：中國社會科學出版社，2006），頁69。

如「有國有家皆是夢，爲龍爲虎亦成空。」、「魚龍雀馬皆如夢，風月煙花豈有情。」世事既如夢一般無情、不眞實，那何必以有情的態度來面對無情呢？視而不見，聽而不聞，且試著自適自樂。

　　雖然此意識多見於懷古詩中，又不限於對歷史的判斷，蔡瑜女士謂：「（懷古）重點既不在敘事，也不在論古……詩人徘徊在漫長的時空隧道，反思著人類的經驗與命運，也思忖著自身的定位。」〔註107〕它從天地、時代、政權的高處下瞰，觀照風物、人情，再後回到個人的生命，是對世界的一個全面思考。而不同文人的登臨詩中，都相似地表達著這思想，也必須說，它是這時代中重要的生命意識。這意識又是最能體現晚唐文人的憂傷情調，蓋循環爲自然之法規，無情無私，所以只能忍痛順從，不論是看待國家，還是自我的生命都是如此。

　　而登臨則直接促使這意識的發生，一者「懷古」須親臨其地，而登高可盡覽全景，並以籍由廣闊的風光中進入往來古今，又給予一個旁觀的寂靜空間，讓人思考、尋覓；二者登臨者多興往來古今之思，蓋因心靈空間的構築，置身世外，故能以道觀物，覽古於今，見興衰之事，因此登臨與此意識的發生，有密切的關連。

〔註107〕蔡瑜著，《中國抒情詩的世界》，（臺北：臺灣書店，1999），頁155。

第六章　晚唐登臨詩語言藝術與 手法之舉要

　　《文心雕龍‧情采》謂：「夫水性虛而淪漪結，木體實而花萼振，文附質也。虎豹無文，則鞹同犬羊；犀兕有皮，而色資丹漆，質待文也。」〔註1〕詩文定須借助文采、手法，方可文情並茂，文質杉杉。藝術手法是必須的，下文試就晚唐登臨詩中的詩句安排、時空設計、常用意象、詩歌風格四方面舉要論述。

一、詩句安排

　　中唐以降，詩尤爲重視變化，由務去陳言，至苦吟詩人群費殺心力，筆補造化的創作，都承襲了「語不驚人死不休」的創作精神在詩句的組合編排上，往往多下功夫。

　　而詩體發展，一方面是「五言以試士，七言以應制」〔註2〕的創作風氣，另一方面則爲晚唐人心境與詩境的狹小，故於創作數量上，晚唐近體已完全壓倒古體，如許渾集中竟無一首古體。這創作的潮流固然同樣能見於其他晚唐人的登臨詩中，除了個別文人好作

〔註1〕《文心雕龍讀本》，下冊，頁77。
〔註2〕沈德潛著，蘇文擢語詮評，《說詩晬語詮評》，（臺北：文史哲出版社，1985），卷下，頁529。

古體外，幾乎都是格律嚴謹的近體詩，其中又以律詩爲多，故下文亦以近體爲根據。

　　近體的字詞結構在晚唐以前已見圓熟，字句安排的變化，亦大體不離其宗。但在藝術的高度自覺下，文人還是普遍地運用這些手法來潤飾詩句。此借其登臨詩，大概歸納出幾個常見的特徵。

（一）字詞的錯綜

　　近體詩中語詞的排列，無完全的定式，在用字上，雖也運用口語，但畢竟又與平常的語序不同，詩句大多都會通過詞序的先後安排，來創造出藝術性的語言效果。正如黃永武先生所說，其能帶起「交錯詞序，不相統，突破平板的整齊對稱」〔註 3〕的效果，又主要顯示句與句，聯與聯間的前後不盡相同，前聯順寫，則後聯反寫，或在起句，或在結句，其例子，如：

雪路初晴出，人家向晚深。（姚合〈過天津橋晴望〉）（卷五百）

寺門山外入，石壁地中開。（張祜〈題虎丘東寺〉）（卷五百一十）

孤枕客眠久，兩廊僧話深。（周賀〈宿開元寺樓〉）（卷五百零三）

白璧心難説，青雲世未遭。（薛能〈平蓋觀〉）（卷五百六十）

朗抱雲開月，高情鶴見秋。（李群玉〈長沙陪裴大夫登北樓〉）（卷五百六十九）

疏鐘搖雨腳，秋水浸雲容。（子蘭〈華嚴寺望樊川〉）（卷八百二十四）

懷沙有恨騷人往，鼓瑟無聲帝子閑。（崔珏〈嶽陽樓晚望〉）（卷五百九十一）

苔點落花微萼在，葉藏幽鳥碎聲閑。（劉滄〈夏日登西林白上人樓〉）（卷五百八十六）

臨崖把卷驚回燒，掃石留僧聽遠泉。（張喬〈七松亭〉）（卷六百三十九）

廢苑池臺煙裡色，夜村蓑笠雨中聲。（陸龜蒙〈潤州送人往長

〔註 3〕黃永武著，《字句鍛鍊法》，（臺北：洪範書店有限公司，1986），頁 161。

洲〉〉（卷六百四十二）

較簡單的，如「雪路初晴出，人家向晚深。」其意爲「初晴出雪路，向晚深人家」；「白璧心難説，青雲世未遭。」意爲「心難説白璧，世未遭青雲」；「臨崖把卷驚回燒，掃石留僧聽遠泉。」意爲「把卷臨崖驚回燒，留僧掃石聽遠泉」。而較複雜的，手法亦無異，但在倒錯語序時，在語意上也有出奇的作用，如「苔點落花微萼在，葉藏幽鳥碎聲閑。」更連語意亦相倒錯，「苔點」、「葉藏」從被動變爲主動，而本應爲「落花點苔微萼在，幽鳥藏葉碎聲閑」，反過來則像苔、葉都被賦予意識了。能見這種錯綜倒置，一般是改變實際語意的先後次序，以達到破除刻板，語言靈動的效果，亦有些詩句在改變先後的同時，改變了主語與賓語間的互相關係。

（二）格律的變化

同樣在近體詩中，嚴謹的格律規範，四聲與常用的前後結構，都確立了音節的美，是一種歷經長時間審定後得出的和諧節奏。影響節奏美的因素，如朱光潛先生謂：「節奏主要見於聲音，但也不限於聲音，形體長短，大小粗細相錯綜，顏色深淺濃淡和不同調質相錯綜也都可能見出規律和節奏。」〔註4〕就字句上看，則又以聲音與形體較爲重要。當格律的和諧達到普遍而熟用的地步，嘗試打破這渾圓節奏，則能相對地取得與和諧對立，拗口而不協調之美，如：

　　流水東不息，翠華西未歸。(顧非熊〈天津橋晚望〉)（卷五百零九）

「平仄平仄仄，仄平平仄平」，前句拗而後句救。

　　腸斷未忍掃，眼穿仍欲歸。(李商隱〈落花〉)（卷五百三十九）

「平仄仄仄仄，仄平平仄平」，前句拗而後句救。

　　地遠二千里，時將四十秋。(李續〈和綿州于中丞登越王樓見寄〉)（卷五百六十四）

「仄仄仄平仄，平平仄仄平」，前句拗而不救。

〔註4〕朱光潛著，《談美書簡》，（上海：上海文藝出版社，1981），頁80。

白鳥格不俗，孤雲態可憐。(貫休〈晚望〉)(卷八百三十四)

「仄仄仄仄仄，平平仄仄平」，前句拗而不救。

為郡異鄉徒泥酒，杜陵芳草豈無家。(杜牧〈登九峰樓〉)(卷五百二十四)

「平仄仄平平平仄，仄平平仄仄平平」，前句拗而不救。

野花相笑落滿地，山鳥自驚啼傍人。(羅隱〈春日登上元石頭故城〉)(卷六百六十二)

「仄平平仄仄仄仄，平仄仄平平仄平」，前句拗而不救。

今來借問獨何處，日暮槿花零落風。(許渾〈覽故人題僧院詩〉)(卷五百三十八)

「平平仄仄仄平仄，仄仄仄平平仄平」，對句互救。

南朝四百八十寺，多少樓台煙雨中。(杜牧〈江南春絕句〉)(卷五百二十二)

「平平仄仄仄仄仄，平仄平平平仄中」，特拗，後句第三字平聲救前句

這些詩句均以「拗句」方式寫成，既提供了造句遣詞的方便，也有故意為之，以別快慢變化。然大抵古體無平仄之限，因此不論拗救，或拗而不救，都能在節奏上出於常律，反近入古，使得格調具高古之感。

二是在結構上的改變，以詞組的長短來打破常有的詩句節奏，如：

靜—少人同到，晴—逢雁正來。(崔塗〈春日登吳門〉)(卷六百七十九)

碑—已無文字，人—猶敬子孫。(任翻〈經墮淚碑〉)(卷七百二十七)

川—少銜魚鷺，林—多帶箭麋。(朱慶餘〈望蕭關〉)(卷六百零一)

數點雨—入酒，滿襟香—在風。(李咸用〈登樓值雨二首其一〉)

（卷六百四十五）

垂枝松－落子，側頂鶴－聽棋。（賈島〈送譚遠上人〉）（卷五百

七十三）

遠－近－涯－寥夐，高－低－中－太虛。（賈島〈登樓〉）（卷

五百七十三）

芳草綠－遮仙尉宅，落霞紅－襯賈人船。（韋莊〈南昌晚眺〉）

（卷六百九十八）

詩中詞組的結構並非完全固定，但如袁行霈先生謂：「中國古、近體詩建立起詩句的基本規則，就是一句詩必有一個逗，這個逗把詩句分成前後兩半，其音節分配是：四言二二，五言二三，七言四三。」〔註5〕其提及的是詩歌最普遍的節奏，如上例以「一四」、「三二」、「三四」等結構入詩，是在整體的和諧下，添上不和諧的變奏。偶爾運用在一聯之中，使句子的節奏忽然中斷而又再展開，如平野上忽有怪山嵸峙，營造出節奏反常，而形式合道之美。

（三）語詞的省略

近體詩因體式的限制，言簡意繁爲造句的要旨，亦由此而接近「言有盡而意無窮」的標準，如李學勤先生謂：「它（詩歌）往往以最集中，最強烈、最凝練的形式反映生活。」〔註6〕集中，是說詩的密度，也因此，在詩句中，常以省略的方法來壓縮語詞，以達到提升詩句密度的效果。其普遍手法，是刪去起連接作用的字詞以充實意象。

其例子如：

蘿洞淺深水，竹廊高下風。（許渾〈恩德寺〉）（卷五百三十）

遠江橋外色，繁杏竹邊花。（薛能〈和楊中丞早春即事〉）（卷五

〔註5〕袁行霈著，《中國詩歌藝術研究》，（北京：北京大學出版社，1987），頁119。

〔註6〕李學勤、趙華、李菊芳等著，《中國文學寫作大全》，（北京：中國工人出版社，1992），頁124。

百五十八)

日午路中客，槐花風處蟬。（賈島〈京北原作〉）（卷五百七十三）

晚風楊葉社，寒食杏花村。（溫庭筠〈與友人別〉）（卷五百八十
三）

竹風山上路，沙月水中洲。（張喬〈岳陽即事〉）（卷六百三十八）

夜靜明月峽，春寒堆雪樓。（鄭谷〈峽中〉）（卷六百七十五）

牛歌魚笛山月上，鷺渚鴛梁溪日斜。（杜牧〈登九峰樓〉）（卷
五百二十四）

故人歿後城頭月，新鳥啼來壟上花。（黃滔〈烏石村〉）（卷七
百零五）

三門裡面千層閣，萬井中心一朵山。（徐夤〈題福州天王閣〉）
（卷七百零九）

上述例子都省去了連接詞，且多是虛字，故謝臻《四溟詩話》謂：「實
字多則意簡而句健，虛字多則意繁而句弱。」〔註7〕實言簡而意繁。
而在一些運用中，又能令語句變得複雜、多義化，如「蘿洞淺深水」，
到底水於洞前，洞中，還是盤繞洞間呢；又如「故人歿後城頭月」，
到底對於月色，詩人是情感上的「怕見」，動作上的「忽見」，還是
時間上的「屢見」呢？濃縮語象而進行省略，卻又因省略而起了留
白作用，增添了詩句解釋上的可能性，明簡而暗繁，令人暇想。故
方東樹《昭昧詹言》謂：「古人文法之妙，一言以蔽之曰：語不接而
意接，血脈貫續，詞語高簡。」〔註8〕確有其理。

（四）用字的凝煉

　　煉字亦去陳言之法，簡單的語詞能清晰與實用地狀物言情，但
易落入俗套，故洗煉字詞就能顯示己之別出心裁與後代詩家所言「詩
眼」、「響字」的概念類近，通過一字的鍛煉，來提升詩句整體的觀

〔註7〕《四溟詩話》，見於《四溟詩話薑齋詩話》，頁19。
〔註8〕方東樹著，《昭昧詹言》，（北京：人民文學出版社，1984），卷一，頁
28。

感與藝術性，晚唐人刻苦爲詩，登臨詩中亦頗見例子，如：

　　浪草侵天白。（張祜〈江城晚眺〉）（卷五百一十）

　　「侵」字，加強句的力度，亦使有遙遠、廣漠，且往外漫延之動感。

　　鳥歸殘燒外。（張喬〈郢州即事〉）（卷六百三十八）

　　「燒」字，除了增加夕陽的動感，亦映襯歸鳥的疾飛，兼寫詩人之歸思，更有急促之感。

　　野色人耕破。（杜荀鶴〈登天臺寺〉）（卷六百九十一）

　　「破」字，除了加強句的力度，也將微不足道的人，拉到畫面的中心，韋莊詩謂：「原上人侵落照耕」，與此異曲同工。

　　野火流穿苑。（曹松〈慈恩寺東樓〉）（卷七百一十六）

　　「流」字，將遠處的晚燈表現得活靈活現。「穿」字，同樣力度強勁，鑿破夜色的和諧，營造出怪而濃麗的詩境。

　　輕煙暗染吳。（周繇〈甘露寺東軒〉）（卷六百三十五）

　　「染」字，有由淺到深，由淡到濃的漸變效果，巧畫出輕煙飄盪變化的形狀。

　　敲松紫閣書。（李洞〈送從叔書記山陰隱居〉）（卷七百二十二）

　　「敲」字，增加了硬意，如聽之有聲，清脆可聞。

　　石房三月任花燒。（方干〈再題龍泉寺上方〉）（卷六百五十一）

　　「燒」字，除了有熱烈之感，又借火的搖曳之態，寫風花之多姿，更以火的顏色變化，寫繁花的絢爛。

　　雲護寒郊數丈陰。（羅隱〈登宛陵條風樓寄竇常侍〉）（卷六百六十二）

　　「護」字，有保護之意，顯出雲的輕柔、緩慢，似令詩境定而不動。

　　這些詩句都從借一兩字的鍛煉，來改變整句的體貌，如草色、耕夫，本尋常之景，三月山紅、夕陽歸鳥雖富意境，但亦屢見於詩文，不覺新鮮，如巧換一字則言、意、象皆顯生動。故賀貽孫《詩

筏》謂：「煉字如璧龍點睛，鱗甲飛動，一字之警，能使全句皆奇。」
〔註9〕說明煉字的妙用。

（五）句意的整密

晚唐人詩求工巧，都非任意而爲，而經過高度提煉，孔尙任〈山濤詩集序〉謂：「詩有二道：曰工，曰佳。工者多由苦吟，佳者多由快詠。」〔註10〕故晚唐詩工者佔多，然工者，既句工字工，亦見於嚴密的語意組織之上，其中例子多不勝舉，略以幾例說明，如：

> 峭壁引行徑，截溪開石門。泉飛濺虛檻，雲起漲河軒。
> 隔水看來路，疏籬見定猿。未閒難久住，歸去復何言。
>
> （杜牧〈山寺〉）〔註11〕

首聯先寫登寺，寺在山路、溪水之間，中間兩聯則緊扣山與水，「泉」、「雲」、「路」、「猿」皆山中所見，而尾聯歸去，亦貼起首。

> 上國相逢塵滿襟，傾杯一話昔年心。
> 荒臺共望秋山立，古寺多同雪夜吟。
> 風度重城宮漏盡，月明高柳禁煙深。
> 終期白日青雲路，休感鬢毛霜雪侵。
>
> （劉滄〈長安逢友人〉）〔註12〕

首聯言相逢，次聯憶舊日之同遊，三聯寫而今所見的長安風景，尾聯發二人心願，說將來。整詩都緊扣在相逢中，不論是過去、現在、未來，皆見「共」、「同」二字於其中。

> 遙知無事日，靜對五峯秋。鳥隔寒煙語，泉和夕照流。
> 憑欄疏磬盡，瞑目遠雲收。幾句出人意，風高白雪浮。
>
> （李咸用〈寄楚瓊上人〉）〔註13〕

首聯寫秋日，中間兩聯則以「寒煙」、「夕照」、「疏磬」、「遠雲」

〔註9〕賀貽孫著，《詩筏》，見於郭紹虞編，《清詩話續編》，上冊，頁141。
〔註10〕孔尙任著，徐振貴編，《孔尙任全集輯校註評》，（濟南：齊魯書社，2004），第二冊，頁1167。
〔註11〕《全唐詩》，卷五百二十五，頁6016。
〔註12〕《全唐詩》，卷五百八十六，頁6797。
〔註13〕《全唐詩》，卷六百四十五，頁7389。

相互緊扣，而又借景物的「慢」，營造出遲緩的氣氛，與首尾聯表現出的「無事」作呼應。

　　此整密的姿態，還可從一聯的安排中表現出來，而說近體詩的句，則尤是中間兩聯，因必要性的對仗而令結構或語意更顯整密。

　　在形式上表現出整密的，是嚴格的工對：

　　青山當佛閣，紅葉滿僧廊。(朱慶餘〈題青龍寺〉)(卷五百一十四)

　　白雲連晉閣，碧樹盡蕪城。(周繇〈甘露寺北軒〉)(卷六百三十五)

　　江截吳山斷，天臨楚澤遙。(許棠〈登凌歊臺〉)(卷六百零三)

　　晚收紅葉題詩遍，秋待黃花釀酒濃。(許渾〈長慶寺遇常州阮秀才〉)(卷五百三十六)

　　離亂應無初去貌，死生難有卻回身。(李頻〈太和公主還宮〉)(卷五百八十七)

工對即運用同門類之詞組相互對仗，其詞性、詞組位置亦盡相同，主要表現出字句上整齊細膩的雕砌之美。

　　內容上的整密，則如流水對的運用：

　　閒上凌虛塔，相逢避暑人。(劉得仁〈夏日遊慈恩寺〉)(卷五百四十四)

　　早負江湖志，今如鬢髮何。(趙嘏〈虎丘寺贈漁處士〉)(卷五百四十九)

　　一望雲復水，幾重河與關。(于武陵〈江樓春望〉)(卷五百九十五)

　　只訝窗中常見海，方知砌下更多山。(方干〈題澄聖塔院上方〉)(卷六百五十二)

　　因知海上神仙窟，只似人間富貴家。(韋莊〈陪金陵府相中堂夜宴〉)(卷六百九十七)

流水包涵了前後的因果關係，除了打破呆板的對仗，使語意靈活流轉外，也因前後連貫，明確的邏輯，而表現出意象的整密緊扣之美。

　　當然，省略也是提高句子結構密度之一法。

　　句法結構上的整密連接，並不局限詩意收放，上例如「早負江湖志，今如鬢髮何」，流轉順暢自然，而一今一昔，又如「江截吳山斷，天臨楚澤遙」，其「天」、「江」、「吳山」、「楚澤」，俯仰臨眺，難以窮極。同時在不破壞意的收放下，又能使句子整齊美觀，詩意綿密緊扣，起互相參解效果。

二、時空設計

　　《尸子》謂：「天地四方曰宇，往古來今曰宙。」〔註14〕宇宙生成各有說法，然大抵作為萬物棲宿與成敗之所在，這概念是清晰的，李白〈春夜宴從弟桃花園序〉謂：「天地者，萬物之逆旅。光陰者，百代之過客。」〔註15〕宇是天地，是空間，而宙是光陰，是時間，兩者便囊括了人所認知的一切事物，也就包涵了言情詩歌中興情、感物、取象的所有，故何敬群先生謂：「詩法不外空間、時間、感想，與借題發揮四事之互為綜錯。」〔註16〕而《文心雕龍‧物色》謂：「春秋代序，陰陽慘舒，物色之動，心亦搖焉……是以獻歲發春，悅豫之情暢；滔滔孟夏，鬱陶之心凝。天高氣清，陰沉之志遠；霰雪無垠，矜肅之慮深。」又：「是以詩人感物，聯類不窮。流連萬象之際，沉吟視聽之區。」〔註17〕時移節遷、俯仰萬象而故能觸動情思，不正強調時間與空間的作用嗎？況古人與自然交感，天有陰晴，復國有盛衰，復人有喜怒，因此對世間的時間流逝、空間變化，文人亦感之尤深。詩歌中必然呈現出時空的觀念，同時藉由時間與空間原有的特性，通過有意無意的處理，亦起藝術上的效果。

　　對時間變化的具體感受與描寫，主要在於它的速度上，人所感知的時間有「道體時間」、「歷史時間」、「情感時間」三種，在此又

〔註14〕尸佼著，汪繼培輯，《尸子》，（臺北：世界書局，1958），卷下，頁24。
〔註15〕《全唐文》，卷三百四十九，頁1564。
〔註16〕何敬群著，《益智仁室論詩隨筆》，（九龍：人生出版社，1962），頁15。
〔註17〕《文心雕龍讀本》，下冊，頁301～302。

可以將其特性概括爲流逝與永恆。至於空間即所謂「上下四方」，主要爲目之所見，也雜有想像性，它更接近現實世界與審美性質。下文筆者借引晚唐人的登臨詩，看其中對時間的「快」、「慢」與「永恆」，對空間的「高遠」、與「無限」的具體表現。

（一）時間的「快」

　　文學中的時間傾向主觀，簡單來說，時間的「快」即情感時間比現實時間的流動來得迅速與短暫，正如人類的大腦往往不能憶起平生的一切，其中無數的缺失，便在回想過去，或從過去到現在，往往都是片段性的，回憶便是跳躍到某個時間點上，造成了人對往日的經歷，生出快速之感。同樣詩的精煉，也只容許詩人描述重點，多餘的則須略過。因此時間的「快」，大多數是屬於「過去」的。

　　這透過直接對年光的描述，或者昔今的快速轉換與壓縮而表現出來，如薛瑩的〈江山閑望〉：

　　　渺渺無窮盡，風濤幾日平。
　　　年光與人事，東去一聲聲。〔註18〕

看著江水流動便想到許多往事，而「幾日平」代表了行役的艱辛、對戰亂的感傷，自問又未能自答，畢竟都是前塵舊事了。尾句「一聲聲」巧用了疊字，彷如聲聲無盡，而每一聲中，又帶著數不清的年華東去，半生人事，一江波濤。其以「風濤」的去速，與將回憶壓縮在「一聲聲」中，令時間流逝的「快」，表現得淋漓盡致。

　　又許渾的〈凌歊臺〉：

　　　宋祖凌高樂未回，三千歌舞宿層臺。
　　　湘潭雲盡暮山出，巴蜀雪消春水來。
　　　行殿有基荒薺合，寢園無主野棠開。
　　　百年便作萬年計，巖畔古碑空綠苔。〔註19〕

這詩中對時間的「快」的表現又更具結構，首聯寫劉裕往事，次聯回

〔註18〕《全唐詩》，卷五百四十二，頁6264。
〔註19〕《全唐詩》，卷五百三十三，頁6084。

到現在，彷彿「三千歌舞」，一時間剩下了「暮山」、「春水」，尾聯又更明顯，在詩人心中，主觀的「快」，已完全超越了客觀的歷史時間，不過百年，卻勝似萬年。其中有兩次對時間的壓縮，先是回憶中的百年一瞬，再是百年一瞬到萬年一瞬，對時間速度的描述，從正常到「快」，又從到「極快」。

除了回想前事，當下時間的流動，同樣可以給人急速之感。正如人在忙碌時候，總覺得時間緊迫，現實的時間卻不曾迫人，都是源自人主觀之感。於登臨詩中，則多借活動與風景的描寫，來表現時間的「快」。

如李郢的〈夏日登信州北樓〉：

> 高樓上長望，百里見靈山。雨歇河珠定，雲開穀鳥還。
>
> 田苗映林合，牛犢傍村閑。始得消憂處，蟬聲催入關。
>
> 〔註20〕

於旅途上暫時登樓，本有「快」之意，而「雲開」、「雨歇」與尾聯的「蟬聲」同樣作用，都暗指又將踏上征途，閑情「始得」，又因「蟬聲」而即逝，方登而欲去，這與晚唐人短暫登臨的模式相似的，登臨中得到快樂，又因快樂而更感到短促。

又李商隱的〈登樂遊原〉：

> 向晚意不適，驅車登古原。
>
> 夕陽無限好，只是近黃昏。〔註21〕

驅車登臨時已是「向晚」，來時既遲，「夕陽」最美，卻屬於「黃昏」的，不過剎時光輝，在時間意識上是表現著「快」的。《唐詩品彙》謂：「楊誠齋云：此詩憂唐祚將衰也。」〔註22〕又《詩法易簡錄》謂：「言外有身世遲暮之感。」〔註23〕不論何者，都暗中表現出時間之「快」，消逝之將臨。

〔註20〕《全唐詩》，卷五百九十，頁 6847。

〔註21〕《全唐詩》，卷五百三十九，頁 6148。

〔註22〕高棟著，《唐詩品彙》，（上海：上海古籍出版社，1988），卷四十三，頁 418。

〔註23〕李鍈著，《詩法易簡錄》，（臺北：蘭臺書局，1969），卷十三，頁 287。

（二）時間的「慢」

與「快」相對的自然是「慢」，它同樣是個人情感變化的體驗，時間的流動本就不具備「慢」的指標。若說「快」是過去的，在回憶中斷斷續續的片段，那「慢」的時間則可能多來自文人對未來的遐想。晚唐文人多生涯落泊，普遍對未來有著不可預料，或欲歸而不得之情，故說到理想，則多有遙遙無期，不知何日之感，此亦時間之「慢」的表現。

如劉滄的〈春日旅遊〉：

玄髮辭家事遠遊，春風歸雁一聲愁。

花開忽憶故山樹，月上自登臨水樓。

浩浩晴原人獨去，依依春草水分流。

秦川楚塞煙波隔，怨別路岐何日休。〔註24〕

在行旅中登上高樓，見花開月明，因此憶念故鄉，「浩浩」、「依依」都是不盡而緩慢，帶出「綿綿遠道思」之感。尾聯中則表示對行旅厭惡，但又充滿了不確定之感，這漫長旅途何日結束呢？詩人也不敢肯定。

又貫休的〈晚望〉：

曠望危橋上，微吟落照前。煙霞濃浸海，川嶽闊連天。

白鳥格不俗，孤雲態可憐。終期將爾輩，歸去舊江邊。

〔註25〕

同樣是旅人情懷，海煙川岳遮掩了歸路，「孤雲」、「煙霞」作為襯托，寫出詩人緩慢而淡淡之情。其中，風景是慢的，詩人的活動也是慢的，及隱居者的生活方式，更是慢的體現，至尾聯又表現出耐心的等待，將詩中時間拉向綿長。

未來的時間既因不期而「慢」，也為「漁歌到白頭」的自由不迫的生活而「慢」。同時，描寫現在亦能是「慢」，一種是愁思不盡，另

〔註24〕《全唐詩》，卷五百八十六，頁 6796。
〔註25〕《全唐詩》，卷八百三十四，頁 9405。

一種則是人閑的散慢。

　　如劉得仁的〈秋晚與友人遊青龍寺〉：

　　　高視終南秀，西風度閣涼。一生同隙影，幾處好山光。

　　　暮鳥投贏木，寒鐘送夕陽。因居話心地，川冥宿僧房。

　　〔註26〕

閑遊寺院回想半生的忙碌，有無限風光卻未曾細看，這又借昔比今，以舊時生活的「快」，來突顯今日閑遊的「慢」。尾聯也與大多數登臨者的急忙離去不同，留在寺中度夜，表現出慵懶之情。

　　又崔塗的〈春日登吳門〉：

　　　故國望不見，愁襟難暫開。春潮映楊柳，細雨入樓臺。

　　　靜少人同到，晴逢雁正來。長安遠於日，搔首獨徘徊。

　　〔註27〕

詩人登望故鄉，中間兩聯以遞進的方式來表現其憑欄久駐，由雨轉晴，再入尾聯的「徘徊」，都顯出詩人欲望而未得，又因而不能釋懷。故又借「春潮」、「細雨」和「靜」又將這凝而不散的思緒以「慢」的方式表現出來。愁緒的慢，是度日如年般的主觀時間感受，在尾句的「徘徊」之中見來。

（三）時間的「快」「慢」變化

　　時間是流動不息的，快慢兩者，都是相對而相生的彼此存在關係，它們自對比而來，雖然描寫重點往往只是其中一者，但通過一者又顯出另一者的存在。黃永武先生就提到「時間的漸蹙」與「時間的漸長」的兩種手法〔註28〕，而「漸」便是兩者的變化轉換，登臨詩的時間設計亦多是如此。

　　「漸長」者，如趙嘏的〈虎丘寺贈漁處士〉：

　　　蘭若雲深處，前年客重過。嚴空秋色動，水闊夕陽多。

〔註26〕《全唐詩》，卷五百四十四，頁 6297。

〔註27〕《全唐詩》，卷六百七十九，頁 7774。

〔註28〕黃永武著，《中國詩學‧設計篇》，（臺北：巨流圖書公司，1977），
　　　　頁 44、46。

　　早負江湖志，今如鬢髮何。唯思閑勝我，釣艇在煙波。

〔註 29〕

詩人自過去到現在的時光躍動中沉思，首聯與三聯都以一今一昔的
對照，造成時空的快速轉換，然尾聯則展望未來，那不能短期內實
現的志向，在時間上是綿渺悠長的，又從「快」回到「慢」中。

　　又張祜的〈巴州寒食晚眺〉：

　　東望青天周與秦，杏花榆葉故園春。

　　野寺一傾寒食酒，晚來風景重愁人。〔註 30〕

「野寺」是詩人行旅間山中留宿之所，前半片言遠別家鄉，從關中來
到巴州，彷彿一息間事，表現出匆忙之「快」，來到「野寺」後因入
夜而不能前行，時間開始向「慢」發展。後半對景獨酌，「晚來」、「重」
俱寫登望之久，從入寺的行跡匆匆，轉入一種愁思反覆不斷，與長夜
無悰的緩慢節奏中。

　　「漸慢」者，如李九齡的〈登昭福寺樓〉：

　　旅懷秋興正無涯，獨倚危樓四望賒。

　　谷變陵遷何處問，滿川空有舊煙霞。〔註 31〕

詩人為消閑遣興而登樓，「興」已有「慢」意，何況興正「無涯」。當
登臨四顧，又即從個人進入到歷史，從心閑的「慢」進入到「谷變陵
遷」的「快」，一時間如覽盡滄海桑田、百年變化。

　　又于濆的〈青樓曲〉：

　　青樓臨大道，一上一回老。

　　所思終不來，極目傷春草。〔註 32〕

擬想女性登樓憶人，次句「一上一回老」，是對往昔登臨的憶述和總
結，將曾經的等待、老去的年華，都壓縮在小撮時間上。後半片寫當
下的漫長守候，也以春草的無盡來加強此效果，其結構是由昔回到

〔註 29〕《全唐詩》，卷五百四十九，頁 6339。
〔註 30〕《全唐詩》，卷六百六十七，頁 7633。
〔註 31〕《全唐詩》，卷七百三十，頁 8364。
〔註 32〕《全唐詩》，卷五百九十九，頁 6925。

今，由「快」回到「慢」。

（四）時間的「永恆」性

　　「永恆」，就是所謂的「道體時間」，從儒家、道家上推至周易，乃至早期的神話中，幾乎都在訴說一種天理與生命的不斷循環，這作爲生命的傳承，對文人感受時間起很大的影響。人類要感受其無限性，則必須通過有限的事物來對照。古人的觀念中，從自古而存在的山川，便是時間「永恆」的象徵，如《晉書‧羊祜傳》記載其登峴山之事，謂：「自有宇宙，便有此山。由來賢達勝士，登此遠望，如我與卿者多矣，皆湮滅無聞，使人悲傷。」〔註33〕借著人事比較自然風光，以短暫來襯托永恆。

　　如潘咸的〈登明戍堡〉：

　　　　來經古城上，極目思無窮。寇盡煙蘿外，人歸蔓草中。

　　　　峰巒當闕古，堞壘對雲空。不見昔名將，徒稱有戰功。

　　　　〔註34〕

詩人看向遠處風光，以「寇」和「人」的去來，相對「蘿」和「草」的不變，然「堞壘」對「雲空」亦如是，以壓縮時間將自然與人事置在不同的時間線上，不論時間的流逝，自然的風光總是不改面容。

　　又徐夤的〈題泗洲塔〉：

　　　　十年前事已悠哉，旋被鐘聲早暮催。

　　　　明月似師生又沒，白雲如客去還來。

　　　　煙籠瑞閣僧經靜，風打虛窗佛幌開。

　　　　惟有南邊山色在，重重依舊上高臺。〔註35〕

在時間的催促下不覺已過十年，正如「明月」、「白雲」的去來無窮。此登臨之時，爲詩人久歷行旅後的重遊，風景早已物是人非。尾聯的「南邊山色」，也同「明月」、「白雲」之意，彷彿都永恆無盡，借人衰老顯示景物不老。

〔註33〕《新校本晉書》，第二冊，列傳第四，頁1020。

〔註34〕《全唐詩》，卷五百四十二，頁6263。

〔註35〕《全唐詩》，卷七百零九，頁8160。

　　詩人登臨下視，也不時將自己置身於道體時間之中，立於方外，以靜觀之心，以無盡來體物。

　　如唐彥謙的〈登廬山〉：

　　　　五老峰巔望，天涯在目前。湘潭浮夜雨，巴蜀暝寒煙。

　　　　泰華根同峙，嵩衡脈共聯。憑虛有仙骨，日月看推遷。

　　　〔註36〕

詩人登上山頂，彷如有盡覽萬物之感，而仙境沒有時移世易的時間特徵，強調「看」，便是以旁觀者的身份，獨立於世外而觀察世中的變化。

　　另外愁苦常令人感到時間緩慢，極愁之時，則又似凝固了流動中的時間，這亦古典詩詞中常用手法。

　　如劉駕的〈望月〉：

　　　　清秋新霽與君同，江上高樓倚碧空。

　　　　酒盡露零賓客散，更更更漏月明中。〔註37〕

這詩表現了行旅中的離多見少，前半片是歡快的，時間快速流動，而後半片則是愁苦的，時間停止不動。而尾句的「更更更漏」，更造出一種奇特的定格效果，彷彿已不知聽了多少更漏，頭上的月色明定依然，借「夜永」、「漏永」的手法，來表現愁的循環與無限。

（五）空間的「高」與「遠」

　　若說時間抽象，那空間則相對顯見，「上下四方」，便是空間的三維，它的感知主要是依靠視覺，而登臨者的視覺，又主要是以「高」、「遠」作為觀察的角度。晚唐人詩固然多為貌衰氣弱，但畢竟登臨就是為了望遠，即便在較矮的場所，文人仍大多數會把視線投放到高與遠的空間中以擺脫視覺，乃至心靈的束縛，故「高」與「遠」是登臨詩中主要的空間描寫。

　　寫「高」者，如齊己的〈寄南嶽泰禪師〉：

〔註36〕《全唐詩》，卷六百七十一，頁7674。
〔註37〕《全唐詩》，卷五百八十五，頁6786。

　　江頭默想坐禪峰，白石山前萬丈空。

　　山下獵人應不到，雪深花鹿在庵中。〔註38〕

詩寫禪師坐於峰頭，往外望去一無所有，「空」使山峰如凌虛獨立，超出世間之外。「獵人不到」與「雪深花鹿」也間接描述其高絕，只有自然的動植物欣欣向榮，尋常人斷不能到此。

　　又李商隱的〈碧城三首其一〉：

　　碧城十二曲闌干，犀辟塵埃玉辟寒。

　　閬苑有書多附鶴，女牀無樹不棲鸞。

　　星沉海底當窗見，雨過河源隔座看。

　　若是曉珠明又定，一生長對水晶盤。〔註39〕

《太平廣記‧女仙一》謂：「（西王母）所居宮闕，在龜山春山西那之都，崑崙之圃。閬風之苑。有城千里、玉樓十二，瓊華之闕、光碧之堂、九層玄室、紫翠丹房。」〔註40〕十二樓、閬苑，崑崙天庭，屢見神話、仙話之中。然於崑崙之巔，玉樓之上，能下視雲雨、星辰，也俯瞰人間的一切。

　　又如前文所說，空間本身就代表了某種涵意，因之容易引起登臨文人的共鳴。「高」，在晚唐登臨詩中，除了是遠望之所外，還是踏上「天梯」，佛、道，甚至神話中的聖地，登上該處，心靈也與之契合，有超越世俗之感，此兩詩皆表現出這心態特徵。當然它一旦接觸了宗教，除了空間的高絕之美外，又表現絕塵、飄逸，在惝惶的時代中得到安祥。

　　寫「遠」者，如姚鵠的〈嘉川驛樓晚望〉：

　　樓壓寒江上，開簾對翠微。斜陽諸嶺暮，古渡一僧歸。

　　窗迥雲衝起，汀遙鳥背飛。誰言坐多倦，目極自忘機。

　　〔註41〕

〔註38〕《全唐詩》，卷八百四十六，頁9580。

〔註39〕《全唐詩》，卷五百三十九，頁6169。

〔註40〕《太平廣記》，卷五十六，頁344。

〔註41〕《全唐詩》，卷五百五十三，頁6401。

詩人登上江樓，看「斜陽」落去，微光慢慢的從近到遠斂向遠山之中。頸聯的暮雲、歸鳥，都從近到遠，再向遠方飛去，引領著詩人的目光。

又張祜的〈江城晚眺〉：

> 重檻構雲端，江城四鬱盤。河流出郭靜，山色對樓寒。
> 浪草侵天白，霜林映日丹。悠然此江思，樹杪幾檣竿。
> 〔註42〕

亦以多角度來表現空間的「遠」，「河流出郭」是慢而漸遠，頸聯的「浪草」、「霜林」，則從近而遠，再自遠到近，來回劃出空間的距離，而尾聯的「幾檣竿」則用視覺的模糊難辨，把距離再度拉遠，直至有虛渺之感。

「遠」，在登臨詩中有更多數量的描寫，大抵是遠方的景物要較上方豐富。如果說上方帶有宗教意味，頭頂的日月星空又更是虛幻，那平行遠望，則還在人世之內，故此所抒發的情感也更多樣，有遠望懷古，遠望思鄉，遠望言志，當中看來時之路，更容易令人想起前程，反問去路之何在？這都是「遠」所蘊含的情感意識。

（六）空間的「無限」性

登臨在某程度上突破空間限制，但也只是相對而已，更遠、更高的物象，依然會遮擋登臨者的視線，受感官限制是無可避免的，更多的景物永遠在視線之外。因此要望得更遠，決定的不止視覺，而更是心靈與想像，如果將感官看成「有待」，那「游心」便是脫離現實束縛的方法，故《文心雕龍・神思》謂：「文之思也，其神遠矣。故寂然凝慮，思接千載，悄焉動容，視通萬里。」〔註43〕空間的「無限」，事實上便是透過視覺而進入的想像空間。

古人的空間觀念，如《淮南子・地形訓》謂：「天地之間，九州八極。」〔註44〕山外有海，海外有陸，是他們的地理認知，尤其大

〔註42〕　《全唐詩》，卷五百一十，頁5806。
〔註43〕　《文心雕龍讀本》，下冊，頁3。
〔註44〕　《淮南子注》，卷四，頁55。

海可以通到仙山，流到日月星辰之上，這不單是創作的浪漫，更是對地理的認知，他們確信空間是這樣伸延開去的，正如唐人詩寫到「海外徒勞更九州」、「海山深處見樓臺」，眼前實空間的有限，令文人運用他們的地理知識，去想像眼外虛空間的存在與所有，以實入虛，便是空間的「無限」。

於晚唐登臨詩中，亦多此對現實空間以外的想像，如李群玉的〈中秋寄南海梁侍禦〉：

　　海靜天高景氣殊，鯨晴失彩蚌潛珠。

　　不知今夜越臺上，望見瀛洲方丈無。〔註45〕

《史記·秦始王本紀》記載：「海中有三神山，名曰蓬萊、方丈、瀛洲，仙人居之。」〔註46〕詩人充滿奇想，但三山本不可見，何況更在夜中？故爲想像之作。晚唐人如盧肇〈題甘露寺〉：「如登最高處，應得見蓬萊。」又無可〈中秋臺看月〉：「宵分憑欄望，應合見蓬萊。」以想像穿越大海，往人境外去。

除了將視覺投放到無限遠的空間外，像張紅運女士提到「同時異空」的描寫手法〔註47〕，此手法又多用於傳達人情思念的作品中，如許渾的〈凌歊臺送韋秀才〉：

　　雲起高臺日未沉，數村殘照半岩陰。

　　野蠶成繭桑柘盡，溪鳥引雛蒲稗深。

　　帆勢依依投極浦，鍾聲杳杳隔前林。

　　故山迢遞故人去，一夜月明千里心。〔註48〕

詩人登臺遠望，落日、鄉村、桑柘、溪鳥、極浦、前林等，都是存在於視覺空間中的實景，但畢竟望鄉與懷人才是他登臺目的，謝莊〈月賦〉謂：「美人邁兮音塵闊，隔千里兮共明月。」借由明月溝通千里外的「故山」、「故人」，這是透過想像打破空間的「有限」，壓

〔註45〕《全唐詩》，卷五百七十，頁 6615。

〔註46〕《史記》，秦始王本紀第六，頁 247。

〔註47〕張紅運著，《時空詩學》，（銀川：寧夏人民出版社，2010），頁 81。

〔註48〕《全唐詩》，卷五百三十三，頁 6087。

縮了兩人、兩地間的阻礙，讓心靈可以飛越千里。

　　當然，除了運用想像跳出空間，飛馳神思外，在對「遠」的描寫中，也可通過視覺的遊移，在有限的空間內，營造出從有限進入無限的空間漸變美，如韓偓的〈登南神光寺塔院〉：

　　　　無奈離腸日九回，強攄離抱立高臺。
　　　　中華地向城邊盡，外國雲從島上來。
　　　　四序有花長見雨，一冬無雪卻聞雷。
　　　　日宮紫氣生冠冕，試望扶桑病眼開。〔註49〕

「外國雲」從遠方而來，知海外有國而不可見，是在「無盡」的想像空間之中。同樣尾聯登臺望京，事實上也是不能望見的，故「日宮紫氣」亦是想像，在實景之外。除了表現出極遠的浩瀚無垠，也令人有空間的忽然折疊之感，前者是慢，它隨詩人的視角移動，漸漸從「有限」進入「無限」，展現由近至遠，由遠至極遠的壯闊之美；後者是快的，屬於想像的，實只是進入虛的媒介，空間本來就是「無限」的，故它能瞬息間千山萬水，地北天南。

　　黃永武先生謂：「情感可以改造現實的空間，另創一個詩的空間。」〔註50〕心能包容萬物，故透過想像，視覺的空間能被無限擴大，超越視線之所及，到達所想之處，這是心靈的馳騁。作為藝術的手法，便如宗白華先生謂：「中國人不是向無邊空間作無限街的追求，而是『留得住無邊』，低徊之，玩味之，點化成了音樂。」〔註51〕遠望空間的無限，又停在眼前的無限中，望不盡，也不說盡，故能「恍分惚分，其中有物。」

（七）時間與空間的疊映之美

　　時間的「快」與「慢」，空間的「高」與「遠」，實各有其美，

〔註49〕《全唐詩》，卷六百八十，頁7796。
〔註50〕黃永武著，《中國詩學‧鑑賞篇》，（臺北：巨流圖書公司，1977），頁93。
〔註51〕宗白華著，《美學的散步》，（臺北：洪範書店有限公司，1982），頁50～51。

難以比較，然時間與空間總之爲「宇宙」，本爲一體，因此詩歌在表現時間時，也定涉及空間。關於時空結合的結構，仇小屏女士以逐句分析，將其分爲「時空交錯」、「時空溶合」與「交錯溶合並呈」三類〔註52〕，若從整首詩看，則「並呈」亦能歸到「溶合」之下。這兩者，涵概了不同作品中的時空結構。〔註53〕然這都是一種在分明中見交錯的結構美，但要討論到時空的渾同美，必須提及它們疊映、交感、難分彼此的意境營造。

　　登臨的感受與觀察是特別的，因時間有其「永恆」性，故能古今如一；空間有其「無限」性，故能置萬物於目前，更重要的是它們都是能靠主觀情感來佈置的，所以能打破物理性、客觀性的秩序。此交疊，不論是異時，或異空，其表現的仍是一種「同時同空」，虛即是實、無亦是有的美感。因爲在現實上的並非同存，故又起亦眞亦假的疊映之美。

　　如許渾的〈汴河亭〉：

　　　廣陵花盛帝東遊，先劈昆侖一派流。
　　　百二禁兵辭象闕，三千宮女下龍舟。
　　　凝雲鼓震星辰動，拂浪旗開日月浮。
　　　四海義師歸有道，迷樓還似景陽樓。〔註54〕

煬帝時隋朝到了極盛，詩人「看」著千乘萬騎賞花東遊花的盛況，從開鑿運河，到帶著軍隊與宮女的東遊南遊，那船隊浩大的聲威，直教星辰日月都爲之震動。全詩都寫虛景，但在詩人登上汴河亭這一刻，虛與實就統一起來，穿越了時空，「現在」的河、亭與「過去」的風景，便如此順理成章地合而爲一了。若不知詩人何代，必以爲

〔註52〕仇小屏著，《古典詩詞時空設計美學》，（臺北：文津出版社，2002），頁237、256、276。
〔註53〕「時空交錯」如「春眠不覺曉，處處聞啼鳥」般一句時間，一句空間的整齊排列；「時空溶合」則如「空山新雨後，天氣晚來秋」般，一句中包含時間與空間。
〔註54〕《全唐詩》，卷五百三十四，頁6094。

親身所歷。

　　同樣許渾的〈金陵懷古〉：

　　　玉樹歌殘王氣終，景陽兵合戍樓空。
　　　松楸遠近千官塚，禾黍高低六代宮。
　　　石燕拂雲晴亦雨，江豚吹浪夜還風。
　　　英雄一去豪華盡，惟有青山似洛中。〔註55〕

不似〈汴河亭〉般全用虛景，而是一今一昔將景物融會在同一片空間中，首聯是寫「現在」，其時間是清晰的，到頷聯開始卻突然間混淆了今昔的時空，「松楸遠近千官塚，禾黍高低六代宮」，事實上「千官塚」與「六代宮」都不存在，詩人卻通過真實空間中存在的「松楸」與「禾黍」的離離，似無還有中，認定它們的存在。時空被混淆後，「石燕拂雲」、「江豚吹浪」這些喻意著英雄人物的物象彷彿也有合理性，並能呈現眼前了。尾聯則回到「現在」，告訴讀者都是虛幻，時空交疊後再回復原狀。

　　另又杜牧的〈江南春絕句〉：

　　　千里鶯啼綠映紅，水村山郭酒旗風。
　　　南朝四百八十寺，多少樓臺煙雨中。〔註56〕

此詩將這種亦假亦真，亦古亦今的美感又表現得更徹底，詩人登上山上，俯覽江南水鄉之美，全詩用煙雨把「現在」與「過去」來交疊與混同，正如蝶與莊周在夢中能彼此不分，煙雨者，是詩人穿梭歷史時間的媒介。煙後的寺院當已盡毀，詩人卻執著地表示，那不是盡毀，只是為煙雨掩蓋，不能看見而已，又將虛景實化。亦不像許渾那樣，總在尾聯回到「現在」，又將「過去」留在「現在」，雨的不曾消散，也將南朝的寺院一併留在昏晦迷離的背後。

　　這時空的交疊，是時間與空間兩者混合所產生的美感體驗，它將兩者界限模糊化，因為「永恆」與「無限」的特性，能將原本不在同一時間與空間的人、事、物都能瞬間連接起來，使有無渾同，

〔註55〕《全唐詩》，卷五百三十三，頁 6084。
〔註56〕《全唐詩》，卷五百二十二，頁 5964。

產生古今一瞬、萬物並生之感，令人難辨過去與現在，虛景與實景。而最能體現這美感的正是懷古之作，因為只有懷古才能穿梭時間，將「過去」的事情歷歷在目般重現眼前。

三、意象運用

意象者，寄意於象，是從「含蓄」、「言不盡意」的思想中發展而來的美學思維。王夫之《薑齋詩話》謂：「情景名為二，而實不可離，神於詩者，妙合無垠，巧者則情中景，景中情。」〔註57〕意與象，本為兩個概念，而在主客、情景的結合下，詩人託情於景，以景抒情，便融匯兩者，產生意象來，故李元洛先生謂：「所謂詩的意象，就是主觀的心意與客觀的物象在語言文字中的融匯與具現，它是詩歌所特有的審美範疇。」〔註58〕此定義精準簡明。

意象的創造靠文化的傳承，物象於時間、空間、形貌上的特點，再加以個人情志而成。朱光潛先生謂：「情趣不同則景象雖似同而實不同。」〔註59〕它既有共同傾向，又很帶主觀的色彩，同一個物象，在不同詩人，不同時期的作品中定有多義性，登臨詩中亦如是，一景有既有一意，亦能多意。下文即就晚唐登臨詩中常見的，分作「時間意象」與「景物意象」兩方面稍為闡釋。

（一）時間意象

物有大小，意象亦然，《易‧繫辭上》謂：「法象莫大乎天地，變通莫大乎四時。」〔註60〕大者，主要是表現「時間」的意象，它帶動了事物的運行，促成了「空間」中的景物變化，也直接影響其下的小意象，即所謂的「四時」。而說季節，古者以春秋為年，皆因兩者的物色變化尤為分明，對萬物的影響也更為深刻。而在春與秋之下，晚

〔註57〕王夫之著，《薑齋詩話》，見於《四溟詩話薑齋詩話》，（北京：人民文學出版社，1998），頁150。
〔註58〕李元洛著，《詩美學》，（臺北：東大圖書公司，1990），頁167。
〔註59〕朱光潛著，《詩論》，（臺北：國文天地雜誌社，1990），頁68。
〔註60〕《周易正義》，頁157。

唐人的詩中，又尤多寫暮與夜，故作意象而言，此四者最爲重要。

（1）秋

　　秋，是晚唐詩最常見的大意象，文人亦好於秋節登臨。《說文解字》謂：「秋，禾穀熟也。其時萬物皆老。」〔註61〕又董仲舒《春秋繁露・王道通三》謂：「秋之爲言，猶湫湫也……湫湫者，憂悲之狀也。」〔註62〕秋作爲萬物俱成，又是將近瘦壞的時節，將至而未至，故謂「老」。它是唐暮文人心態的共同特徵，說詩若秋花亦如是故。因此它是個在遲暮、殘缺的整體下延伸開去，單方面指向悲傷的意象，晚唐的秋，幾乎都是「悲秋」。

　　在時間上，「老」有短暫之意，並多借之以形容國家與個人的生命，如：

> 寺好因崗勢，登臨值夕陽。青山當佛閣，<u>紅葉滿僧廊</u>。
> 竹色連平地，蟲聲在上方。最憐東面靜，爲近楚城牆。
>
> （朱慶餘〈題青龍寺〉）〔註63〕
>
> 楚城日暮煙靄深，楚人駐馬還登臨。
> 襄王臺下水無賴，神女廟前雲有心。
> 千載是非難重問，一江風雨好閒吟。
> 欲招屈宋當時魄，<u>蘭敗荷枯不可尋</u>。
>
> （羅隱〈渚宮秋思〉）〔註64〕

借著秋的蕭殺、衰老，將消逝的生命意識融入其中，寫今日之繁華去盡。而季節循環，秋後爲冬，若說秋爲「老」，那冬便有「盡」、「壞」、「毀」之意，作爲時間意象，它黑暗、寒冷，失去生命力。故秋既帶著「老」的傷感，還有對走向「死亡」的恐懼。

　　在表現自我上亦如此，如：

〔註61〕《說文解字注》，第十篇上，頁232。
〔註62〕董仲舒著，凌曙注，《春秋繁露注》，（臺北：世界書局，1975），頁265。
〔註63〕《全唐詩》，卷五百一十四，頁5868。
〔註64〕《全唐詩》，卷六百五十八，頁7558。

志乖多感物，臨眺更增愁。暑候雖云夏，江聲已似秋。

雪遙難辨木，村近好維舟。莫恨歸朝晚，朝簪擬勝遊。

（田章〈和于中丞夏杪登越王樓望雪山見寄〉）〔註65〕

此身逃難入鄉關，八度重陽在舊山。

籬菊亂來成爛熳，家僮常得解登攀。

年隨曆日三分盡，醉伴浮生一片閑。

滿目秋光還似鏡，殷勤爲我照衰顏。

（司空圖〈重陽山居〉）〔註66〕

在季節的更替中，感受到生命的流逝，可能在行役、離別、貶謫等任何主題出現，又在失意之人中感受最深。

亦因如此，秋和蕭條的風格往往是最相關連的，如秋風、秋雨、秋月、秋草等秋中的小意象，大體都是衰颯，合用作表現頹廢與哀思。

當然意象是主觀的，樂者則雖秋亦樂，正如陶淵明之愛菊，言秋日之勝者都不是沒有，如：

月裡青山淡如畫，露中黃葉颯然秋。

危欄倚遍都無寐，只恐星河墜入樓。

（吳融〈秋夕樓居〉）〔註67〕

秋亦是爽朗之時，氣涼可以銷暑，天淨可以忘懷，此心存閑樂者之所感。但不論是傳統文化，還是從晚唐的角度看，象徵著衰老、悲傷、蕭條、沉寂等，才是秋的主要意涵。

（2）春

春，是另一個被大量書寫的季節。《說文解字注》謂：「尚書大傳曰：春出也。萬物之出也。」〔註68〕春乃冬天去後，萬物萌新的時候，代表了生生不息，物如此，而人亦然。在文學傳統中，其多寫悲傷，卻又不如秋一般單純指向悲傷，而是兼具兩面。

表現歡樂的，主要在閑遊山水，或寫隱逸中，於自然風光的陶冶

〔註65〕《全唐詩》，卷五百六十四，頁6543。

〔註66〕《全唐詩》，卷八百八十五，頁10001。

〔註67〕《全唐詩》，卷六百八十五，頁7876。

〔註68〕《說文解字注》，第一篇下，頁34。

下，感受春融之美，如：

> 未櫛憑欄眺錦城，煙籠萬井二江明。
> 香風滿閣花盈戶，樹樹樹梢啼曉鶯。

（劉駕〈曉登迎春閣〉）〔註69〕

> 人間上壽若能添，只向人間也不嫌。
> 看著四鄰花競發，高樓從此莫垂簾。

（司空圖〈蓮峰前軒〉）〔註70〕

詩人因感受節物的活潑的生命力，兩相交感而得到快樂。

它又更常以「傷春」的形式出現，如張喬〈江樓作〉寫春日登臨，卻謂：「憑檻見天涯，非秋亦可悲。」知可悲之人，春與秋亦無異。「傷春」者傷春之短暫，文人愛新春卻多言晚春，以落花飄散的美景來代表美好事物的短暫，與秋節意象很相似，如：

> 舟小回仍數，樓危憑亦頻。燕來從及社，蝶舞太侵晨。
> 絳雪除煩後，霜梅取味新。<u>年華無一事，只是自傷春。</u>

（李商隱〈清河〉）〔註71〕

> 昔人登此地，丘壟已前悲。今日又非昔，春風能幾時。

（儲嗣宗〈登蕪城〉）〔註72〕

對春之感受略有不同，但不論如何，詩人都承認春色的美好，只是它的流逝，是「無一事」般虛度，又是「能幾時」般快速，總教人又愛又恨。

春在整體上與秋相似，「傷春」與「悲傷」，在登臨詩上看不出大的差別，稍不同的是，晚唐人側重暮春，它作為時間意象來說，也是「快」的，在風格上它亦穠亦淡，多以樂寫悲，姿態淒美。

（3）暮

暮，其在春與秋之下，尤常與秋同時出現詩中，詩人好登臨秋

〔註69〕《全唐詩》，卷五百八十五，頁6786。
〔註70〕《全唐詩》，卷六百三十三，頁7268。
〔註71〕《全唐詩》，卷五百三十九，頁6179。
〔註72〕《全唐詩》，卷五百九十二，頁6882。

節，又尤在暮時。然其與秋又有著很爲近似之處，古人定季節，與
太陽運行的軌跡及萬物生衰之理有關。秋爲年之將暮，秋日亦日之
將暮，同樣是衰敗之時，故暮及夕陽，都與秋的衰颯有同樣意味，
如：

> 乾坤千里水雲間，釣艇如萍去復還。
> 樓上北風斜卷席，湖中西日倒銜山。
> 懷沙有恨騷人往，鼓瑟無聲帝子閒。
> <u>何事黃昏尚凝睇，數行煙樹接荊蠻。</u>
>
> （崔珏〈岳陽樓晚望〉）〔註73〕

> 漢室河山鼎勢分，勤王誰肯顧元勳。
> 不知征伐由天子，唯許英雄共使君。
> 江上戰餘陵是穀，渡頭春在草連雲。
> <u>分明勝敗無尋處，空聽漁歌到夕曛。</u>
>
> （崔塗〈赤壁懷古〉）〔註74〕

或憂國與懷人，或悲己之平生，此中又與秋有著同樣的衰敗、肅殺之
感。

特別的是，暮是日落的瞬間，是剎那間的閃亮，而又即便消逝，
它要比季節更爲短暫，故如「公子不能留落日」、「滿園春草易黃昏」，
文人多嘆繫日之難，也引申出「惜時」，從「惜時」帶出「及時行樂」
之思，如：

> 勞歌一曲解行舟，紅葉青山水急流。
> <u>日暮酒醒人已遠，滿天風雨下西樓。</u>
>
> （許渾〈謝亭送別〉）〔註75〕

> 百尺江上起，東風吹酒香。行人落帆上，遠樹涵殘陽。
> <u>凝睇復凝睇，一觴還一觴。須知憑欄客，不醉難爲腸。</u>
>
> （陸龜蒙〈奉和襲美酒中十詠·酒樓〉）〔註76〕

〔註73〕《全唐詩》，卷五百九十一，頁6858。
〔註74〕《全唐詩》，卷六百九十一，頁7936。
〔註75〕《全唐詩》，卷六百九十七，頁8018。
〔註76〕《全唐詩》，卷六百二十，頁7140。

對日暮的感受與描寫多有悲傷，且同樣表現出對時間急速流逝的焦慮感，它代表了現實與心理兩種時間的極「快」流動。

因此暮在表現蕭條、破落的同時，又是鮮明的時間意象，以一種急速的形象，表現出晚唐的消逝情懷，既可憐亦可惜。這也許又是它常與秋共同出現的原因，兩者既相似又起相乘作用。

（4）夜

夜，正如春和秋一般，它與暮平分登臨詩中的「時間」。《說文解字》曰：「夜，舍也。天下休舍也。」〔註77〕與白晝相對，夜是「日入而息」之時，故其本身就帶清閑之意，見登臨詩中，夜常作爲宴會行樂，或閑遊登覽之時，如：

> 朱檻滿明月，美人歌落梅。忽驚塵起處，疑有鳳飛來。
> 一曲聽初徹，幾年愁暫開。東南正雲雨，不得見陽臺。
> （于鄴〈王將軍宅聽歌〉）〔註78〕
>
> 四絕堂前萬木秋，碧參差影壓湘流。
> 閑思宋杜題詩板，一日憑欄到夜休。
> （齊己〈懷道林寺道友〉）〔註79〕

夜有它特別的活動，可以是聲色歌舞，又可以觀書賦句，作爲一個表現時間的「慢」的意象，它能借著這些活動來表現清閑。

當然苦夜的描寫更多，日入而息，夜對活動有很強限制性，故它既是清閑，又易因之感到苦悶。此中或是無所事事，或是內心焦急，而等待又使得夜更漫長，不論何者，它都以「慢」來表示夜的長，又以長夜顯出愁緒的長，如：

> 臨水登山路，重尋旅思勞。竹陰行處密，僧臘別來高。
> 遠岫明寒火，危樓響夜濤。<u>悲秋不成寐，明月上千舠。</u>
> （張喬〈甘露寺僧房〉）〔註80〕

〔註77〕《說文解字注》，第七篇上，頁224。
〔註78〕《全唐詩》，卷七百二十五，頁8317。
〔註79〕《全唐詩》，卷八百四十六，頁9581。
〔註80〕《全唐詩》，卷六百三十九，頁7330。

藤屨兼閩竹，吟行一水傍。樹涼蟬不少，溪斷路多荒。

燒岳陰風起，田家濁酒香。<u>登高吟更苦，微月出蒼茫。</u>

（貫休〈秋晚野步〉）〔註81〕

有憂國的，有思歸的，然都以一個輾轉難眠的姿態出現詩中，明月「上」和「出」，都是在憂傷的心態下覺長夜未央。

夜昏暗無明，不如白天可看得更遠，夜間登望時有前路茫茫之感；又是清冷、寒涼的，它是表現孤獨、寒苦的最好的意象，但又因為物象的不多；也可以是安靜、清幽的，如同寫星、寫月的詩句，猶如一片冰壺，潔淨空靈。

在「慢」的時間軸下，它既兼有閑樂，也寓意著苦悶，是清冷又因而明淨。

不得不提的是，夜主要引申出的意象是月，月又是個直接表現夜的方式，兩者在意義上多重合之處，此不多論。然獨有的是在晚的「慢」中，通過登樓望月，而表現思人懷鄉之情，如：

遠天明月出，照此誰家樓。

上有羅衣裳，涼風吹不休。（于鄴〈高樓〉）〔註82〕

滿城春色花如雪，極目煙光月似鉤。

總是動人鄉思處，更堪容易上高樓。

（李九齡〈登樓寄遠〉）〔註83〕

「月有陰晴圓缺。」月代表了相逢相別，古人看月多為憶人之作，而在長夜之中，在幽靜的高樓之上忽想及人情身世，往往生淒冷之感，令人迴腸。

（二）風景意象

自然景物能被管屬於「時間」之下，又能獨立來看，下文以後者為觀察方法，畢竟如山、水都自有其意。故大意象是籠統的，表現的是整體的傾向，小意象卻精緻，也可能更多變化，將個別來看能各有

〔註81〕《全唐詩》，卷八百三十一，頁9368。

〔註82〕《全唐詩》，卷七百二十五，頁8318。

〔註83〕《全唐詩》，卷七百三十，頁8364。

己意，甚至含更豐富意味。

（1）山

山，是個既在詩內，又於詩外的意象。詩內者是詩人登臨望山，遂而感興；詩外者是詩人身在山之中，故不能目見，這兩者所表達的詩意有同有異。

望山者，常抒發行旅情思，或思鄉懷人，或說隱居之志，山既代表視覺的屏障，寫路途迢迢，又有如終南山、鹿門山這樣的隱居之地，寫隱逸的希望又難期，所以它是一個阻隔空間，又將空間帶到無限遠的媒介，如：

> 巴中初去日，已遇使君留。及得尋東道，還陪上北樓。
> 江沖巫峽出，檣過洛宮收。好是從戎罷，看山覺自由。
>
> （李頻〈黔中罷職過峽州題田使君北樓〉）〔註84〕
>
> 清霜散漫似輕嵐，玉闕參差萬象涵。
> 獨上秦臺最高處，舊山依約在東南。（翁承贊〈曉望〉）〔註85〕

山便是野，亦就與朝、與俗相對的空間，既能是故鄉，又或是隱居之地。

登山者，一者是行旅中的登山臨水，亦同樣發羈旅之情，另一者則是為消煩解悶的，以登山，或登寺為主的遊覽，如：

> 滿院泉聲水殿涼，疏簾微雨野松香。
> 東峰下視南溟月，笑踏金波看海光。
>
> （李群玉〈峽山寺上方〉）〔註86〕
>
> 一片無塵地，高連夢澤南。僧居跨鳥道，佛影照魚潭。
> 朽栭雲斜映，平蕪日半涵。行行不得住，回首望煙嵐。
>
> （裴說〈兜率寺〉）〔註87〕

這屢見於晚唐登臨詩中，《說文解字》云：「山，宣氣散生萬物，有

〔註84〕《全唐詩》，卷五百八十九，頁6835。
〔註85〕《全唐詩》，卷七百零三，頁8091。
〔註86〕《全唐詩》，卷五百七十，頁6611
〔註87〕《全唐詩》，卷七百二十，頁8265

石而高也。」〔註88〕它的空間概念是高的，比樓臺亭閣更高，而含「宣氣」，便是富有生命力，能作爲學仙、修身、遁世的空間，詩中無「山」，卻寫從山中感受到自然的歡樂，與滿足避俗的心願。

山還是時間「永恆」的象徵，詩人好以山的靜止不動，來對比浮世之人事變動，如：

> 往日江村今物華，一回登覽一悲嗟。
> 故人歿後城頭月，新鳥啼來壟上花。
> 賣劍錢銷知絕俗，聞蟬詩苦即思家。
> <u>謝公古郡青山在，三尺孤墳撲海沙。</u>

（黃滔〈烏石村〉）〔註89〕

它屬於「往日江村」，而月、花、鳥卻都今景，便是變與不變的對比，它在其中扮演著「永恆」的意象。

因此山多取其「高」、「遠」與不動之形態，以表現出世、路途遙遠和時間的永恆。

（2）水

它，大抵是晚唐登臨詩中出現最多、最具變化的風景意象，或許因它的平凡，俯拾能見，幾乎登臨都有望水的傾向。水的變化性，在於它能急能緩，能大能小，能任意改變型態，故文人看水，並從中感受的情思都有所不同。

作爲表現「時間」的意象，看江河的滔滔不絕，即有「快」的意思，通過「快」，文人又體驗到時間流逝的迫切感，並將它套入生命與時代中，如：

> 青山長寂寞，南望獨高歌。四海故人盡，九原新壟多。
> 西沉浮世日，<u>東注逝川波</u>。不使年華駐，此生能幾何。

（于武陵〈感情〉）〔註90〕

〔註88〕《說文解字注》，第九篇下，頁 313
〔註89〕《全唐詩》，卷七百零五，頁 8119
〔註90〕《全唐詩》，卷五百九十五，頁 6894。

流水東去，正如同落日西沉一般，不稍停歇，令人想到自身，想到家國，遂有消逝之悲傷。

溪流涓涓，又令水帶「慢」之意，通過「慢」，又讓文人的情思進入一個緩慢的節奏，如：

當春人歸盡，我獨歸無計。送君自多感，不是緣下第……
佇立望不見，登高更流涕。吟君別我詩，悵望煙水際。

（曹鄴〈送厲圖南下第歸澧州〉）〔註91〕

誰家朱閣道邊開，竹拂欄干滿壁苔。
野水不知何處去，遊人卻是等閒來。
南山氣聳分紅樹，北闕風高隔紫苔。
可惜登臨好光景，五門須聽鼓聲迴。

（章碣〈城南偶題〉）〔註92〕

慢主要是閑的，閑又衍生出閑適與閑愁。「悵望煙水際」是送別時不捨，不欲下樓；「野水不知何處去」是心閑時，通過「慢」寫出與風景的隨性之遇。

「快」和「慢」是水的流動，然實際上它雖然不住逝去，又永無休止，故謂「不廢江河萬古流」，正是針對它「永恆」的特性，如：

城邊人倚夕陽樓，城上雲凝萬古愁。
山色不知秦苑廢，水聲空傍漢宮流。
李斯不向倉中悟，徐福應無物外遊。
莫怪楚吟偏斷骨，野煙蹤跡似東周。

（韋莊〈咸陽懷古〉）〔註93〕

在表現「永恆」中，水又都與山並存，它有著明顯的，後浪推前浪的變化，在整體上又是不變的，「君看渡口淘沙處，渡卻人間多少人」，一來一去，來去無窮，更能表現道體時間的規律。

作為一個「空間」意象，就登臨的視角，水主要是遠的，遠而煙

〔註91〕《全唐詩》，卷五百九十二，頁6868。
〔註92〕《全唐詩》，卷六百六十九，頁7650。
〔註93〕《全唐詩》，卷七百，頁8048。

波浩渺，遠至無窮無盡，文人通過望遠來言志，又是兩種情思。一者是從「遠」而寫志向的遠大；二者是寫行旅之「遠」，亦是故鄉之「遠」，言思念與酸楚，如：

> 南溟吞越絕，極望碧鴻濛。龍渡潮聲裏，雷喧雨氣中。
> 趙佗丘壟滅，馬援鼓聲空。遐想魚鵬化，開襟九萬風。
>
> （李群玉〈登蒲澗寺後二岩三首其三〉）〔註94〕

> 出守滄州去，西風送旆旌。路遙經幾郡，地盡到孤城。
> 拜廟千山綠，登樓遍海清。何人共東望，日向積濤生。
>
> （無可〈送呂郎中赴滄州〉）〔註95〕

兩者都通過登臨江海，表現一種度「遠」的渴望，不論是進是退，通過它的遙遠，都抒發詩人希望到達彼端的心情，而更多時候，又因為它的「慢」和「遠」的並現，叫人有遙遙無期之感。

因此水的變化萬千，能急能緩，令其在不同人的觀看中，亦生出不同的情思，為其意象豐富之原故。

（3）舟

舟，亦船，船循水而行，因為人有渡河、濟海的盼望，在「水」之下，衍生出的另一個於晚唐極常見的景物意象。水的特點是流動，那舟也是流動的，它主要是表現那欲進欲退的矛盾思想，此中它有兩個反覆出現的形象，一者是行舟，二者是漁舟，如：

> 君山南面浪連天，一客愁心兩處懸。
> 身逐片帆歸楚澤，魂隨流水向秦川。
> 月回浦北千尋雪，樹出湖東幾點煙。
> 更欲登樓向西望，北風催上洞庭船。
>
> （曹鄴〈旅次岳陽寄京中親故〉）〔註96〕

> 鳥在林梢腳底看，夕陽無際戍煙殘。
> 凍開河水奔渾急，雪洗條山錯落寒。

〔註94〕《全唐詩》，卷五百六十九，頁6587。
〔註95〕《全唐詩》，卷八百一十三，頁9149。
〔註96〕《全唐詩》，卷五百九十二，頁6871。

始爲一名拋故國，近因多難怕長安。

祖鞭掉折徒爲爾，贏得雲溪負釣竿。

（吳融〈登鸛雀樓〉）〔註97〕

行舟是進，故有急忙之意，又常訴說別離之情；漁舟則代表晚唐人不能實現的歸隱之志，正如時人好用東漢嚴子陵之事，釣舟、釣客都有此意。

水彷彿是一望無盡的，在「空間」無限中，舟又是可以在此通往無限的工具，如張華《博物志·雜說》謂：「舊說云，天河與海通。近世有人居海渚者，每年八月有浮槎去來，不失期，人有奇志，立飛閣于槎上，多齎糧、乘槎而去。」〔註98〕故在文人想像中，日月星辰都是在海的一方，於是舟亦擁有了渡向彼岸之意，如：

蒼茫空泛日，四顧絕人煙。半浸中華岸，旁通異域船。

島間應有國，波外恐無天。欲作乘槎客，翻愁去隔年。

（周繇〈望海〉）〔註99〕

當文人登臨，有「宵分憑檻望，應合見蓬萊」之感的同時，那像如此般的書寫就明顯地帶著超越塵世的渴望。如果說山的高處是仙、佛、隱的一個空間，那航向遠處的舟，就有著超越人生的意味，故如《莊子·山木》中有「虛舟」的形象，能渡往「建德之國」、「無何有之鄉」，象徵著內心世界的自由無執。

或如傅道杉先生所說，舟厚載著歷史的浮沉和人生的五味百態，它是一種從原始神話在情感與智慧的累積和延續，因爲它人們才能橫絕江河，到達彼岸。〔註100〕因爲象徵著人類心靈上的救贖、超越和歸去，任何對舟的渴望，都傳承著這模糊的暗示。

因此舟也利用了水的這些特性，既代表著進退，又和神話契合，

〔註97〕《全唐詩》，卷六百八十四，頁7850。

〔註98〕張華著，《博物志》，見於《博物志外七種》，（上海：上海古籍出版社，2012），頁40。

〔註99〕《全唐詩》，卷六百三十五，頁7292。

〔註100〕傅道杉著，《晚唐鐘聲：中國文學的原型批評》，（北京：東方出版社，1996），頁311～318。

蘊含一種超越的渴望。

（4）雲

雲，是仰首能見的物象，在晚唐登臨詩物象的高度濃縮下，相較前幾者，它並不算含意很豐富的意象，然猶有特別之處。作爲自然景物，它的「時間」與山、水同樣有著「永恆」的意蘊，如：

> 齊心樓上望浮雲，萬古千秋空姓名。
> 堯水永銷天際去，姬風一變世間平。
> 高蹤盡共煙霞在，大道長將日月明。
> 從此安然寰海內，後來無復譎相傾。
>
> （周樸〈望中懷古〉）〔註101〕

它似水一般，雲既來去無定，又萬古如一。

在「空間」特性上，雲主要是「高」和「遠」。《說文解字》曰：「雲，山川氣也。」〔註102〕其「高」盤繞於山中，又出於山上，故它又和山相近，有以高來寓意著閑適與隱逸，如：

> 曉上上方高處立，路人羨我此時身。
> 白雲向我頭上過，我更羨他雲路人。
>
> （姚合〈游天臺上方〉）〔註103〕
>
> 日日恐無雲可望，不辭逐靜望來頻。
> 共知亭下眠雲遠，解到上頭能幾人。
>
> （朱慶餘〈登望雲亭招友〉）〔註104〕

雲亦高潔，陶淵明〈歸去來辭〉謂：「雲無心以出岫，鳥倦飛而知返。」又王維〈文杏館〉謂：「不知棟裡雲，去作人間雨。」無心之物，是隱逸者的高情，故有「雲路」、「眠雲」之言，同時雲不單比水「慢」，而更比任何流動的東西都要「慢」，這也很好地用作表示閑散、無意的人生，故有「高情常逐白雲閑」、「閑雲遠水自相宜」等句，似乎

〔註101〕《全唐詩》，卷六百七十三，頁7701。
〔註102〕《說文解字注》，第十一篇下，頁410。
〔註103〕《全唐詩》，卷五百，頁5685。
〔註104〕《全唐詩》，卷五百一十四，頁5877。

沒有比雲更靜、更閑的意象了。

　　另外它亦有稀疏與稠密兩種姿態。稀疏是「慢」，是「散」，正是上文說的，多表現閑適之情；稠密者是天陰、將雨、欲雪之時，則多被文人用以抒發愁緒，如：

　　　　西北朝天路，登臨思上才。城閑煙草遍，村暗雨雲回。

　　　　人豈無端別，猿應有意哀。征南予更遠，吟斷望鄉臺。

　　　　　　（李商隱〈晉昌晚歸馬上贈〉）〔註105〕

又如「溪雲初起日沉閣」、「城上雲凝萬古愁」，這種雲一般不是最主要的意象，然其稠密又與其他意象並用，寄託濃而不能化之愁緒。

　　因此登高看雲，在心閑時能抒發逸志，悲傷時則能營造愁思輾轉之感。

（5）草

　　草，亦俯拾皆見之物，常見詩文之中，於時間與空間的觀察中，亦各具含意。

　　時間上它主要表現出「慢」，〈招隱士〉謂：「王孫遊兮不歸，春草生兮萋萋。」春來又綠的堅強生命力，彷彿歲歲如一，故多借抒發等待的漫長，如：

　　　　悠悠復悠悠，昨日下西州。西州風色好，遙見武昌樓……

　　　　他日相尋索，莫作西州客。西州人不歸，春草年年碧。

　　　　　　（溫庭筠〈西州詞〉）〔註106〕

登臨之時看到草色離離，想到秋去春人，而人獨未還，頃生悲意。

　　它有時也作為「永恆」的景物，來對襯人事風光的急速變化，如：

　　　　禮士招賢萬古名，高臺依舊對燕城。

　　　　如今寂寞無人上，春去秋來草自生。（汪遵〈燕臺〉）〔註107〕

〔註105〕《全唐詩》，卷五百四十一，頁6253。

〔註106〕《全唐詩》，卷五百七十七，頁6708。

〔註107〕《全唐詩》，卷六百零二，頁6955。

除了不變的特質，草也有覆蓋之意，彷如可覆盡那地下的曾經的繁華往事。

在空間上，草通常是「遠」且密的，詩人於抒情上的應用，往往來借著這形貌的特徵，營造出情思的漫延不斷之感，如：

> 江上層樓翠靄間，滿簾春水滿窗山。
>
> 青楓綠草將愁去，遠入吳雲暝不還。
>
> （李群玉〈漢陽太白樓〉）〔註108〕

草的不盡，也使詩人想起平生追求與失意的無數，如遠到天邊。故愁者見草，便每以草來比愁，頃有「恨如春草多」、「芳草何年恨即休」之嘆息。

因此草在「慢」與「遠」的特性下，能寓意思念之不盡、對比變化之無窮，在情感抒發上也起連綿不絕之作用。

（6）雨

雨，畢竟有水的特性，它的含味也較豐富。《說文解字》曰：「雨，水從雲下也。」〔註109〕「下」有大有小，代表的意味各有不同，而文人對它的觀察與描寫，主要在雨中及雨後，由此代表著兩種不同的情景。

從它的形貌看，細雨主要是連綿不盡的又清涼的，既能寫閑情，又能寫苦悶，如：

> 南朝謝朓城，東吳最深處。亡國去如鴻，遺寺藏煙塢……
>
> 閱景無旦夕，憑闌有今古。留我酒一樽，前山看春雨。
>
> （杜牧〈題宣州開元寺〉）〔註110〕
>
> 閑閣雨吹塵，陶家揖上賓。湖山萬疊翠，門樹一行春。
>
> 景遍歸簷燕，歌喧已醉身。登臨興不足，喜有數來因。
>
> （項斯〈聞友人會裴明府縣樓〉）〔註111〕

〔註108〕《全唐詩》，卷五百七十，頁6609。

〔註109〕《說文解字注》，第十一篇下，頁407。

〔註110〕《全唐詩》，卷五百二十，頁5947。

〔註111〕《全唐詩》，卷五百五十四，頁6419。

兩者都是借細雨輕搖，淡淡的、孤獨的表示喜悅或悲傷。

至於寫大雨者，卻多是傾向悲傷的，如：

衡門無事閉蒼苔，籬下蕭疏野菊開。
半夜秋風江色動，滿山寒葉雨聲來。
雁飛關塞霜初落，書寄鄉閭人未回。
獨坐高窗此時節，一彈瑤瑟自成哀。

（劉滄〈秋夕山齋即事〉）〔註112〕

當然是秋雨及春雨的分別，秋氣蕭殺，「滿山」的雨打葉而來，除了悲傷，也是蕭條之象。

固然文人在雨中所感受的，於雨後可能亦相同，特別是雨後的蕭條，打碎滿樹花葉，打落幾片敗瓦，在「傷春」、「悲秋」或是懷古之作中並不少見，此不舉例。值得提及的，是雨還作為一種「甘雨」、「喜雨」的形象，如：

宿雨川原霽，憑高景物新。陂痕侵牧馬，雲影帶耕人。

（司空圖〈即事九首其一〉）〔註113〕

獨尋春色上高臺，三月皇州駕未回。
幾處松筠燒後死，誰家桃李亂中開。
奸邪用法原非法，唱和求才不是才。
自古浮雲蔽白日，洗天風雨幾時來。

（薛能〈漢南春望〉）〔註114〕

前者詩人在雨後的清新，在萬物一新般的風景中得到喜悅，如「暖風醫病草，甘雨洗荒村」、「海雨洗煙埃，月從空碧來」等；後者則以雨後洗滌塵埃之意，比作對蕭清天地的期望。此中不難發現詩人對雨的感情是複雜的，它既如磨難，又能清洗萬物。

因此雨的形象是能大能細，既能滋潤，又同時能摧殘生命，故作為意象而言，它也能抒寫悲喜。

〔註112〕《全唐詩》，卷五百八十六，頁6789。
〔註113〕《全唐詩》，卷六百三十二，頁7254。
〔註114〕《全唐詩》，卷五百五十九，頁6484。

（7）鳥

鳥，是一個意象群。只要仰望天際，或在高處下視林木、水岸，都經常能發現鳥的蹤影，登臨詩亦多見此意象。而其所以是意象群，因爲除了使用最多的，以「鳥」作爲其統稱之外，也由不同品種的鳥類組合而成，故含意豐富。

就「鳥」的形象來看，登臨者所望見的，主要是在空中飛翔之態，因爲登臨是靜態的，所以目送飛鳥定有急速，即主觀時間「快」的感受，如「鳥去鳥來山色裡」、「天邊飛鳥東西沒」，同時它又是「高」與「遠」的，如「高鳥閑雲滿目前」、「白鳥翩翩下夕陽」，因此，奐多象徵著忙碌的去來，即文人的仕進與隱退，如：

> 點點抱離念，曠懷成怨歌。高臺試延望，落照在寒波。
> <u>此地芳草歇，舊山喬木多。悠然暮天際，但見鳥相過。</u>

（馬戴〈晚眺有懷〉）〔註115〕

> 翠煙如鈿柳如環，晴倚南樓獨看山。
> 江國草花三月暮，帝城塵夢一年間。
> <u>虛舟尚歎縈難解，飛鳥空慚倦未還。</u>
> 何以不羈詹父伴，睡煙歌月老潺潺。

（崔櫓〈春晚岳陽言懷二首其二〉）〔註116〕

「鳥相過」比喻作同爲功名奔波之人，其指進；「倦未還」以鳥的日暮而歸，反寫自己也如倦鳥一般，卻不能回去，其指退。

同樣鳥作爲自然的動物，它也能表現自然的生命力，及詩人的閑情，如「野花相笑落滿地，山鳥自驚啼傍人」、「苔點落花微萼在，葉藏幽鳥碎聲閑」、「閑花半落猶迷蝶，白鳥雙飛不避人」等，春鳥、水鳥都往往帶有歡快的形象，爲春色增添穠麗之美。

再細分來看，諸如鴻雁、鷗鷺、鶴，於詩中亦頗常見。

鴻雁爲候鳥，每爲過多飛到南方，待春暖而北歸，《彤弓之什·

〔註115〕《全唐詩》，卷五百五十六，頁6454。
〔註116〕《全唐詩》，卷五百六十七，頁6566。

鴻雁》謂：「鴻雁於飛，肅肅其羽。之子于征，劬勞於野。爰及矜人，哀此鰥寡。」〔註117〕因此它代表別離，又是傳達思念，如：

> 日落野原秀，雨餘雲物閒。清時正愁絕，高處正躋攀。
> 京洛遙天外，江河戰鼓間。<u>孤懷欲誰寄，應望塞鴻還。</u>
>
> （吳融〈登途懷友人〉）〔註118〕

> 瘴雨過屏顏，危邊有徑盤。壯堪扶壽嶽，靈合置仙壇。
> <u>影北鴻聲亂，青南客道難。</u>他年思隱遁，何處憑闌幹。
>
> （齊己〈迴雁峰〉）〔註119〕

「望塞鴻還」既喻羈浮之人，又是鴻雁能送遞書信，傳達思念。「鴻聲亂」則是帶出「客道難」之意，謂失群孤飛。

　　鷗鷺，即水鳥，其形象多承《列子·黃帝》之意：「海上之人有好漚鳥者，每旦之海上，從漚鳥游，漚鳥之至者百住而不止。其父曰：吾聞漚鳥皆從汝游，汝取來，吾玩之。明日之海上，漚鳥舞而不下也。」〔註120〕故言鷗鷺者，俱取其忘機之意，如：

> 仙郎倦去心，鄭驛暫登臨。水色瀟湘闊，沙程朔漠深。
> <u>鷁舟時往復，鷗鳥恣浮沉。</u>更想逢歸馬，悠悠嶽樹陰。
>
> （李商隱〈寄和水部馬郎中題興德驛時昭義已平〉）〔註121〕

鷗鷺的「忘機」，寓意拋棄世間的名利是非，即精神亦身體上的自由，是作為歸去、隱逸的意象。它明顯地與水有著關係，與雁的南北往來，或者鳥的朝飛暮歸，迫切而規律的生活不同，在無際的海中它任意遨翔，往更遠更高。

　　鶴，其有隱者之意，如《彤弓之什·鶴鳴》云：「鶴鳴於九皋，聲聞於野。」〔註122〕又有神仙色彩，以為駕鶴能夠飛升，如葛洪《神

〔註117〕《詩經集注》，卷五，頁95。
〔註118〕《全唐詩》，卷六百八十六，頁7881。
〔註119〕《全唐詩》，卷八百四十三，頁9524。
〔註120〕列禦寇著，楊伯峻撰，《列子集釋》，（臺北：明倫出版社，1970），卷二，頁41。
〔註121〕《全唐詩》，卷五百四十一，頁6229。
〔註122〕《詩經集注》，卷五，頁97。

仙傳‧茅君》記載：「三君各乘一白鶴，集於峰頂也。」〔註123〕然通過山的空間意義，將仙與隱連接起來，鶴主要表達清靜、無爲的心境，及仙隱生活之情趣，如：

> 獨步危梯入杳冥，天風瀟灑拂簷楹。
> 禹門煙樹正春色，少室雲屛向晚晴。
> 花落院深淸禁閉，水分川闊綠蕪平。
> <u>瑣窗朱檻同仙界，半夜緱山有鶴聲。</u>
>
> （劉滄〈登龍門敬善寺閣〉）〔註124〕

「緱山」指成仙之地，劉向《列仙傳‧王子喬》記載：「王子喬者，周靈王太子晉也……十餘年後，求之於山上，見桓良曰：告我家，七月七日待我於緱氏山巓。至時，果乘白鶴駐山頭，望之不得到，舉手謝時人，數日而去。」〔註125〕此借寫詩人有學道與隱逸之志。

因此鳥意象是多變的，主要取象於它飛翔來去的特徵，以表進退之意。

（8）蟬

蟬，夏秋之蟲。《莊子‧逍遙遊》謂：「蟪蛄不知春秋。」〔註126〕爲之夏蟬，而《禮記‧月令》謂：「孟秋之月……涼風至，白露降，寒蟬鳴。」〔註127〕寒蟬又作蜺，爲之秋蟬。蟬依附於樹幹之上，登臨固不可見，對牠的感受主要是來自聲音。

夏蟬的聲音急促而嘹亮，特別是仲夏之時，「蟬始鳴，半夏生，木堇榮。」〔註128〕然春種、夏耕，夏作爲一個生命力強盛的季節，是進取、繁忙的，《唐國史補》謂：「退而肄業，謂之過夏。執業以

〔註123〕《新譯神仙傳》，卷五，頁147。
〔註124〕《全唐詩》，卷五百八十六，頁6790。
〔註125〕劉向著，張金嶺注譯，《新譯列仙傳》，（臺北：三民書局，2004），卷上，頁91。
〔註126〕《莊子集解》，頁11。
〔註127〕《禮記正義》，頁321～322。
〔註128〕《淮南子注》，卷五，頁75。

出，謂之過夏。」〔註129〕夏於文人的生活中，亦繁忙時刻，故登言聞蟬，其聲多惹催逼之感，如：

　　　　高樓上長望，百里見靈山。雨歇河珠定，雲開谷鳥還。
　　　　田苗映林合，牛犢傍村閒。始得消憂處，蟬聲催入關。

　　　　（李郢〈夏日登信州北樓〉）〔註130〕

秋蟬者，如李淖《秦中歲時記》謂：「進士下第，當年七月，復獻新文求拔解，故曰：槐花黃，舉子忙。」〔註131〕秋蟬亦同有此意，如：

　　　　鼓角迎秋晚韻長，斷虹疏雨間微陽。
　　　　兩條溪水分頭碧，四面人家入骨涼。
　　　　獨鳥歸時雲闢迴，殘蟬急處日爭忙。
　　　　他年若得壺中術，一簇汀洲盡貯將。

　　　　（吳融〈湖州晚望〉）〔註132〕

詩人在登臨中，在高處空間的無礙中，聲音於四面八方傳來，令他們本為消憂的登臨又須匆匆結束，蟬就起著相警的作用，在和諧的風光中，它的出現都打破詩人平靜閑暇的心境。

　　秋蟬、寒蟬、殘蟬的叫聲欲歇而不絕，象徵了生命從盛鼎轉入衰敗，如李商隱〈柳〉謂：「如何肯到清秋日，已帶斜陽又帶蟬。」它的含意明顯地與暮色、夕陽相等同，見於自我描寫之上，代表著貧苦、艱困，見於風物描寫之上，則代表著破落、蕭散，如：

　　　　風細酒初醒，憑欄別有情。蟬稀秋樹瘦，雨盡晚雲輕。
　　　　旅鬢一絲出，鄉心寸火生。子牟魂欲斷，何日是升平。

　　　　（李咸用〈遣興〉）〔註133〕

　　　　嶽北秋空渭北川，晴雲漸薄薄如煙。
　　　　坐來還見微風起，吹散殘陽一片蟬。

　　　　（司空圖〈攜仙籙九首其一〉）〔註134〕

〔註129〕《新校唐國史補》，卷下，頁56。
〔註130〕《全唐詩》，卷五百九十，頁6847。
〔註131〕李淖著，《秦中歲時記》，見於，《歲時習俗研究資料彙編》，第三十冊，頁2。
〔註132〕《全唐詩》，卷六百八十六，頁7883。
〔註133〕《全唐詩》，卷六百四十五，頁7390。

可見秋蟬多與暮色同寫，它是秋、暮這些大意象下的風景，它的聲嘶力竭，也和秋色、夕陽這欲盡而未盡的景物相似，屬於消逝、晚年情懷的部分。

因此蟬既代表了仕途、行旅的艱辛忙碌，而秋日之蟬，又添上衰颯之意。

四、風格呈現

若說技巧、意象都是零散，與構成整篇的部件，那風格就是將其結合，借著寫景狀情，意象群的組合，在字裡行間表現出一個整體的意境，讀者亦從感受其整體而得之。風格是多樣性的，不同文人筆下會有別樣呈現，清朗者可以暢懷，淒苦者令人興悲，每種風格都能帶給讀者不同的觸動與審美旨趣，何況登臨所見景物萬千，知誠如劉勰之謂：「亦各有美，風格存焉。」〔註 135〕

（一）險峻壯闊

姚鼐〈復魯絜非書〉謂：「天地之道，陰陽剛柔而已。文者，天地之精英，而陰陽剛柔之發也。」〔註 136〕陽剛之美直接體現在壯健、宏闊的意境中，它又以「大」、「高」、「遠」、「闊」，以「天蒼蒼，野茫茫」，一望間而萬象包覽，使人神氣激盪，歐陽修〈游鯈亭記〉謂：「夫壯者之樂，非登崇高之丘，臨萬里之流，不足以為適。」晚唐登臨詩的險峻壯闊，一者是抒發豪壯之氣，二者則由登臨之風景所致，卻未必具壯闊之情，然以後者更多。

如杜牧的〈獨酌〉：

> 長空碧杳杳，萬古一飛鳥。生前酒伴閑，愁醉閑多少。
> 煙深隋家寺，殷葉暗相照。獨佩一壺游，秋毫泰山小。
>
> 〔註 137〕

〔註 134〕《全唐詩》，卷六百三十三，頁 7268。
〔註 135〕《文心雕龍讀本》，上冊，頁 442。
〔註 136〕姚鼐著，《惜抱軒詩文集》，（上海：上海古籍出版社，1992），頁 93。
〔註 137〕《全唐詩》，卷五百二十，頁 5945。

詩既寫閑情，又在閑情中透露出不平之氣，「閑」愁並無打垮詩人的志氣，「獨佩一壺游，秋毫泰山小」，在獨飲獨遊中，仍有俯視天下的氣慨，不得意時仍不減豪邁。

又李商隱的〈城上〉：

> 有客虛投筆，無憀獨上城。沙禽失侶遠，江樹著陰輕。
> 邊遽稽天討，軍須竭地征。賈生遊刃極，作賦又論兵。
> 〔註138〕

同樣是失意之作，頷聯也叫人鬱結，然頸聯語勢一轉言邊亂之事，也使前一聯的含義，由人生轉到家國，洗脫悲傷。尾聯比賈誼，詩人驕傲地表示縱文才不爲時所用，猶有勇略可挽國危，「稽天討」、「竭地征」是多麼豪壯之語。

同樣能表現出險峻壯闊之意趣的詩句，如：

> 日月光先見，江山勢盡來。(張祜〈題潤州甘露寺〉)(卷五百一十)
> 龍渡潮聲裡，雷喧雨氣中。(李群玉〈登蒲澗寺後二岩三首其三〉)
> (卷五百六十九)
> 幾層高鳥外，萬仞一樓中。(許棠〈汝州郡樓望嵩山〉)(卷六百零三)
> 京洛遙天外，江河戰鼓間。(吳融〈登途懷友人〉)(卷六百八十六)
> 白日地中出，黃河天外來。(張蠙〈登單于臺〉)(卷七百零二)
> 虹截半江雨，風驅大澤雲。(王貞白〈雨後從陶郎中登庾樓〉)(卷七百零一)
> 鮮飆出海魚龍氣，晴雪噴山雷鼓聲。(朱慶餘〈觀濤〉)(卷五百一十五)
> 垂樓萬幕青雲合，破浪千帆陣馬來。(杜牧〈懷鐘陵舊遊四首其二〉)(卷五百二十三)
> 江村夜漲浮天水，澤國秋生動地風。(許渾〈漢水傷稼〉)(卷五百三十五)

〔註138〕《全唐詩》，卷五百四十一，頁6249。

豺狼毳幕三千帳，貔虎金戈十萬軍。(韓琮〈京西即事〉)(卷五百六十五)

笳吹遠戍孤烽滅，雁下平沙萬里秋。(翁綬〈關山月〉)(卷六百)

綠崖下視千萬尋，青天隻據百餘尺。(邵謁〈紫閣峰〉)(卷六百零五)

紫煙橫捧大舜廟，黃河直打中條山。(李山甫〈蒲關西道中作〉)(卷六百三十四)

万里山河唐土地，千年魂魄晉英雄。(羅隱〈登夏州城樓〉)(卷六百五十七)

風雲會處千尋出，日月中時八面明。(周樸〈福州神光寺塔〉)(起六百七十三)

橫軒水壯蛟龍府，倚棟星開牛斗宮。(陳陶〈登寶曆寺閣〉)(卷七百四十六)

翠屏橫截萬裏天，瀑水落深千丈玉。

雲梯石磴入杳冥，俯看四極如中庭。

須臾到絕頂，似鳥穿樊籠。恐足蹈海日，疑身凌天風。眾岫點巨浸，四方接圓穹……激雷與波起，狂電將日紅。磬磬雨點大，金髇轟下空。暴光隔雲閃，仿佛互天龍。(皮日休〈太湖詩·縹緲峰〉)(卷六百一十)

登樓禮東君，旭日生扶桑。毫釐見蓬瀛，含吐金銀光。

草木露未晞，蜃樓氣若藏。欲游蟠桃國，慮涉魑魅鄉。

(陳陶〈蒲門戍觀海作〉)(卷七百四十五)

這些詩句都通過空間的宏闊，或景物的廳大，來呈現如逼於目前，如來而不盡的壯闊之美，其多用日、月、山、海、河、風等物象表現。

（二）沖淡自然

司空圖〈二十四詩品·沖淡〉謂：「素處以默，妙機其微。飲之太和，獨鶴與飛。猶之惠風，荏苒在衣。閱音修篁，美曰載歸。遇之

匪深，即之愈希。脫有形似，握手已違。」〔註139〕它的表現在於人
處於虛靜、淡泊的精神境界中，顯示出優遊不迫的雅致閑情，而寫景
上則多取材於自然風光的純樸之美。

如項斯的〈杭州江亭留題登眺〉：

處處日馳銷，憑軒夕似朝。漁翁閑鼓棹，沙鳥戲迎潮。

樹間津亭密，城連塢寺遙。因誰報隱者，向此得耕樵。

〔註140〕

詩歌中借「漁翁」、「沙鳥」來寫黃昏下的自然之美，而從平淡的風
光，由「津亭」到「塢寺」慢慢的視覺的遊移，營造出心理時間的
「慢」，遂與尾聯的「隱者」、「耕樵」的精神境界相契合，又以日落
的「快」來比照自我的「慢」，更顯得閑曠幽靜。

又許彬的〈遊頭陀寺上方〉：

高步陟崔嵬，吟閒路惜回。寺從何代有，僧是梵宮來。

暮靄連沙積，餘霞逼檻開。更期招靜者，長嘯上方臺。

〔註141〕

與大多登寺詩相似，詩人從登與臨中得到心靈的安寧與自然的快
樂，「寺從何代有」又進入一種遙遠的時間意識中，時間的極「慢」，
為寺院增加了古樸、幽深之感，至於「招靜者」和「長嘯」更是表
現出詩人心樂神定，遊心於禪境之內。

同樣能表現出沖淡自然之意趣的詩句，如：

鳥窮山色去，人歇樹陰中。（姚合〈夏日登樓晚望〉）（卷五百）

竹影臨經案，松花點衲衣。（章孝標〈西山廣福院〉）（卷五百零六）

潤壁鳥音迴，泉源僧步閑。（張祜〈題南陵隱靜寺〉）（卷五百一十）

鳧鵠下寒渚，牛羊歸遠村。（杜牧〈陵陽送客〉）（卷五百二十六）

每見晨光曉，階前萬井煙。（朱景玄〈四望亭〉）（卷五百四十七）

〔註139〕《全唐詩》，卷六百三十三，頁7283。

〔註140〕《全唐詩》，卷五百五十四，頁6418。

〔註141〕《全唐詩》，卷六百七十八，頁7764。

煙濕高吟石，雲生偶坐痕。（薛能〈詠島〉）（卷五百五十八）

晴明中雪嶺，煙靄下漁舟。（于興宗〈夏杪登越王樓臨涪江望雪山，寄朝中知友〉）（卷五百六十四）

山光來戶牖，江鳥滿汀洲。（劉璐〈洋州于中丞頃牧左綿題詩越王樓上朝賢繼和輒課四韻〉）（卷五百六十四）

野田青牧馬，幽竹暖鳴禽。（李郢〈酬劉谷立春日吏隱亭見寄〉）（卷五百九十）

沙鳥晴飛遠，漁人夜唱閒。（鄭穀〈題杭州樟亭〉）（卷六百七十四）

疏鐘搖雨腳，秋水浸雲容。（子蘭〈華嚴寺望樊川〉）（卷八百二十四）

更尋花發處，借月過前灣。（貫休〈晚望〉）（卷八百三十七）

行到月宮霞外寺，白雲相伴兩三僧。（盧肇〈登祝融寺蘭若〉）（卷五百五十一）

草中白道穿村去，樹裡清溪照郭流。（方干〈登新城縣樓贈蔡明府〉）（卷六百五十）

野水不知何處去，遊人卻是等閒來。（章碣〈城南偶題〉）（卷六百六十九）

盡日捲簾江草綠，有時敧枕雪峰晴。（吳融〈太保中書令軍前新樓〉）（卷六百八十六）

看看水沒來時路，漸漸雲藏望處山。（杜荀鶴〈春日登樓遇雨〉）（卷六百九十二）

閒思宋杜題詩板，一日憑欄到夜休。（齊己〈懷道林寺道友〉）（卷八百四十六）

這些詩句都似與自然風物不期而遇，隨手寫來，故樸素而味遠，讀之令人安祥靜謐，洗刷塵心，其多用雲、水、鳥、煙、草、鐘等物象表現。

（三）纖巧穠麗

纖穠是一種鮮明視覺感受，王明居先生謂：「纖，指紋理細密。穠，是色澤葱鬱。它質地細，密度大，色彩濃，組合勻。它像鏡湖

蕩起的陣陣漣漪，它似垂楊蔽日的濃陰，它如碧桃滿樹的果林。」
〔註142〕因此在物象中的描寫中，它是豐滿的、絢爛的、熱烈的，在富有情意的同時，總能夠奪人眼目。

如李商隱的〈落花〉：

> 高閣客竟去，小園花亂飛。參差連曲陌，迢遞送斜暉。
>
> 腸斷未忍掃，眼穿仍欲歸。芳心向春盡，所得是沾衣。
>
> 〔註143〕

詩寫暮春之時，詩人獨立閣上，看花雨紛飛之際。而全詩的穠麗之美，都緊扣著花的「亂飛」，彷彿亂而冥冥有序，飛在小園之內，飛到曲陌之間，飛往斜暉之後，飛到衣裳之上。若說暮春之花最香、最豔，那詩人筆下徘徊不去的落花，則使整片空間都充滿了膩白深紅，不知何處無花，何處無香，濃郁得叫人迷醉。

高駢的〈錦城寫望〉：

> 蜀江波影碧悠悠，四望煙花匝郡樓。
>
> 不會人家多少錦，春來盡掛樹梢頭。〔註144〕

詩寫在新春之際，山水與煙花表現出萬物一新的生命力，而此時，織布的人家也紛紛將錦掛到樹上，《說文解字》曰：「錦，襄色織文也。」〔註145〕和以花與碧水一併見於樓上，錦掛梢頭彷彿分不清是花是錦，五色雜陳令人目不暇給。

同樣能表現出纖巧穠麗之意趣的詩句，如：

> 蝶影下紅藥，鳥聲喧綠蘿。（許渾〈潼關蘭若〉）（卷五百三十）
>
> 眾籟凝絲竹，繁英耀綺羅。（許渾〈郁林寺〉）（卷五百三十一）
>
> 霞焰侵旌旆，灘聲雜管弦。（姚鵠〈奉和祕監從翁夏日陝州河亭晚望〉）（卷五百五十三）

〔註142〕 王明居撰，〈談詩風格——雋永、沉鬱、纖穠、沖淡、通俗、典雅、自然〉，見於周振甫等著，《詩文鑑賞方法二十講》，（臺北：國文天地雜誌社，1989），頁116。

〔註143〕《全唐詩》，卷五百三十九，頁6165。

〔註144〕《全唐詩》，卷五百九十八，頁5923。

〔註145〕《說文解字注》，第七篇下，頁250。

無限燕趙女，吹笙上金梯。(曹鄴〈四望樓〉)(五百九十二)

煙中獨鳥下，潭上雜花熏。(歐陽玭〈新嶺臨眺寄連總進士〉)(卷
六百)

仗凝霜彩白，袍映日華紅。(林寬〈省試臘後望春宮〉)(卷六百
零六)

暮靄連沙積，餘霞逼檻開。(許彬〈遊頭陀寺上方〉)(卷六百七
十八)

津橋春水浸紅霞，煙柳風絲拂岸斜。(雍陶〈天津橋春望〉)(卷
五百一十八)

千里鶯啼綠映紅，水村山郭酒旗風。(杜牧〈江南春絕句〉)(卷
五百二十二)

千里嘉陵江水色，含煙帶月碧於南。(李商隱〈望喜驛別嘉陵
江水二絕其二〉)(卷五百三十九)

玉皇夜入未央宮，長火千條照棲烏。(溫庭筠〈走馬樓三更曲〉)
(卷五百七十六)

香風滿閣花滿樹，樹樹樹梢啼曉鶯。(劉象〈曉登迎春閣〉)(卷
五百八十五)

看著四時花競發，高樓從此莫垂簾。(司空圖〈蓮峰前軒〉)(卷
六百三十三)

一縣繁花香送雨，五株垂柳綠牽風。(方干〈同蕭山陳長官縣
樓登望〉)(卷六百五十一)

煙凝遠岫列寒翠，霜染疏林墮碎紅。(顧在熔〈題光福上方塔〉)
(卷六百六十七)

黃金鸂鶒當筵睡，紅錦薔薇影燭開。(章碣〈陪浙西王侍郎夜
宴〉)(卷六百六十九)

錦江風散霏霏雨，花市香飄漠漠塵。(韋莊〈奉和左司郎中春
物暗度感而成章〉)(卷七百)

金鐸撼風天樂近，仙花含露瑞煙開。(貫休〈蜀王登福感寺塔
三首其三〉)(卷八百三十五)

這些詩句多寫春天景物，包括花、鳥、雨，或寫宴樂的歡愉，既是自然亦能是人為之美，而在豐富、穠麗的聲色中，令讀者感受到生命的流動，從而獲得喜悅，其多用花、鳥、華燈、絲竹等物象表現。

（四）蕭條衰颯

葉燮《原詩・外篇下》謂：「然衰颯之論，晚唐不辭。若以衰颯為貶，晚唐不受也。」又：「晚唐之詩，秋花也。江上之芙蓉，籬邊之叢菊，極幽豔晚香之韻，可不為美乎。」〔註146〕正如李商隱〈宿駱氏亭寄懷崔雍崔袞〉謂：「秋陰不散霜飛晚，留得枯荷聽雨聲。」這為晚唐氣象下共同的審美旨趣，在諸種風格中佔主導地位，要表現的恰如秋江芙蓉，是將謝而未謝，既破落清冷，卻又殘留著些許晚香的衰颯之美，如劉滄的〈秋日過昭陵〉：

> 寢廟徒悲劍與冠，翠華龍馭杳漫漫。
> 原分山勢入空塞，地匝松陰出晚寒。
> 上界鼎成雲縹緲，西陵舞罷淚闌杆。
> 那堪獨立斜陽裏，碧落秋光煙樹殘。〔註147〕

詩人登望所見盡是一片頹敗，先帝長眠處只有空谷老松相伴，「上界」、「西陵」說人間的繁華已盡，而尾聯的「斜陽」、「煙樹」，甚至連「秋光」亦將殘，彷彿已無半點生息。唐人詩中不乏寫昭陵之作，但如此淒涼、蕭索亦著實罕見，彷彿已作前朝看待。

又韋莊〈下邽感舊〉：

> 昔為童稚不知愁，竹馬閒乘遠縣遊。
> 曾為看花偷出郭，也因翹課暫登樓。
> 招他邑客來還醉，儌得先生去始休。
> 今日故人何處問，夕陽衰草盡荒丘。〔註148〕

《大平廣記・幼敏》謂：「韋莊幼時，常在華州下邽縣僑居，多與鄰

〔註146〕　葉燮著，《原詩》，見於丁福保編，《清詩話》，（臺北：明倫出版社，1971），頁605。
〔註147〕　《全唐詩》，卷百八十六，頁6799。
〔註148〕　《全唐詩》，卷七百，頁8054。

巷諸兒會戲。及廣明亂後，再經舊裡，追思往事，但有遺蹤，因賦詩以紀之。」〔註 149〕詩人回想那不識干戈的時代，狎玩交遊，「竹馬」、「看花」充滿浪漫，而現在卻只見「夕陽」、「衰草」。通過時間壓縮，昔日的「登樓」彷彿與今重合，然風景卻是由極歡變爲極悲，似是驀然回首，今日蕭條之感尤爲強烈。

　　同樣能表現出蕭條衰颯之意趣的詩句，如：

斜陽諸嶺暮，古渡一僧歸。（姚鵠〈嘉川驛樓晚望〉）（卷五百五十三）

丘墳與城闕，草樹共塵埃。（馬戴〈白鹿原晚望〉）（卷五百五十六）

古樹雲歸盡，荒臺水更流。（趙嘏〈宿靈岩寺〉）（卷五百九十四）

何人垂白髮，一葉釣殘陽。（司馬紮〈漾陂晚望〉）（卷五百九十六）

水隨空谷轉，山向夕陽偏。（許棠〈隗囂宮晚望〉）（卷六百零四）

殘照明天闕，孤砧隔禦溝。（王貞白〈九日長安作〉）（卷七百零一）

看取漢家何事業，五陵無樹起秋風。（杜牧〈登樂遊原〉）（卷五百二十一）

陶公戰艦空灘雨，賈傅承塵破廟風。（李商隱〈潭州〉）（卷五百三十九）

幾處松筠燒後死，誰家桃李亂中開。（薛能〈漢南春望〉）（卷五百五十九）

雲夢夕陽秋裡色，洞庭春浪坐來聲。（崔櫓〈春晚岳陽言懷二首其二〉）（卷五百六十七）

風淒日冷江湖晚，駐目寒空獨倚樓。（李群玉〈江樓閑望懷關中親故〉）（卷五百六十九）

半夜秋風江色動，滿山寒葉雨聲來。（劉滄〈秋夕山齋即事〉）（卷五百八十六）

沙渚漁歸多濕網，桑林蠶後盡空條。（李頻〈鄂州頭陀寺上方〉）（卷五百八十七）

〔註 149〕《太平廣記》，卷一百七十五，頁 1306。

廢苑池臺煙裡色，夜村蓑笠雨中聲。（陸龜蒙〈潤州送人往長洲〉）（卷六百二十四）

細雨不藏秦樹色，夕陽空照渭河流。（鄭谷〈渭陽樓閒望〉）（卷六百七十六）

愁看地色連空色，靜聽歌聲似哭聲。（司空圖〈浙上二首其二〉）（卷六百三十二）

四望交親兵亂後，一川風物笛聲中。（司空圖〈重陽山居〉）（卷六百三十二）

灘頭鷺佔清波立，原上人侵落照耕。（韋莊〈題盤豆驛水館後軒〉）（卷六百九十五）

滿目暮雲風卷盡，郡樓寒角數聲長。（子蘭〈晚景〉）（卷八百二十四）

這些詩句多通過夕陽、秋風，或荒涼廢置的景象來表現出慘淡之美，另一面它又蘊含著明顯的淒楚，讓讀者感受詩人的悲劇人生時，獲取審悲的快感，其多用夕陽、秋色、風、雨、蟬等物象表現。

（五）明淨空靈

蘇東坡〈赤壁賦〉云：「桂棹兮蘭槳，擊空明兮泝流光。」空明者，正如在晚江之上輕拍蘭槳、撥弄清波，在幽靜之中欣賞光華飄動之美。它是潔淨、晶瑩的，在玲瓏透透之中一塵不染，如〈春江花月夜〉裡，「江天一色無纖塵，皎皎空中孤月輪」的境界；又彷彿是孤獨的，是在極度虛靜中洗刷心靈的塵壤。

如段成式的〈觀山燈獻徐尚書三首其一〉：

風杪影淩亂，露輕光陸離。如霞散仙掌，似燒上峨嵋。

道樹千花發，扶桑九日移。因山成眾像，不復藉蟠螭。

〔註150〕

詩人於上元佳節登樓看燈，微丟吹來，露珠欲滴，光影搖曳，「仙掌」、「峨嵋」是色彩的變化，驟如千樹花發，九日移景。通過彷彿

〔註150〕《全唐詩》，卷五百八十四，頁6766。

來往人間與仙境般的描寫，虛實並置目前，畫出燈火的虛幻，如黑夜中的萬點星光，美得令人語默忘懷。

又唐彥謙的〈中秋夜玩月〉：

> 一夜高樓萬景奇，碧天無際水無涯。
> 只留皎月當層漢，並送浮雲出四維。
> 霧靜不容玄豹隱，冰生惟恐夏蟲疑。
> 坐來離思憂將曉，爭得嫦娥仔細知。〔註151〕

此詩則全寫月色，「天無際」、「水無涯」，從側面顯示月光的無垠，「當層漢」、「出四維」亦謂其高遠不測，「霧」是月照的明定，「冰」是光華的皎皛。整片空間中彷彿只剩下月光，照遍天空、大海，灑透了高樓的「萬景」。

同樣能表現出明淨空靈之意趣的詩句，如：

> 身去銀河近，衣沾玉露寒。（顧非熊〈月夜登王屋仙壇〉）（卷五百零九）
>
> 浦外傳光遠，煙中結響微。（李商隱〈如有〉）（卷五百四十一）
>
> 水光籠草樹，練影掛樓臺。（李群玉〈中秋越臺看月〉）（卷五百六十九）
>
> 氣冷魚龍寂，輪高星漢幽。（李群玉〈中秋夜南樓寄友人〉）（卷五百六十九）
>
> 勢異昆岡發，光疑玄圃生。（溫庭皓〈觀山燈獻徐尚書三首其一〉）（卷五百九十七）
>
> 地出浮雲上，星搖積浪中。（許棠〈宿靈山蘭若〉）（卷六百零四）
>
> 月上人隨意，人閑月更清。（崔道融〈月夕〉）（卷七百一十四）
>
> 海面雲生白，天涯墮晚光。（齊己〈遠思〉）（卷八百三十八）
>
> 九峰聚翠宿危檻，一夜孤光懸冷沙。（張祜〈和杜使君九華樓見寄〉）（卷五百一十一）
>
> 青女素娥俱耐冷，月中霜裡鬥嬋娟。（李商隱〈霜月〉）（卷五

〔註151〕《全唐詩》，卷六百七十二，頁7691。

百三十九）

星沉海底當窗見，雨過河源隔座看。（李商隱〈碧城三首其一〉）
（卷五百三十九）

殘星幾點雁橫塞，長笛一聲人倚樓。（趙嘏〈長安晚秋〉）（卷
五百四十九）

獨上江樓思渺然，月光如水水如天。（趙嘏〈江樓感舊〉）（卷
五百五十）

斜笛夜深吹不落，一條銀漢掛秋天。（李群玉〈秋登涔陽城二
首其二〉）（卷五百七十）

月回浦北千尋雪，樹出湖東幾點煙。（曹鄴〈旅次嶽陽寄京中
親故〉）（卷五百九十二）

羅列眾星依木末，周回萬室在簷前。（方干〈題寶林山禪院〉）
（卷六百五十一）

露和玉屑金盤冷，月射珠光貝闕寒。（韓偓〈中秋禁直〉）（卷
六百八十）

危欄倚遍都無寐，只恐星河墮入樓。（吳融〈秋夕樓居〉）（卷
六百八十五）

有時海上看明月，輾出冰輪疊浪間。（徐夤〈題福州天王閣〉）
（卷七百零九）

這些詩句多在最寧靜的夜中，通過獨自賞月觀星，造出一無所有，空
靈無暇，又巧思出奇的美感，其多用星、月、水等物象表現。

（六）苦寒險怪

王建疆先生謂：「詩人是以清冷的眼光來吟詠山水，詩歌的風格
顯得更加清冷苦寒……多是受佛禪與道家的心性觀念影響。」〔註152〕
相對蕭條衰颯，老又更注重在冷、苦、瘦的感受上，或又以險僻的言
詞來造出不和諧，甚至險怪的意境；在寒苦的詩境中，它又是細微、

〔註152〕王建疆著，《自然的空靈——中國詩歌意境的生成和流變》，（北京：
　　　　光明日報出版社，2009），頁133。

窄狹的，看詩人的生活與觀物，多令人感受到苦澀枯寂，更甚者失去對生命的熱情。

如羅隱的〈干越亭〉：

楚水蕭蕭多病身，強憑危檻送殘春。
高城自有陵兼谷，流水那知越與秦。
岸下藤蘿陰作怪，橋邊蛟蜃夜欺人。
琵琶洲遠江村闊，回首征途淚滿巾。〔註153〕

詩中充滿了「老」、「病」的意識，在風景描寫上也是苦澀的，除了殘春猶有些許生意，空谷、流水都是蕭索之象，又尤是頸聯，如藤中有妖，水中有蛟，詭怪而叫人生畏，愁苦中又帶險怪之感。

又齊己的〈新秋霽後晚眺懷先公〉：

雨霽湘楚晚，水涼天亦澄。山中應解夏，渡口有行僧。
鳥列滄洲隊，雲排碧落層。孤峰磬聲絕，一點石龕燈。
〔註154〕

詩寫夏夜風景，亦見清新，行僧、歸鳥、晚雲是那麼自然平和，然「先公」所住之地卻在山峰之上，從登臨詩的模式中看，上下是兩處空間，而此又並不屬於這平和的風光內，因謂之「孤」。峰頂的生活是極苦的，狹小的石洞，微弱的孤燈，都表現出極刻苦的修行態度，與對塵世不帶半點留戀的枯寂心境。

同樣能表現出苦寒險怪之意趣的詩句，如：

坐危石是榻，吟冷唾成冰。（姚合〈陝下厲玄侍禦宅五題·吟詩島〉）（卷四百九十九）

此樓堪北望，輕命倚危欄。（李商隱〈北樓〉）（卷五百三十九）

咽咽陰蟲叫，蕭蕭寒雁來。（馬戴〈田氏南樓對月〉）（卷五百五十六）

野火燒岡草，斷煙生石松。（賈島〈雪晴晚望〉）（卷五百七十三）

〔註153〕《全唐詩》，卷六百六十五，頁7616。
〔註154〕《全唐詩》，卷八百四十一，頁9494。

暝煙寒鳥集，殘月夜蟲愁。(張喬〈題賈島吟詩臺〉)(卷六百三十九)

煙霞生淨土，苔蘚上高幢。(李山甫〈題慈雲寺僧院〉)(卷六百四十三)

病憐京口酒，老怯海門風。(羅隱〈北固亭東望寄默師〉)(卷六百六十四)

野色人耕破，山根浪打鳴。(杜荀鶴〈登天臺寺〉)(卷六百九十一)

有雲草不死，無風松自吟。(裴說〈華山上方〉)(卷七百二十)

月白吟床冷，河清直印閑。(李洞〈題劉相公光德里新構茅亭〉)(卷七百二十二)

夕磬城霜下，寒房竹月圓。(無可〈題青龍寺縱公房〉)(卷八百一十三)

燒嶽陰風起，田家濁酒香。(貫休〈秋晚野步〉)(卷八百三十一)

夜來何處火，燒出古人墳。(齊己〈原上晚望〉)(卷八百三十九)

正值血魂來夢裡，杜鵑聲在散花樓。(張祜〈散花樓〉)(卷五百一十一)

寒澗不生浮世物，陰崖猶積去年冰。(齊己〈游穀山寺〉)(卷八百四十四)

這些詩句多描寫處於一個幽僻冷素的環境中，詩人寒苦的情思與生活。若說穠麗是表現生命力的充盈，那寒苦就是表現它貧病的姿態。於景物描寫則陰風、夜火、寒房等，既苦澀亦荒誕，從中帶出瘦硬與詭奇之美，其多用夜色、寒風、老樹、病人等物象表現。

第七章　結　論

　　從上古社會開始，登高便已是人類的習慣，大抵又都是實用性的活動，包括了採集、狩獵等生活需要，以及祭祀、觀天象等宗教儀式。此時的登高並未進入文學，但對高處給予的崇高之感，登高所感受到的快樂，又早植入人的意識中。及至作為文學源頭的《詩經》、《楚辭》出現，登高走進文學，也漸走向登臨，這段時期大量登臨的母題被確立，對後世創作之影響極大。漢魏六朝又更重要，在文化與物質的進步，文學的發展與本身的價值被肯定，登臨作為尋找意興的方法開始被重視，也在實用性進而到抒情性上，出現完整的登臨文學。至於登臨詩，魏晉以降，園林遊、山水遊等文人活動，都帶來了大量創作的契機，尤在南朝人手中經已完全成熟。及有唐一代，賴著詩的極盛，遊的極盛，登臨也走向極盛，此中又因時情和際遇的不一，其風格、思想亦隨之而變。初唐是隨國勢初興，從綺靡邁向豪壯；盛唐因國力極盛，多放眼邊塞，言建功之志，又同時繫情丘壑，縱山水之樂，或又多送別、行旅之作，但都是強健而富有生命力的；中唐國力自盛轉衰，然猶有變革之志，氣猶不墜，而同樣詩亦主變，故詩壇名公並擅其長。此三唐之登臨詩，各具風神。

　　降至晚唐，登臨之盛行不減前代，似乎又更趨蓬勃。遊，作為

登臨的開端，於晚唐是風氣熱熾的，文學於唐代的地位極高，致令文人此身份，在社會、官場上也更被重視，它成爲社會與人生的重要價值，於是晚唐的遊，成爲了爲了科名與詩名爲主的漫遊。因各種原因，漫遊又都是長時間、遠距離，並持續性的活動，在此過程中文人爲不同需要而進行登臨。

促使登臨的原因，可歸爲間接性與直接性，前者主要是外在條件的方便，如酒樓、寺院、驛站等各種可登望的場所，在其中包括住宿、宴會、讀書、遊賞等，都和文人的漫遊生活關係極大，由是也在活動中間接地產生登臨；後者主要是內在影響，登臨既與文人的心靈相互契合，同時高處作爲一個獨立空間，對思考、創作，甚至詩歌傳播都起正積極作用，文人可能爲著心靈或創作的需要主動攀登這些高處，便直接地產生登臨，留下詩篇。因此在先有漫遊，再在外在條件與內在影響支持之下，登臨遂成爲晚唐人生活中不可缺的活動。

談到晚唐登臨詩的重要作者（以數量之多寡以定），除了劉、白這些中唐的老詩人外，前期主要爲張祐、許渾、杜牧、李群玉、李商隱、賈島與溫庭筠；後期則是薛能、張喬、許棠、方干、羅隱與齊己。劉、白表現的是兩種不同的暮年心態，前者振奮不息，後者則安於閑。賈島則直接顯示出晚唐人「苦」的面貌。至於晚唐諸公，其詩都有謀取功名，又自傷生平與世道的共同傾向，但大抵前期者仍較有振奮之氣，而每況愈下，至唐末人之登臨，或有聲嘶力竭，或言隱遁藏身，俱見唐祚日衰。至於詩歌風貌，則百花齊放，如許渾精工而語帶悲慨、杜牧志大而詩有俊爽之氣、李商隱深情而語極朦朧隱晦、賈島刻苦爲詩而多新奇處、張喬寫景清新而有味、方干詠出世之情而雅然脫俗、羅隱力厚而有不平之氣等，雖有相似的主題思想，然又各有特色，未能劃一而論。

就主題而言，晚唐登臨詩大抵能分爲遠行送別、思鄉懷人、宴集閑遊、懷古傷今、仕宦抱負與消極出世等六類，既寫出時人登臨

的各種活動與箇中情思，又因不同詩人而略異，然借此又能窺見他們的生命意識，及對登臨的感受。其中晚唐之登臨者便多言進退矛盾進退矛盾、年光消逝與天理循環等的意識，俱統一在憂傷的時代與人生觀下。同時在這些意識中，雖有悲傷的普遍傾向，但嘗試去珍惜時間，去拋棄名利，去以道觀物，至嘗試超越這憂傷的時代與人生。他們仍是重視生命並帶著熱愛的，於是通過登臨，在負面的情思中，尋找與之抗衡的思想，及相對正面的應對方式。

　　至於藝術手法上，晚唐人注意到句法、字法上的構思，本文就字詞錯綜、節奏變化、語詞省略、用字凝煉及句意整密等方面略舉其要，知時人作語，多考慮形式之美。但單以登臨詩為例，畢竟是很不全面的，只略窺一二，難以找出整體傾向。而時間與空間，包涵萬化，同時亦登臨感物中較重要的一環，在文人筆下它是傾向主觀的，故比客觀的時空，它能具有更多變化，也能見文人之匠心。在登臨詩中時間以「快」、「慢」與「永恆」，空間以「高」、「遠」與「無限」為主，其既用以表達情感，又能作為藝術手法，既能令人感受登高遠望的魅力，又可狀眼前與心中的虛實景物。此中時空的關係是相乘的，整體來看兩者又可起變化、交映之美。說運用意象，寄情於景，亦最普遍常用之藝術手法，就時人登臨詩中常見的意象而言，可分為季節時間的「大意象」，與自然風景的「小意象」，前者以春、秋、暮、夜為主；後者則寫山、水、雲、雨、舟、草、鳥、蟬為多，皆為文人情思心境的寄託，便同樣在演繹著出處與消逝的生命意識與時空思維。再看風格，雖說晚唐詩柔弱狹隘，但登臨能令人開闊視野胸襟，故又能跳出心靈的局限，整體觀之有險峻壯闊、沖淡自然、纖巧穠麗、蕭條衰颯、明淨空靈、苦寒險怪等六類，各代表了不同對風景的觀察，與心境的變化，但都有明顯的風格特色，各美俱存。

　　整體而言，文化的不斷發展，至唐代已粲然可觀，繼承著這些積累，登臨也因之盛行，晚唐人雖多時運不濟，卻在藝術自覺，以

及多難登臨的傳統下，使登臨詩的創作更多姿多彩。

本文就其傳統與演變、盛行背景、當朝的發展、情感與思想及藝術手法等方向略作論述，希望爲登臨詩研究的一角補上空白。然此文猶有許多的不足：一者登臨詩的分佈零散，雖數量不少，但相比整個時代，或是詩人的整個集子，還是一個小數目，即使從整體而論之，必有不少疏忽；二者登臨詩的判定不易，筆者從《全唐詩》中檢索查找，也定有遺漏之處；三者晚唐所涉及的文化很廣，如宗教思想、格律形式等，都是可繼續討論的領域；四者登臨的文化，或可以借用西方的心理學、宗教學等理論作更詳盡的解釋。這些種種都能繼續深入細說，希望能透過日後的閱讀，再作深入研究。

參考文獻

一、古　籍

1. 〔先秦〕管仲著，黎翔鳳校注，《管子校注》，《新編諸子集成》，（北京：中華書局，2004）。

2. 〔先秦〕老子著，潘栢世編，《老子集註》，（臺北：龍田出版社，1977）。

3. 〔先秦〕列禦寇著，楊伯峻撰，《列子集釋》，（臺北：明倫出版社，1970）。

4. 〔先秦〕孟子著，趙岐注，孫奭疏，阮元校勘，《孟子注疏》，見於《十三經注疏》，（臺北：新文豐出版公司，1977）。

5. 〔先秦〕荀子著，梁啟雄撰，《荀子簡釋》，《新編諸子集成》，（北京：中華書局，2012）。

6. 〔先秦〕莊子著，王先謙集解，《莊子集解》，《新編諸子集成》，（北京：中華書局，2012）。

7. 〔先秦〕尸佼著，汪繼培輯，《尸子》，（臺北：世界書局，1958）。

8. 〔漢〕司馬遷著，裴駰集解，司馬貞索隱，張守節正義，《史記》，（臺北：宏業書局，1974）。

9. 〔漢〕董仲舒著，凌曙注，《春秋繁露注》，（臺北：世界書局，1975）。

10. 〔漢〕韓嬰著，屈守元箋疏，《韓詩外傳箋疏》，（成都：巴蜀書社，2011）。

11. 〔漢〕劉安著，高誘注，《淮南子注》，（臺北：世界書局，1955）。

12. 〔漢〕劉向著，《新序》，（長沙：商務印書館，1939）。

13. 〔漢〕劉向著，《說苑》，（長沙：商務印書館，1937）。

14. 〔漢〕陸賈著，《新語》，（臺北：世界書局，1975）。

15. 〔漢〕桓寬著，王利器校注，《鹽鐵論校注》，《新編諸子集成》，（北京：中華書局，1992）。

16. 〔漢〕鄭玄注，孔穎達疏，《禮記正義》，（上海：上海古籍出版社，1990）。

17. 〔漢〕班固著，楊家駱主編，《新校本漢書》，（臺北：鼎文書局，1997）。

18. 〔漢〕許慎著，段玉裁注，《說文解字注》，（臺北：宏業書局，1971）。

19. 〔漢〕班固著，陳立疏證，《白虎通疏證》，《新編諸子集成》，（北京：中華書局，1994）。

20. 〔漢〕劉向著，張金嶺注譯，《新譯列仙傳》，（臺北：三民書局，2004）。

21. 〔漢〕鄭玄注，賈公彥疏，阮元校勘，《周禮注疏》，見於《十三經注疏》，（臺北：新文豐出版公司，1977）。

22. 〔漢〕趙曄著，徐天祐音注，楊家駱主編，《吳越春秋》，（臺北：世界書局，1959）。

23. 〔魏〕何晏注，邢昺疏，阮元校勘，《論語注疏》，見於《十三經注疏》，（臺北：新文豐出版公司，1977）。

24. 〔魏〕王弼著，韓康伯注，孔穎達疏、阮元校勘，《周易正義》，見於《十三經注疏》，（臺北：新文豐出版公司，1977）。

25. 〔魏〕王弼著，邢璹注，《周易略例》，見於嚴靈峰輯，《無求備齋易經集成》，（臺北：成文出版社，1976）。

26. 〔晉〕張華著，《博物志》，見於《博物志外七種》，（上海：上海古籍出版社，2012）。

27. 〔晉〕王嘉著，石磊注譯，《新譯拾遺記》，（臺北：三民書局，2012）。

28. 〔晉〕干寶著，黃鈞注譯，《新譯搜神記》，（臺北：三民書局，1996）。

29. 〔晉〕葛洪著，周啓成注譯，《新譯神仙傳》，（臺北：三民書局，2004）。

30. 〔北魏〕酈道元著，《水經注》，（上海：上海古籍出版社，1990）。

31. 〔北魏〕楊衒之著，楊勇校箋，《洛陽伽藍記校箋》，（北京：中華書局，2010）。

32. 〔梁〕劉勰著，王更生註譯，《文心雕龍讀本》，（臺北：文史哲出版社，1984）。

33. 〔梁〕宗懍著,《荊楚歲時記》,見於,《歲時習俗研究資料彙編》,（臺北：藝文印書館,1970）。

34. 〔唐〕房玄齡等著,楊家駱主編,《新校本晉書》,（臺北：鼎文書局,1990）。

35. 〔唐〕李隆基編,《大唐六典》,（臺北：文海出版社,1964）。

36. 〔唐〕李肇著,楊家駱主編,《新校唐國史補》,（臺北：世界書局,1962）。

37. 〔唐〕王定保著,蔣光煦校,《唐摭言》,（臺北：世界書局,1959）。

38. 〔唐〕封演著,《封氏聞見錄》,見於《封氏聞見錄外二種》,（臺北：新文豐出版公司,1984）。

39. 〔唐〕范攄著,楊家駱主編,《新校雲溪友議》,（臺北：世界書局,1962）。

40. 〔唐〕李綽著,《尚書故實》,見於《唐五代筆記小說大觀》,（上海：上海古籍出版社,2000）。

41. 〔唐〕李淖著,《秦中歲時記》,見於,《歲時習俗研究資料彙編》,（臺北：藝文印書館,1970）。

42. 〔唐〕張為著,《詩人主客圖》,見於丁福保編,《歷代詩話續編》,（北京：中華書局,1983）。

43. 〔唐〕段成式著,《酉陽雜俎》,（臺北：源流文化事業有限公司,1982）。

44. 〔唐〕李商隱著,馮浩注,《玉谿生詩集箋注》,（上海：上海古籍出版社,1998）。

45. 〔唐〕溫庭筠著,曾益注,《溫飛卿詩集箋注》,（上海：上海古籍出版社,1998）。

46. 〔唐〕劉禹錫著,蔣維崧、趙蔚芝等注,《劉禹錫詩集編年箋注》,（濟南：山東大學出版社,1997）。

47. 〔唐〕白居易著,朱金城注,《白居易集箋校》,（上海：上海古籍出版社,2004）。

48. 〔五代〕劉昫著,楊家駱主編,《新校本舊唐書》,（臺北：鼎文書局,1979）。

49. 〔五代〕孫光憲著,《北夢瑣言》,（上海：上海古籍出版社,2012）。

50. 〔五代〕劉崇遠著,《金華子》,見於《唐五代筆記小說大觀》,（上海：上海古籍出版社,2000）。

51. 〔宋〕李昉等編,《太平廣記》,（臺北：西南書局,1983）。

52. 〔宋〕王溥著,《唐會要》,(上海:商務印書館,1936)。

53. 〔宋〕歐陽修著,楊家駱主編,《新校本新唐書》,(臺北:鼎文書局,1979)。

54. 〔宋〕嚴羽著,郭紹虞校釋:《滄浪詩話校釋》,(臺北:東昇出版事業有限公司,1980)。

55. 〔宋〕計有功著,《唐詩紀事》,(臺北:木鐸出版社,1982)。

56. 〔宋〕宋敏求著,畢沅校,《長安志》,(臺北:成文出版有限公司,1970)。

57. 〔宋〕張禮著,史念海、曹爾琴校注,《游城南記校注》,(西安:三秦出版社,2006)。

58. 〔宋〕劉克莊著,《後村詩話》,(臺北:廣文書局,1971)。

59. 〔宋〕朱熹著,《詩經集註》,(臺北:萬卷樓圖書有限公司,1996)。

60. 〔宋〕朱熹著,《楚辭集注》,(臺北:藝文印書館,1956)。

61. 〔宋〕朱熹著,《楚辭後語》,見於《楚辭集注》,(臺北:藝文印書館,1956)。

62. 〔宋〕王讜著,《唐語林》,(臺北:廣文書局,1968)。

63. 〔宋〕錢易著,《南部新書》,見於《粵雅堂叢書》,(臺北:臺灣華文書局,1965)。

64. 〔宋〕張君房編,《雲笈七籤》,見於《四部叢刊初編》,(臺北:商務印書館,1967)。

65. 〔宋〕朱弁著,《風月堂詩話》,見於《風月堂詩話外三種》,(臺北:廣文書局,1973)。

66. 〔宋〕洪邁著,《容齋隨筆》,(上海:上海古籍出版社,1998)。

67. 〔宋〕司馬光著,胡三省注,《資治通鑑》,(臺北:洪氏出版社,1974)。

68. 〔宋〕陳振孫著,《直齋書錄解題》,(京都:中文出版社,1984)。

69. 〔宋〕方岳著,《深雪偶談》,見於《古今詩話叢編》,(臺北:廣文書局,1971)。

70. 〔宋〕葛立方著,《韻語陽秋》,見於何文煥輯,《歷代詩話》,(臺北:漢京文化事業有限公司,1983)。

71. 〔宋〕歐陽修著,《六一詩話》,見於何文煥輯,《歷代詩話》,(臺北:漢京文化事業有限公司,1983)。

72. 〔元〕方回著,李慶甲集評,《瀛奎律髓彙評》,(上海:上海古籍出版社,2004)。

73. 〔元〕辛文房著,《唐才子傳》,(哈爾濱:黑龍江人民出版社,1986)。

74. 〔元〕夏庭芝著,《新校青樓集》,(臺北:世界書局,1962)。

75. 〔元〕李好問著,《長安志圖》,見於《長安志》,(臺北:成文出版有限公司,1970)。

76. 〔元〕楊載著,《詩家法數》,見於何文煥輯,《歷代詩話》,(臺北:漢京文化事業有限公司,1983)。

77. 〔明〕洪應明著,吳家駒譯注,《新譯菜根譚》,(臺北:三民書局,2006)。

78. 〔明〕金聖嘆著,《聖嘆選批唐才子詩》,(臺北:中正書局,1956)。

79. 〔明〕胡應麟著,《詩藪》,(上海:上海古籍出版社,1979)。

80. 〔明〕胡震亨著,《唐音癸籤》,(臺北:木鐸出版社,1982)。

81. 〔明〕高棅著,《唐詩品彙》,(上海:上海古籍出版社,1988)。

82. 〔明〕楊慎著,《升菴詩話》,見於丁福保編,《歷代詩話續編》,(北京:中華書局,1983)。

83. 〔明〕謝榛著,《四溟詩話》,見於《四溟詩話薑齋詩話》,(北京:人民文學出版社,1998)。

84. 〔明〕王世貞著,《全唐詩說》,見於《古今詩話叢編》,(臺北:廣文書局,1971)。

85. 〔明〕陸時雍,《古詩鏡》,見於吳文治主編,《明詩話全編》,(南京:江蘇古籍出版,1997)。

86. 〔明〕王士禎著,《池北偶談》,(臺北:漢京文化事業有限公司,1984)。

87. 〔清〕彭定求等編,《全唐詩》,(北京:中華書局,1960)。

88. 〔清〕董誥等編,《全唐文》,(上海:上海古籍出版社,1995)。

89. 〔清〕嚴可均編,楊家駱主編,《全上古三代秦漢六朝文》,(臺北:世界書局,2012)。

90. 〔清〕紀昀、永瑢等著,《四庫全書總目提要》,(長沙:商務印書館),萬有文庫本。

91. 〔清〕郝懿行著,《爾雅義疏》,(臺北:漢京文化事業有限公司,1985)。

92. 〔清〕王夫之著,《薑齋詩話》,見於《四溟詩話薑齋詩話》,(北京:人民文學出版社,1998)。

93. 〔清〕吳喬著,《圍爐詩話》,見於郭紹虞編,《清詩話續編》,(上海:上海古籍出版社,1999)。

94. 〔清〕賀裳著,《載酒園詩話・又編》,見於郭紹虞編,《清詩話續編》,(上海:上海古籍出版社,1999)。

95. 〔清〕薛雪著,《一瓢詩話》,見於丁福保編,《清詩話》,(臺北:明倫出版社,1971)。

96. 〔清〕沈德潛著,《唐詩別裁集》,(上海:上海古籍出版社,1979)。

97. 〔清〕方東樹著,《昭昧詹言》,(北京:人民文學出版社,1984)。

98. 〔清〕賀貽孫著,《詩筏》,見於郭紹虞編,《清詩話續編》,(上海:上海古籍出版社,1999)。

99. 〔清〕李鍈著,《詩法易簡錄》,(臺北:蘭臺書局,1969)。

100. 〔清〕沈德潛著,蘇文擢詮評,《說詩晬語詮評》,(臺北:文史哲出版社,1985)。

101. 〔清〕姚鼐著,《惜抱軒詩文集》,(上海:上海古籍出版社,1992)。

102. 〔清〕孔尚任著,徐振貴編,《孔尚任全集輯校註評》,(濟南:齊魯書社,2004)。

103. 〔清〕葉燮著,《原詩》,見於丁福保編,《清詩話》,(臺北:明倫出版社,1971)。

104. 〔清〕勞孝輿著,《春秋詩話》,見於《古今詩話叢編》,(臺北:廣文書局,1971)。

105. 〔清〕王國維著,滕咸惠校注,《新注人間詞話》,(濟南:齊魯書社,1991)。

二、近　著

1. 〔日〕荻原朔太朗著,《詩的原理》,(臺北:臺灣學生書局,1989)。

2. 〔法〕加斯東・巴什拉著,張逸婧譯,《空間的詩學》,(上海:上海譯文出版社,2009)。

3. 〔美〕宇文所安著,賈晉華、錢彥譯,《晚唐》,(北京:生活・讀書・新知三聯書店,2012)。

4. 丁福保編,《全漢三國晉南北朝詩》,(京都:中文出版社,1979)。

5. 丁成泉著,《中國山水詩史》,(臺北:文津出版社,1995)。

6. 卞孝萱、匡亞明著,《劉禹錫評傳》,(南京:南京大學出版社,2011)。

7. 王賽時著,《唐代飲食》,(濟南:齊魯書社,2003)。

8. 方瑜著,《中晚唐三家詩析論—李賀、李商隱與溫庭筠》,(臺北:牧童出版社,1975)。

9. 仇小屏著,《古典詩詞時空設計美學》,(臺北:文津出版社,2002)。

10. 王重民編，《全唐詩外編》，（臺北：木鐸出版社，1983）。

11. 王隆升著，《宋詞的登望意識與境界》，（臺北：文津出版社，1998）。

12. 王立著，《中國古代文學十大主題——原型與流變》，（臺北：文史哲出版社，1994）。

13. 王建疆著，《自然的空靈——中國詩歌意境的生成和流變》，（北京：光明日報出版社，2009）。

14. 朱光潛著，《談美書簡》，（上海：上海文藝出版社，1981）。

15. 朱光潛著，《詩論》，（臺北：國文天地雜誌社，1990）。

16. 池萬興等著，《夢逝難尋：唐代文人心態史》，（石家莊：河北教育出版社，2001）。

17. 李澤厚著，《說巫史傳統》，（上海：上海譯文出版社，2012）。

18. 李文初著，《中國山水詩史》，（廣州：廣東高等教育出版社，1991）。

19. 李元洛著，《詩美學》，（臺北：東大圖書公司，1990）。

20. 李定廣著，《唐末五代亂世文學研究》，（北京：中國社會科學出版社，2006）。

21. 李澤厚著，《美的歷程》，（臺北：三民書局，1996）。

22. 李德輝著，《唐宋時期館驛制度及其與文學之關係研究》，（北京：人民文學出版社，2008）。

23. 李學勤、趙華、李菊芳等著，《中國文學寫作大全》，（北京：中國工人出版社，1992）。

24. 汪民安、陳永國、馬海良主編，《城市文化讀本》，（北京：北京大學出版社，2008）。

25. 何敬群著，《益智仁室論詩隨筆》，（九龍：人生出版社，1962）。

26. 何錫章著，《中國文學漫論》，（臺北：秀威資訊科技股份有限公司，2015）。

27. 宗白華著，《美學的散步》，（臺北：洪範書店有限公司，1982）。

28. 林庚著，《唐詩綜論》，（北京：人民文學出版社，1987）。

29. 周振甫等著，《詩文鑑賞方法二十講》，（臺北：國文天地雜誌社，1989）。

30. 周祖譔主編，《中國文學家大辭典——唐五代卷》，（北京：中華書局，1992）。

31. 范況著，《中國詩學通論》，（臺北：商務印書館，1969）。

32. 柯慶明著，《中國文學的美感》，（臺北：麥田出版社，2006）。

33. 袁珂著,《中國神話通論》,（成都：巴蜀書社,1993）。

34. 袁行霈著,《中國詩歌藝術研究》,（北京：北京大學出版社,1987）。

35. 韋鳳娟著,《晚唐詩歌賞析》,（南寧：廣西人民出版社,1986）。

36. 許總著,《唐詩史》,（南京：江蘇教育出版社,1995）。

37. 孫適民、陳代湘著,《中國隱逸文化》,（長沙：湖南出版社,1997）。

38. 陳寅恪著,《元白詩箋證稿》,（北京：生活‧讀書‧新知三聯書店,2001）。

39. 陳友冰著,《唐詩清賞（下）中唐晚唐篇》,（臺北：正中書局,2001）。

40. 陳伯海主編,《唐詩匯評》,（杭州：浙江教育出版社,1996）。

41. 張震英著,《寒士的低吟——賈島詩歌藝術新探》,（北京：中國社會科學出版社,2006）。

42. 張繼緬、莊安麗著,《描寫的藝術》,（北京：中國文聯出版公司,1989）。

43. 張紅運著,《時空詩學》,（銀川：寧夏人民出版社,2010）。

44. 張弓著,《漢唐佛寺文化史》,（北京：中國社會科學出版社,1997）。

45. 傅亞庶著,《中國上古祭祀文化》,（長春：東北師範大學出版社,1999）。

46. 傅道杉著,《晚唐鐘聲：中國文學的原型批評》,（北京：東方出版社,1996）。

47. 黃盛雄著,《李義山詩研究》,（臺北：文史哲出版社,1987）。

48. 黃永武著,《字句鍛鍊法》,（臺北：洪範書店有限公司,1986）。

49. 黃志高著,《羅隱詩風解析》,（臺北：學海出版社,1981）。

50. 黃永武著,《中國詩學‧設計篇》,（臺北：巨流圖書公司,1977）。

51. 黃永武著,《中國詩學‧鑑賞篇》,（臺北：巨流圖書公司,1977）。

52. 畢寶魁著,《隋唐生活掠影》,（瀋陽：瀋陽出版社,2002）。

53. 董乃斌、喬象鍾等著,《唐代文學史》,（北京：人民文學出版社,1995）。

54. 聞一多著,《唐詩雜論》,（上海：上海古籍出版社,2013）。

55. 臧克和著,《漢語文字與審美心理》,（上海：學林出版社,1990）。

56. 趙有聲、劉明華、張立偉著,《生死‧享樂‧自由——道家及道教的關係與人生理想》,（北京：國際文化出版公司,1988）。

57. 趙榮蔚著,《晚唐士風與詩風》,（上海：上海古籍出版社,2004）。

58. 鄭敏志著,《細說唐妓》,(臺北:文津出版社,1997)。

59. 劉學鍇著,《李商隱詩歌研究》,(安徽:安徽大學出版社,1998)。

60. 劉琴麗著,《唐代舉子科考生活研究》,(北京:社會科學文獻出版社,2010)。

61. 蔡宗陽、余崇生編,《中國文學與美學》,(臺北:五南圖書出版有限公司,2000)。

62. 蔡瑜著,《中國抒情詩的世界》,(臺北:臺灣書店,1999)。

63. 蕭文苑著,《唐詩瑣語》,(臺北:文津出版社,1985)。

64. 錢谷融、魯樞元著,《文學心理學》,(上海:華東師範大學出版社,2003)。

65. 霍松林、林從龍選編,《唐詩探勝》,(鄭州:中州古籍出版社,1984)。

66. 賴瑞和著,《唐代基層文官》,(臺北:聯經出版事業股份有限公司,2004)。

67. 謝遂聯著,《唐代都市文化與詩人心態》,(杭州:浙江大學出版社,2010)。

68. 顏崑陽著,《杜牧》,(臺北:河洛圖書出版社,1978)。

69. 羅宗強著,《隋唐五代文學思想史》,(北京:中華書局,2003)。

70. 嚴耕望著,《嚴耕望史學論文選集》,(臺北:聯經出版事業股份有限公司,1991)。

71. 嚴紀華著,《唐人題壁詩之研究》,(臺北:花木蘭出版社,2008)。

72. 淡江大學中文系主編,《晚唐的社會與文化》,(臺北:臺灣學生書局,1990)。

三、學位論文

1. 李青撰,〈唐代樓閣題詠詩研究〉,(中國西北大學碩士論文,2010)。

2. 邱曉撰,〈唐代登高詩研究〉,(中國西北大學博士論文,2011)。

3. 馬旭撰,〈詩僧齊己研究〉,(中國四川師範大學碩士論文,2011)。

4. 黃如惠撰,〈大曆十才子登臨詩研究〉,(國立屏東教育大學教育行政研究所碩士論文,2007)。

5. 楊孟蓉撰,〈超越與禁錮──魏晉詩賦登臨書寫之研究〉,(東海大學碩士論文,2007)。

6. 楊艷撰,〈方干與佛教〉,(中國上海師範大學碩士論文,2011)。